Novela

Pilar Eyre

Cuando éramos ayer

Planeta

Certificado PEFC

Este libro procede de bosques gestionados de forma sostenible y fuentes controladas

PEFC/14-38-00305

www.pefc.es

Avda. Diagonal, 662-664, 08034 Barcelona (España)
www.planetadelibros.com

Adaptación de la cubierta: Booket / Área Editorial Grupo Planeta a partir de la idea original de Look at Cía
Fotografía de cubierta: © Archivo Fotográfico Oriol Maspons, VEGAP, Barcelona, 2022. Foto: MNAC, depósito del artista, 2011
Primera edición en Colección Booket: marzo de 2023

Depósito legal: B. 2.516-2023
ISBN: 978-84-08-26966-3
Impresión y encuadernación: CPI Black Print
Printed in Spain - Impreso en España

Biografía

Pilar Eyre (Barcelona, 1951) estudió Filosofía y Letras y Ciencias de la Información. Ha ejercido el periodismo como columnista, entrevistadora y reportera en diversos periódicos y revistas (*Hoja del Lunes*, *Mundo Diario*, *La Vanguardia*, *Interviú*, *El Periódico de Catalunya*, *El Mundo* y *Lecturas*) y ha colaborado también en varias emisoras de radio y televisión. Es autora de numerosos libros, entre ellos *Dos Borbones en la corte de Franco*; *Secretos y mentiras de la Familia Real*; *Ricas, famosas y abandonadas*; *Vips: Todos los secretos de los famosos*; *Mujeres, veinte años después*; y los ensayos *Cibersexo* y *La reina de la casa*. También es autora de las novelas *Todo empezó en el Marbella Club* y *Callejón del olvido*, y de las biografías *Franco confidencial* y *Quico Sabaté, el último guerrillero*. Sus relatos históricos *Ena*, *Pasión imperial*, *María la Brava* y, sobre todo, *La soledad de la reina* la han convertido en todo un fenómeno editorial. En 2014 resultó finalista del Premio Planeta con su novela *Mi color favorito es verte*, que tuvo una gran acogida de los lectores, al igual que su continuación: *Nomeolvides*. En 2017 Pilar Eyre publicó *Un amor de Oriente*; en 2018, *Carmen, la rebelde*; en 2019, *Un perfecto caballero*; en 2020 *Yo, el rey* y en 2022 *Cuando éramos ayer*.

Para Diana Piera Salamero

1

—José María, tú me conoces bien.

—Hombre, Tomás, sí, desde pequeños.

—Te habrás dado cuenta, entonces, de que estoy arruinado.

El enorme caserón de tres pisos, repleto de valiosas antigüedades y cuadros, rodeado de un inmenso jardín, con vivienda aparte para el guarda y garaje para varios coches, en la calle Escuelas Pías, el metro cuadrado casi más caro de Barcelona como sabía muy bien José María, que era promotor inmobiliario, desmentía la presunta ruina. También sembraban dudas el Patek Philippe de oro que lucía Tomás en la muñeca y su esmoquin, en el que se adivinaban las manos del mejor sastre del paseo de Gracia. Pero José María no se permitió ni una sonrisa y se limitó a llevarse el cigarrillo a la boca emitiendo un sonido que no le comprometía a nada. Ajeno al escepticismo de su flemático interlocutor, Tomás prosiguió, subiendo el tono de voz:

—Arruinado, tal como te lo digo. Desde hace seis años —notable aumento de decibelios—, desde que ese curita, Dios lo tenga en su gloria, me hizo esa gran putada...

—... decir que la mantilla ya no era obligatoria en misa. ¿Ese curita es el papa Juan XXIII?

Tomás fingió no oír la pregunta:

—... desde que cometió ese desatino y ese pecado, porque pecado es ir contra los hijos de Dios, nos llevó al desastre. ¡Arruinó mi fábrica de mantillas! ¡Pobre Carmen, pobre Silvia, pobre Queco!, ¡dejó sin pan a mi familia y a centenares de personas! ¡Vamos cuesta abajo sin frenos! ¿Por qué la gente no mide sus palabras? Hablan a tontas y a locas, es que los papas ni siquiera conocen la iconografía cristiana, ¿cómo se apareció la Virgen a los pastorcillos de Fátima? ¿Cómo? Dime.

Era el 22 de octubre de 1968. La casa refulgía como una antorcha, contrastando con los tonos suaves y sugestivos del crepúsculo, mientras esos dos hombres elegantes hablaban en la terraza esperando a sus mujeres para ir al Ritz, al baile de debutantes que se celebraba una vez al año.

Carmen, la mujer de Tomás, estaba terminando de arreglarse en su habitación y la de José María aún no había llegado.

Por la empinada y angosta calle apenas circulaban vehículos y se oían con claridad las campanadas graves de la iglesia de San Vicente de Sarriá, a pesar de que estaba bastante lejos. La chica de servicio, impecablemente vestida con uniforme negro y cofia, apareció llevando una bandeja de plata con unas copas de *champagne* y unos platitos con avellanas y aceitunas. El anfitrión cogió una copa y con ella señaló a la muchacha.

—Rosa, a ver, ¿cómo iba la Virgen en Fátima?

La mujer se apuró ante tal responsabilidad.

—Ay, señorito, yo de eso no sé.

—¿Qué llevaba en el pelo, joder? ¡No es tan difícil! —rugió Tomás fuera de sí, haciendo gestos con las manos alrededor de su cabeza—, ¿cómo sale la Virgen en las estampas?

A Rosa empezaron a temblarle las manos, tintinearon las copas y estuvo a punto de dejar caer la bandeja, pero

José María la cogió, la puso sobre la balaustrada y con una sonrisa que quitaba mordiente a sus palabras le dijo a su amigo:

—Deja en paz a la muchacha, Tomás, ya te contesto yo... Llevaba velo.

Tomás, apaciguado, masculló:

—¿Velo? ¡Mantilla! No te creas que no me he informado. San Pablo, en su carta a los corintios, reprende a una mujer por no llevar velo. ¡San Pablo nada menos, que será santo por algo, digo yo, y este tal Juan no sé cuántos ni es santo ni nada!

—Juan XXIII.

—Era un papa apócrifo y ateo, un endemoniado. ¿Concilio Vaticano II? ¡Concilio arruinafamilias lo llamo yo!

Movió la cabeza a un lado y a otro, alargó el labio inferior y por un momento pareció que iba a ponerse a llorar. Y es que Tomás Muntaner respiraba por la herida.

Cuando el papa Juan XXIII inauguró el Concilio Vaticano II, el 11 de octubre de 1962, dio a entender que ya no era obligatorio que las mujeres se cubrieran la cabeza en la iglesia. Era domingo, el día anterior Tomás tenía más pedidos de los que podían atender, ¡y el lunes estaba arruinado! Y no solamente su empresa, sino las cuarenta y siete que existían en España, las cuarenta de Italia, las veintisiete de Francia... En los almacenes de «Muntaner y hermanos. Fábrica de velos y mantillas, blondas, tules, especialidad en lutos y pañuelos de seda», es decir, la fábrica de Tomás, los fardos destinados a los mayoristas europeos, que cancelaron sus pedidos inmediatamente, se tuvieron que vender a un precio muy inferior a países sudamericanos, México y las comunidades católicas de Estados Unidos que continuaron aferradas al velo y al latín, sin dejarse contaminar por costumbres modernas y pecaminosas, por mucho que el papa yeyé, como lo llamaban las revistas, las hubiera aprobado.

¡Estados Unidos! Ahí el negocio estuvo a punto de reverdecer laureles y remontar a alturas estratosféricas. Porque a Tomás, que se consideraba un genio de la publicidad entre otras muchas cosas, cuando se enteró de que habían matado a Kennedy, se le había ocurrido una idea audaz que tuvo que poner en práctica de manera inmediata. Consiguió que el embajador Garrigues le hiciera llegar a Jackie (así la llamaba él, como si fueran amigos) una mantilla para cubrirse en las exequias fúnebres de su marido. Tomás había esperado esa ceremonia con el ansia del que espera el sorteo de Navidad que lo tiene que sacar de la miseria. ¿La llevaría? ¿No la llevaría? Quizás tendría una mantilla familiar o preferiría incluso recurrir a uno de sus sombreritos; por muy católica que fuera, eran más de su estilo. Él, que apenas probaba los cigarrillos, el día del funeral se fumó un paquete entero.

Se sentó delante del aparato de televisión a la hora del telediario, mordiéndose las uñas, Jesús Álvarez daba paso con gravedad a las imágenes del entierro del presidente asesinado, «Su viuda enlutada de la cabeza a los pies y con el rostro cubierto por un velo...». Tomás se acercó a la pantalla y vio en la tela el característico ribete de todos sus productos. Lo llevaba, ¡era el suyo y lo llevaba!

—¡De Muntaner y hermanos! ¡De Muntaner y hermanos!

Se puso a gritar como un loco y se hincó de rodillas dando gracias a Dios, ¡lo había conseguido! ¡Había clavado una pica en Flandes! Ese día, Tomás era la única persona frente al televisor que lloraba, no por la pena de que hubieran asesinado al presidente estadounidense, sino porque su «género» estuviera cubriendo la cabeza más famosa del mundo. ¡Todo el planeta había visto a la viuda enlutada, con el velo ocultando su rostro lloroso! Había aparecido en toda la prensa, desde Brasil a Filipinas, desde el Tíbet hasta Marruecos. Bueno, en el Tíbet quizás no, pero esa imagen se convertiría en el símbolo de toda una época.

Le dijo a su mujer, que también estaba impresionada:

—Carmen, esto es una bomba, aquí y en Pompeya. ¡Si mi padre levantara la cabeza!

La mujer se había atrevido a objetar:

—Tomás, no quiero ser aguafiestas, pero si tenemos que vivir de las viudas de presidentes asesinados, apañados estamos.

El marido no se dignó contestarle, ¡la pobre era tan corta de miras! Hala, al peluquero y a la modista, que para otra cosa no valía.

Había insertado una nota de pago en *La Vanguardia* diciendo que «la mantilla que llevaba la señora viuda de Kennedy provenía de los afamados talleres de Muntaner y hermanos», su secretaria había guardado todos los recortes con las fotos de ese gran día y lo halagaba como solo ella sabía hacerlo:

—Señor Muntaner, esta hazaña pasará a la historia.

Él se hacía el modesto.

—No, Elvira, no, se llama ojo comercial, solo soy un humilde tendero, pero piense que lo he mamado desde la cuna, aunque es verdad que a nadie más se le hubiera ocurrido.

Sí, el golpe había estado bien. Pero ¿de qué le había servido en definitiva? ¿En dinero contante y sonante? Una carta de agradecimiento y para de contar. ¡Miseria y compañía! ¡Ni un pedido extra, nada! No se podía dar marcha atrás al reloj de la historia.

Cada vez que se acordaba de aquella gran oportunidad perdida echaba rayos, sapos y culebras por la boca y soltaba tantas insensateces que a veces su mujer temía que se hubiera vuelto loco:

—Si eso hubiera ocurrido unos años antes..., si ese hombre se hubiera dejado matar antes del concilio de los cojones... Es que nadie mira por mí, ¡lo tengo que hacer todo yo solo!

Porque había un culpable, no podía olvidarlo: ¡el papa!

Tomás Muntaner, como siempre que se tocaba el tema, que era cada día desde que ese fatídico 11 de octubre de 1962 lo había «arruinado», parecía a punto de sufrir un ataque de apoplejía.

—Cabrones, el papa, todos los papas, me cago en Dios..., sin velo ni mantilla..., qué será lo próximo, que las mujeres vayan en pelotas a la iglesia.

José María Llorens, hombre de humor irónico, no en vano se había educado en Inglaterra y estaba casado con una irlandesa, se llevó el cigarrillo a los labios para tratar de evitar una carcajada.

—Si te oyeran tu mujer o la mía...

—Mi mujer no tiene idea de nada, vive en su mundo particular, ya sabes que es medio gallega y los gallegos creen en las meigas. —De pronto se volvió hacia él con una determinación ciega, agitando los puños como en medio de una rabieta infantil—. ¿Sabes lo que te digo? Que sin velo no se puede ir al cielo. Estoy convencido.

—Tranquilízate, hombre, no se puede ser tan radical, los católicos no opinan así y lo sabes.

—Los católicos, los católicos —se mofó con voz meliflua, y luego lo miró con fingido asombro—, pero no hables de los católicos como si tú no lo fueras, que me estás pareciendo un hereje.

—Quizás la nueva misa es más cercana.

El otro masculló mientras le daba un sorbo a su copa de *champagne* y paseaba su mirada por el suntuoso jardín donde las encinas, grandes y solemnes, se recortaban contra el cielo de tinta azul-negro y se empezaba a oír el golpeteo del chuzo del sereno contra el empedrado:

—Cercana no, peor, como todo en esta mierda de país.

Su hermano Remigio, que había estado al teléfono tratando de solucionar el problema de un cliente de campanillas, no en vano era un penalista reputado, salió a la terraza cruzando los labios con el índice.

—Tomás, Tomás, cuidado con lo que dices, nunca se sabe qué oídos pueden estar escuchando. —Intercambió una mirada con José María, que puso los ojos en blanco mientras se tocaba la cabeza, y trató entonces de desviar la atención de su hermano del tema «mantillas»—. Pues no creas que en Francia están mejor, con esos estudiantes revoltosos que en mayo cometieron todas esas tropelías... Ahora están diciendo que pasarán a la historia.

Hizo el gesto en lo alto de desplegar un gran cartel.

—¡El Mayo del 68!

Los tres hombres se echaron a reír socarronamente y Tomás liquidó el mayo francés con un gesto despreciativo de boca.

—¿Historia? ¡Mis cojones! Bah, el verano los ha hecho reaccionar a todos, ¿no ves que son unos hijos de papá? Han ido a veranear a Saint-Tropez —ponía la boca de forma ridícula imitando el acento francés—, a Deauville..., y allí se les han pasado sus afanes revolucionarios. ¡Hasta deben ir a misa!

José María no pudo evitar apostillar:

—Pero sin mantilla.

El otro lo miró con suspicacia, por si acaso se mofaba de él, pero no atisbó signo de burla y repitió melancólicamente:

—Sin mantilla.

2

Carmen oía la conversación de su marido y su amigo distraídamente, desde su cuarto, mientras se ponía los pendientes frente al tocador, unas perlas australianas montadas en brillantes que valían una auténtica fortuna. Su habitación estaba situada en el segundo piso y en esa tibia noche de octubre tenía las ventanas abiertas. Le gustaba oír las voces de los hombres. Bueno, de los hombres no, porque la conversación de su marido sobre las mantillas, Kennedy y el papa la había escuchado tantas veces que solo le producía unas irreprimibles ganas de bostezar. Pero la voz de José María y sus respuestas breves la fascinaban, y aún no sabía por qué. Hacía tiempo que le habían contado que su mujer, una irlandesa caballuna y antipática, lo engañaba furiosamente, y eso, en lugar de disminuirlo a sus ojos, le había conferido un aire romántico y morboso.

—Ya está papá con el rollo ese de la fábrica.

Su hija Silvia, sin importarle el carísimo vestido que Pedro Rodríguez le había hecho para su presentación en sociedad, estaba estirada sobre la cama de matrimonio fumando un cigarrillo.

La madre cogió un espejo de mano para verse por detrás; el moño a lo Grace Kelly que le habían hecho en Llongueras y era su marca de fábrica seguía impecable, apuntalado por litros de laca, y, aunque opinaba lo mismo, se vio obligada a intervenir:

—Es que tiene razón. —La miró con severidad—. Cuidado con el vestido, hija, que te lo vas a arrugar.

La hija no hizo caso y siguió fumando con mano temblorosa.

—Pues yo no sé qué quiere decir eso de que estamos arruinados.

Carmen hubiera podido contarle que si habían vendido la torre de Sitges en primera línea de mar no era porque el ambiente de frivolidad de su calle del Pecado fuera peligroso para los hijos, y ante todo estaban ellos, sino porque José María había encontrado un comprador dispuesto a pagar diez millones de pesetas y hacerse cargo, además, de la hipoteca que gravaba la propiedad. Que la finca de Esparraguera que ella había heredado de su madre, adonde iban cuando eran pequeños por Semana Santa y veían la Passió, también se había vendido, y sobre los olivos por los que trepaban Silvia y su hermano Queco ahora se estaba levantando una gasolinera. Que las chicas de servicio cambiaban tan frecuentemente no porque fueran a casarse, sino porque no se les pagaba y se largaban con gran golpear de puertas y palabras soeces.

Pero se limitó a contestar:

—Tú en eso no te metas. Son cosas de papá.

Mientras se empolvaba la cara observaba a su hija, su última baza, como la llamaba íntimamente sin que se le cayeran los anillos. Ella también lo había sido para su marido, no se hacía ilusiones acerca de su matrimonio. Tomás se había casado con ella porque, recién fallecido el padre, necesitaba dinero contante y sonante para comprarles su parte de la fábrica a sus hermanos, y ella había podido aportarlo con su dote: quinientas mil pesetas que su padre, un corredor de joyas natural de Bergondo, había reunido a lo largo de muchos años de trabajo incesante cargando con su maletín por toda España.

La hija se burló:

—Ay, sí, es cosa de hombres, como el coñac Soberano.

Carmen se giró y se encaró a su hija:

—¿Te ha llamado el chico de los Cobos?

Silvia se revolvió furiosa en la cama.

—Mamá, no seas pesada, supongo que estará en el Ritz, su hermana también se pone de largo. —Aunque luego admitió a regañadientes—: No, no me ha llamado.

A continuación, soltó un bufido y levantó las piernas haciendo la bicicleta, con el cigarrillo colgándole del labio. Sin pasión de madre, Carmen reconocía que su hija era una auténtica belleza. Un día, Queco había llegado con un recorte de revista a casa, «Me lo han dado los niños del cole..., dicen que es Silvia». Era una fotografía de la actriz Natalie Wood y era cierto que se parecía a ella, los grandes ojos oscuros de pestañas larguísimas, una forma de mirar anhelante y prometedora al mismo tiempo, la nariz respingona, los labios gordezuelos siempre curvados en una sonrisa incitante, los hoyuelos de las mejillas... Más de una vez habían parado a Carmen por la calle y pedido permiso para hacerle una foto a la niña. Incluso tomando el aperitivo en el Sandor, después de misa, un domingo por la mañana, se les había acercado un hombre con chaqueta de cuadros y les había tendido una tarjeta.

—Miren, soy agente cinematográfico, me gustaría hacerle una prueba a su hija.

El padre había resoplado desdeñosamente y ni se había dignado responderle.

Y no era solo el rostro, al hacerse mayor Silvia había desarrollado un cuerpo voluptuoso y sensual, pero ella protestaba porque querría tener el pecho plano ya que la mujer-mujer había dejado de estar de moda y lo que se llevaba era el aspecto infantil, hociquito de bebé, coletas de niña y cuerpecillos sin formar.

En ese momento, con la melena oscura desparramada sobre la almohada, Silvia estaba tan guapa que hacía daño.

—Va, levántate y péinate un poco, que pareces una gitana.

Aunque los rumores de ruina no dejaban de acecharlos, Silvia podría casarse con quien le diera la gana..., todavía. Después, si la situación empeoraba de verdad, de nada le valdría ser la mujer más hermosa del universo, porque las familias bien la apartarían como una apestada.

Ese chico de los Cobos, por ejemplo, que era un Ibarra por parte de madre y uno de los dueños de Danone por parte de padre, parecía de momento bastante interesado, el invierno pasado la había invitado al paso de ecuador de la carrera de Derecho y eso quiere decir algo, aunque Carmen ya había detectado en estos últimos tiempos cierta desidia.

—Ahora no te vayas a hacer demasiado la interesante..., si se quiere aprovechar de ti tienes que dar un poco, un ten con ten, si no, se cansan.

Y es que a Carmen le parecía que su hija, a pesar de su físico, no sabía manejar sus armas de mujer, esa sabiduría milenaria que no se estudiaba precisamente en la universidad porque se trasmitía por ósmosis de madre a hija. Muchas veces pensaba que no había sido buena idea que Silvia se matriculara en Filosofía y Letras. ¿Filosofía y Letras?, ¿qué carrera sería esa?

Claro que los tiempos están cambiando, como cantaba Bob Dylan. No, si a ella Bob Dylan le gustaba con esa voz finita, *for the times, they are a-changin...* Silvia lo pronunciaba muy bien, por algo había ido al colegio americano Merry Mount, donde aprendían inglés, a montar a caballo y a esquiar.

Una amiguita del colegio, Jeanette, se dedicaba al mundo de la canción, *yo soy rebelde porque el mundo me ha hecho así...* Pobres padres, ¡la hija artista! Eso sí que es una desgracia, claro que era una familia de Estados Unidos y tienen otra forma de ver las cosas.

Se echó un poco más de laca en el pelo, se puso de pie, se observó de espaldas y se colocó bien la faja.

La sobresaltó un ligero ronquido.

Con asombro, se dio cuenta de que su hija se había quedado dormida, un hilo de saliva le resbalaba por la barbilla. El cigarrillo entre los dedos se acercaba peligrosamente a la colcha de *patchwork* que le había tejido su madre. A la muerte de su marido, la pobre se había ido a vivir a Reus con su hermana soltera y no hacía otra cosa que colchas, tapetes y jerséis que nadie se ponía.

Cogió el pitillo cuidadosamente, le dio una calada rápida porque a Tomás no le gustaba que fumara y lo apagó en el cenicero. Luego le tocó el hombro, la hija se frotó los ojos llenándolos de círculos negros y Carmen tuvo que reconocer que, aun así, era de una belleza estremecedora.

—Vaya, qué facha llevas, se te ha corrido el rímel. —Y le reprochó—: Parece que no te haga ilusión ponerte de largo, cuando tus primas...

—No me saques a las primas ahora. —Las primas se habían casado ya, y estaban en distintos grados de gestación—. Ya sabes que todo esto me parece una chorrada.

La madre fingió horrorizarse, aunque ya habían tenido esta conversación muchas veces.

—Yo no pude ponerme de largo porque con dieciocho años ya te tuve a ti, pero la ilusión que me habría...

—Sí, mamá, ya lo sé, no me sueltes el rollo.

Se levantó bostezando y se asomó a la ventana, la madre iba corriendo a alisarle la falda cuando el hermano de catorce años irrumpió en la habitación vestido de esmoquin con la pajarita en la mano. Carmen se apuró.

—Queco, mejor te hubiera ido la que lleva goma y ya está hecha... Ven. —Intentó darle forma—. Silvia, por favor, quítate esos churretones de pintura, prefiero que vayas con la cara lavada. ¿Está el coche preparado? Que vosotros tenéis que ir antes para que os den instrucciones sobre cómo va el acto.

—Papá dice que los mayores vais en el coche y que Silvia y yo cojamos un taxi.

La madre se quejó:

—Siempre todo con prisas, no sé cómo lo hacéis. A ver, dile a Filo que baje hasta la Vía Augusta a parar un taxi y que os espere en la puerta. —Fue al cuarto de baño, cogió una toalla, la mojó y se la pasó a su hija por la cara—. Así estás mejor, ¿de verdad no quieres llevar ninguna joya? Estas perlitas de río, por ejemplo.

La hija movió tercamente la cabeza.

—Mamá, no seas pesada, bastante ridícula me siento vestida así..., si me vieran mis compañeros de universidad.

—¿Qué te importan esos melenudos ahora? No pienses en ellos, mujer. Espera, coge la capita de visón por si te da frío. Queco, ¿y la chaqueta?

Mientras se la ponía, le dio a Silvia las últimas instrucciones:

—El primer baile con tu hermano y después con papá. No bailes con los chicos Esteban, la abuela tenía una pollería en el mercado del Ninot, son muy buenas personas, pero no hay que ser democráticos hasta ese punto. Cuando te presenten a la hija de Franco le haces esa pequeña genuflexión que tú ya sabes.

—¿Como si fuera la hostia consagrada?

La madre tuvo un gesto de desagrado, pero no hizo caso al tono mordaz y prosiguió:

—En la foto coge sitio en primera fila, si no luego no se te verá, y piensa que esa fotografía la tendrán tus hijos y nietos, ¡vivirá más que tú!

El rostro de la hija se iba oscureciendo cada vez más, sus expresivos ojos mostraban pesadumbre y abatimiento. La madre se vio acometida por un súbito ataque de ternura. La abrazó en un impulso que no supo explicarse, ya que no era una mujer cariñosa.

—Hija, pero vamos a ver, ¿tan duro es para ti?

La muchacha negó con el ceño fruncido, la madre se apartó para mirarla a los ojos.

—Silvita, es el momento cumbre en la vida de una chica soltera..., ya entiendo que ahora no es lo mismo que en mi época, tómatelo como algo simbólico, como si a partir de ahora pudieras vivir como una persona mayor. —Volvió a abrazarla—. Va, tonta, si luego te casarás y..., pero mientras, disfruta.

La hija intentó sonreír.

—Sí, mamá.

La miró a los ojos, le pasó la mano por el pelo, en realidad, ¿quería para ella esta vida? La vio tan desvalida como cuando era niña y quería ponerse en pie para que la cogiera en brazos, se agarraba a su pierna como un monito.

—Si luego lo pasarás bien, ya verás. Siempre vas enfurruñada a las cosas y luego eres la que más se divierte. —Y añadió deprisa—: Baila con los chicos Esteban y con quien quieras, lo importante es que seas feliz.

La hija la miró con compasión adulta, parecía que le leyera el pensamiento, «mamá, tú sabes que todo esto es una mierda», pero solo repitió como un loro:

—Siempre voy enfurruñada y después me lo paso muy bien... No te preocupes.

El hermano gritaba desde abajo:

—Sil-viaaa Sil-viaaa.

El padre salió a la puerta del salón con una copa en una mano y un puro en la otra y sonrió satisfecho al ver a su hija envuelta en una nube de azúcar, la falda era de tul, pero el cuerpo estaba hecho con encaje de Chantilly, el mejor género que producía su fábrica. Solo se lo encargaban las piadosas damas argentinas y chilenas.

—¿No hay un beso para papá?

Le tendió su mejilla bien afeitada y entonces José María, tan asiduo de la familia que lo llamaban tío, y Remigio, el tío de verdad, y sus mujeres, la irlandesa puta y la tía Berta, quisieron besarla. El tío Remigio sentenció:

—¡Este año pasará a la historia no por esos críos revoltosos que se creen el ombligo del mundo, sino porque se ha puesto de largo la sobrina más guapa!

Silvia se desasió de todos con la desesperación del suicida y se lanzó de cabeza al taxi que esperaba en la puerta, a pesar de que la madre la seguía gritando: «La capa, te dejas la capa». Cuando llegaron frente al hotel Ritz todo era un revuelo de coches, chóferes con gorra de plato, los porteros haciendo reverencias, vestidos largos arrastrándose sobre la alfombra roja, esmóquines, camisas blancas deslumbrantes, joyas centelleantes sobre escotes desnudos, muchos chicos con uniforme de alférez... Queco saltó a tierra y corrió a abrir la portezuela de su hermana porque era un niño muy bien educado, pero Silvia bajó la ventanilla y le dijo en tono apresurado que no admitía réplica:

—Entra tú, vendré enseguida.

Y al taxista:

—Siga, ya le diré dónde tiene que parar.

3

—Déjeme ahí.

El taxista la miró con curiosidad a través del espejo retrovisor, esa callejuela oscura y húmeda del Barrio Chino casaba mal con su huraña pero elegante pasajera, y preguntó:

—¿Está segura? No es un lugar para una... señorita.

Silvia no se molestó en contestar, le tendió un puñado de billetes y abrió la puerta. El taxi dio marcha atrás por el pasadizo y desapareció de su vista. Unas leves nubes se desplazaban por el cielo, y la luna, temblorosa como si estuviera debajo del agua, apenas iluminaba el empedrado desigual, viscoso y grasiento, y las casas estrechas de pequeñas ventanas. Se oían ladridos lejanos y el ruido amortiguado del tráfico de las Ramblas. Ahora hacía casi frío.

Silvia cerró los ojos. La enorme mole de granito que se había instalado en su pecho mientras hablaba con su madre se fue desintegrando, se notó liviana y ligera como nunca se sentía en presencia de sus padres. Como un mantra, repitió la frase que le martilleaba siempre en el cerebro:

—Yo no soy como ellos, yo no soy como ellos.

Dio un golpe de melena y la casa de la calle Escuelas Pías, el chico Cobos, la hija de Franco, su familia y hasta su propia infancia saludaron y abandonaron la escena. Sintió deseos turbios y voces radiantes en su cabeza que la llamaban.

Disfrutó ese momento. Apretó con fuerza los párpados y la oscuridad se pobló de puntos que subían y bajaban, un rosario de cuentas de aluminio que giraban sin fin. Se cogió las puntas del vestido y sintió deseos de bailar como le habían enseñado en el colegio, *demi-plié, jeté, écarté...*

Corrió con ligereza, dobló una esquina y, al ver la puerta acristalada incrustada en la pared que expandía una difusa luz acaramelada, las comisuras de sus labios se arquearon hacia arriba. Se echó la falda sobre el brazo, empujó la madera con el hombro y entró. El humo y el ruido la envolvieron amorosamente y tuvo ganas de aspirar a fondo, como hacía su padre cuando iban a esquiar a La Molina.

No era el paraíso, aunque para ella lo era. Un bar de estudiantes, un local sucio y ruidoso, las copas chocaban con los veladores de mármol y las sillas se arrastraban por el suelo de cemento. Risas, toses, conversaciones a gritos, el tintineo de la caja registradora, murmullos...

En esos silencios de segundos que se producen inesperadamente cuando hay mucho ruido, como si el sonido se tomara un descanso para volver con más fuerza, se oyó la inconfundible voz del líder de los Rolling Stones cantando *Sympathy for the Devil*.

Todos parecieron contener el aliento. Una chica envuelta en organza como un bombón de lujo era algo muy raro en aquella época de minifaldas y calcetines altos, pero no era eso lo que llamaba la atención, sino su rostro bonito y serio. Miraba a su alrededor como una liebre deslumbrada por las luces de los coches, pero sus ojos negrísimos se iluminaron cuando una mano chasqueando los dedos se levantó al fondo, junto a los espejos llenos de manchas que ocupaban una pared entera.

—¡Pija! ¡Aquí!

Fue como guiarse por un faro en medio de la noche. Se abrió paso entre las decenas de conversaciones sueltas aquí y allá, «pues Levi Strauss cuando formula...», «la huelga de los PNN...», «Fidel dice...», «... en Frankfurt...», todos fingían no verla, pero la observaban por el rabillo del ojo. Silvia, que estaba acostumbrada a causar este efecto en la gente, se acercó a la última mesa del bar y, sin ocurrírsele nada ingenioso, acometida de un súbito ataque de timidez, torció los pies hasta que las puntas se miraron como cómicos tristes, y protestó:

—No me llames pija.

—¿Pues cómo te voy a llamar? —replicó Norman examinándola de arriba abajo—. ¿Cenicienta?

Le cogió la punta del vestido y lo frotó, como suelen hacer los fabricantes textiles en los chistes, haciendo el payaso.

—Muy buena tela, sí, señor. ¿Sabadell o Tarrasa? Primera calidad —acentuaba el acento catalán, fingía toser como un viejo—. En mis tiempos las chicas no se vestían así para ir a un bareto como este y con esta gentuza, pero qué se yo.

La miraba guiñando los ojos. Era un tic, como crujir los nudillos, mover el pie cuando tenía las piernas cruzadas, querer irse de los sitios... Este nerviosismo eléctrico, su delgadez, el pelo largo, lacio y negrísimo que siempre le caía sobre los ojos y se apartaba con las dos manos anchas, grandes, extraordinariamente hermosas, enternecían a Silvia y le daban ganas de llorar, aún no sabía por qué.

Así que preguntó estúpidamente:

—¿De qué habláis?

Fue Emilio el que contestó con una punta de sorna:

—De la dictadura del proletariado.

Pero Toni, un compañero que había salido rebotado del seminario, le dio un codazo porque siempre podía haber algún secreta en la mesa de al lado en busca de elementos subversivos.

Silvia se sintió ridícula. Como siempre que veía a Norman, se sentía frágil y vulnerable, temía meter la pata, se daba cuenta de que, por mucho que fuera la lista de la familia, no dejaba de ser una completa ignorante, ¡si ni siquiera sabía quién había iniciado la guerra en realidad! ¡Si en su casa siempre hablaban de Franco como de un salvador! Pero no se atrevía a preguntar para que no se mofaran de su colosal desconocimiento de la historia.

Emilio le tendió su propio vaso de vino, que apuró echando la cabeza hacia atrás. Norman aprovechó para meterle los dedos en el escote.

—Oiga, señorita, preguntar no es ofender, ¿no? ¿Es usted un poco putilla?

Silvia no sabía qué tocaba, si molestarse o reírse, porque nadie se enfadaba con Norman Doménech, que era desenvuelto y simpático, conocía a medio mundo, estaba emparentado con el resto y tenía madera de líder y lo sabía, aunque era un dios bondadoso que trataba a sus criaturas con benevolente generosidad. Había nacido en México, hijo de un catedrático de Literatura que había sido *conseller* de la Generalitat y se había exiliado después de la Guerra Civil. Su madre era estadounidense y Norman hablaba con un acento peculiar que añadía un nuevo encanto a su exótica personalidad.

Se dijo que se había enamorado de su forma de hablar. Porque estaba enamorada de él, ¿no?

Norman le cogió la mano y la hizo girar sobre sí misma como una figurita de caja de música.

—Baila, que te veamos.

Mati, la compañera de Norman (un día había cometido el pecado de decir «tu novia» y todos se habían cachondeado de ella), la miraba con severidad. A Silvia, al principio, le había dado miedo porque era pobre y tan inteligente que estudiaba con una beca y, además, ¡había estado en el Mayo francés y llevaba medias negras! Pero cuando se dio cuenta de que lo de las medias negras no era por afrancesamiento, sino porque tenía unas piernas monstruosamente gruesas, se le cayó la venda de los ojos y sus comentarios mordaces y sus caras de desprecio dejaron de importarle.

—¿Aún se celebran esas ceremonias de iniciación a la madurez, como en las sociedades tribales? Margaret Mead cuenta que en Borneo...

Pero se calló al darse cuenta de que a nadie importaba lo que decía la doctora Mead, y menos que nadie a Norman, que miraba a Silvia con los ojos entrecerrados y la respiración alterada.

Alicia, una morena de gafas gruesas que era el *alter ego* de Mati, lanzó una risotada.

—Te habrá costado una fortuna el vestido. —Toqueteó una bolsita bordada que Silvia llevaba a modo de cinturón—. Pero ¿esto qué es?

Distraídamente, Silvia respondió:

—Una limosnera —se la tendió para que la viera—, era de mi abuela, es para llevar el dinero y...

Pero levantó la vista sorprendida con las risotadas del grupo, «¡Una limosnera!». Norman empezó a hacer el bufón, cojeando, extendió la mano y se fue a las mesas vecinas, «Una limosna por el amor de Dios... para ponerme de largo...». Mati bufó despreciativamente y puso todo su asco en la palabra «¡limosnas!», hasta el cura rebotado se carcajeaba. A Silvia se le encendieron las mejillas y arrancó furiosa la bolsa de las manos de Alicia, que la levantaba para que todo el mundo la viera.

Un sollozo de rabia le obstruyó la laringe, pero Emilio le dio un abrazo y la obligó a sentarse en sus rodillas.

—No hagas caso, tonta. Lo hacen sin mala intención.

Emilio era un madrileño mayor que ellos que se definía como poeta, aunque nadie hubiera leído jamás un verso suyo. Siempre llevaba la última novedad literaria debajo del brazo. Aunque asistía a clase, no estaba matriculado y nadie sabía muy bien de qué vivía. Silvia había visto varias veces como Norman le daba dinero a escondidas. Le susurró al oído:

—Ellas están celosas y ellos están enamorados.

Aunque nadie se lo había dicho, todos sabían que Emilio era homosexual, aunque ese tema no se tocaba.

Norman, al verla cabreada, se rio más todavía.

—Uy, uy, qué enfadada.

Llegó el camarero con nuevas copas, todos se olvidaron de la limosnera, Silvia cogió una y la bebió de un trago.

Emilio la miró con admiración.

—Qué saque tienes, hija, pero oye, a tus viejos ¿los has dejado plantados? Norman nos dijo que no te atreverías a venir.

Silvia sentía ya la audacia voluptuosa de la borrachera y se levantó la falda enseñando las medias sujetadas por las ligas, chistó al camarero pidiendo otra copa y respondió con altivez:

—Pues ya ves que sí me he atrevido.

Norman reía y le comentaba a Alberto, un compañero mallorquín que llevaba el pelo muy corto porque había estado en las milicias universitarias, atornillándose un dedo en la sien:

—Ya te dije que estaba loca.

Silvia empezó a moverse al ritmo obsesivo de los tambores de *Sympathy for the Devil,* trummm trummm, y encendió un cigarrillo con un pequeño Dupont de oro que le habían regalado sus padres por su puesta de largo. Echó el humo hacia arriba y comentó con indiferencia chulesca:

—Están esperándome en el Ritz... La hija de Franco también. Me tomo este vino y vuelvo.

Se acercó Norman y le dijo con una seguridad apabullante:

—Tú no vuelves, que te lo digo yo. Métetelo en la cabeza. No vuelves, no.

Se miraron a los ojos, se retaron. Mati fingió que tenía calor y empezó a abanicarse con la mano.

—Dejad esa bobada... Si quiere ir a hacer el mierdaseca, adelante.

Silvia rio también. Ahora se sentía poderosa, en la cima del mundo, en un estado de exaltación inaudito, se veía capaz de mover piedras enormes.

Siempre había sabido que, mientras las otras chicas tenían que esforzarse para que les hicieran caso, desplegar una conversación inteligente, poner morritos, parecer pizpiretas y femeninas, o ser más agresivas que nadie, más rebeldes, ella no necesitaba recurrir a trucos tan bajos. Expelió el humo lentamente, se levantó de las rodillas de Emilio y se acercó a Norman. Empezó a cantar con su voz desafinada y su inglés de colegio y veranos en Irlanda. Se dejó el cigarrillo colgando del labio, el humo le hacía cerrar un ojo, se levantó el pelo en lo alto de la cabeza, movía las caderas, Norman la coreó en su inglés perfecto. Se acercaban los cuerpos por una atracción avasalladora, todas las emociones que caben en un ser humano pasaban por sus rostros, deseo, codicia, celos. Posesión. Mati protestó:

—Vaya par de imbéciles estáis hechos los dos.

Sin dejar de mirar a Silvia, Norman le espetó:

—Cállate.

El camarero le trajo otro vaso de vino, que Silvia iba a apurar de un trago, pero Norman lo cogió para depositarlo sobre la mesa.

—No bebas más.

Emilio tosía y encendía a la vez un cigarrillo con la colilla del otro utilizando el celofán del paquete como cenicero, mientras Norman tiraba displicentemente la ceniza y las colillas al suelo, donde no se molestaba ni siquiera en pisarlas. Y reía, a Silvia le gustaba tanto su risa que se la hubiera bebido en lugar de ese veneno peleón que le dejaba los labios tintados de negro.

En el forcejeo por la posesión del vaso, le cayó vino sobre el vestido. «La virginidad mancillada», señaló él con su dedo largo y huesudo, era tan delgado que el reloj, un Rolex deportivo de pulsera metálica, le bailaba en la muñeca. Llevaba un suéter negro, le asomaban las puntas del cuello de una camisa impolutamente blanca. Silvia sabía que Norman y sus hermanos vivían en un piso de la calle Balmes, con una criada que se ocupaba de todas las tareas de la casa porque sus padres seguían en México. Le había dicho:

—Mi padre dice que hasta que no se muera Franco no vuelve.

Lo había conocido cuando organizó una conferencia en el salón de actos de los Escolapios de la calle Balmes, al lado de su casa, con diapositivas que había hecho en el kibutz de Israel donde había pasado el verano; con Mati, por supuesto. Silvia había visto la convocatoria anunciada en el patio de la Central, donde iba a clase, y, como no conocía a nadie, porque ninguna chica de su colegio se había matriculado en la universidad, había decidido asistir. Se había aburrido tanto como la escasa asistencia, pero Norman había bajado al patio de butacas a darle conversación y después le presentó a Mati y a sus amigos, que mantenían con Silvia una distancia burlona.

Un día, enfurruñada y frente a un carajillo en el bar de la facultad, le había comentado:

—Me tratan como si fuera gilipollas.

—Es que lo eres un poco, ¿no, pijorra?

Silvia protestó:

—Oye, que mis padres están medio arruinados.

Él se echó a reír con gran exhibición de su blanquísima dentadura, nadie podía lucir en España unos dientes como los suyos, y le dijo dándole un medio abrazo:

—¿Ves como eres una tonta?

Pero ahora los amigos se desvanecían, fantasmales como sus padres, su casa, su vida anterior, y solo estaba Silvia para Norman y Norman para Silvia.

Emilio le dio un pellizco.

—Tía, un poquito de respeto, que no estáis solos.

La desdeñada Mati no podía protestar porque tenía a gala pregonar el amor libre y las relaciones abiertas y, aunque no los perdía de vista, ahora fingía estar enfrascada en una conversación con una pareja fea y triste sobre *El acorazado Potemkin,* que habían visto todos en el cine club Diana. Norman, infantilizado por el pelo que le caía sobre el ojo, la camisa asomando por el pantalón, le dijo con voz trémula y las mandíbulas apretadas:

—¿Por qué no nos vamos a tomar algo tú y yo y te hablo de la dictadura del proletariado?

—¡Sí, vámonos!

Norman cogió su chaquetón con la mirada perdida, pero aun así detuvo a un camarero.

—Lleva unos bocadillos a la mesa y apúntamelo todo.

Sabía que esa sería la cena de Emilio, y que Norman se hubiera acordado de eso, a pesar de que el deseo salvaje lo comía por dentro, conmovió a Silvia. Le pareció que era lo más generoso que había presenciado en su vida, tenía ganas de arrodillarse y besarle la mano, tenderse a sus pies para que Norman la pisara, como hacían los tunos con sus capas. Se sentía embriagada como si se hubiera fumado un porro, aunque nunca lo había hecho... todavía. Se colgó de su brazo porque era mucho más bajita que él, y lo miró con tal embeleso que a todos les dio risa.

Mucho más tarde, los periodistas preguntaron a sus amigos:

—¿Qué impresión os dio?

Quisieron decir que cada vez que la evocaban sentían casi el ruido del correr de un agua clara y transparente, trasmitía pureza e inocencia. Pero ¿cómo contar eso sin sentirse ridículos? Salieron del paso con un banal:

—Era muy mona.

Se oyeron voces aisladas:

—Chao, Norman, salud, adiós.

Ciego a todo menos a su deseo, arrastrándola por el brazo, Norman no contestaba. En ese momento entraba un barbudo, que llevaba un chaquetón con capucha, abrazado a un montón de periódicos. Miró a Silvia lascivamente y con una gran reverencia dejó paso a la pareja. Por primera vez, Silvia vio en los ojos de Norman algo parecido al respeto.

—No, no, Xavier, primero tú, por favor.

El barbudo entró dándole un puñetazo en el hombro, «Doménech, tú siempre con la tía más buena, cabronazo», seguido de cuatro o cinco muchachas con bufandas y gafas de pasta negra. Norman advirtió el desconcierto de Silvia y le preguntó:

—¿No sabes quién es? Xavier Roca de Figueras.

—¿Estudia Filosofía también?

—No, claro, es profesor de Ética, aunque ahora están en huelga... Acaba de salir de la cárcel.

¡La cárcel! Se estremeció. Era la primera vez que veía a alguien que había estado en la cárcel.

No sabía Silvia qué le deparaba el futuro.

Emergieron tambaleándose del bar, caminaban y se miraban a los ojos, Norman le cogió la mano y se la metió en el bolsillo, qué bien estaban las dos manos allí, la mano grande de él, la mano pequeña de ella. Silvia se sintió protegida por primera vez en la vida. Esos dedos largos y secos. Ah, el amor, que recorre el mundo como un silencioso fuego subterráneo.

4

Caminaban y se miraban a los ojos.

—¿Estás cansada?

—No, claro que no.

Cuando estaban a solas, algo que muy pocas veces había ocurrido, Norman apeaba el tono algo jactancioso que exhibía normalmente y el deje cínico, se olvidaba de las bromas y hasta de sus tics nerviosos, y tomaba el timón de su personalidad el chico considerado y afectuoso, educado por una madre feminista.

Se lo había dicho con desenvoltura nada más conocerse, el día de la charla sobre el kibutz en el cine fórum de los Escolapios, cuando había bajado del escenario y se habían sentado con sus amigos en las butacas fumando un cigarrillo. Los acomodadores apagaban las luces y Silvia trataba de no meter la pata ante conversación tan enjundiosa.

—Lo que más me ha atraído de Israel es la relación hombre-mujer, aun sabiendo que hay otros asuntos más perentorios... Quizás porque mi madre es feminista.

Silvia había preguntado con ingenuidad:

—¿Qué quiere decir «feminista»? ¿Es de la Sección Femenina?

Mati, su compañera, se había echado a reír.

—Anda, esta es tonta. ¿La Sección Femenina, ese nido de fascistas?

Silvia abrió la boca para protestar, porque ella había hecho el servicio social de la Sección Femenina cuidando niños pobres en la Maternidad y no entendía que aquellas señoras algo hombrunas con camisa azul pudieran ser fascistas como Mussolini, que ese sí sabía que lo era porque en su colegio americano leían la revista *Life* y las *Selecciones del Reader's Digest*. Pero Norman cogió a Mati por el brazo y le susurró imperiosamente:

—¿Quieres callarte? Nos vas a meter en un lío.

Mati se soltó encabritada, aunque Silvia no se dejó arredrar porque por algo llevaba dieciocho años siendo la princesa de su casa, y soltó una risa de suficiencia.

—Ah, ya, perdona, feministas, no te había oído bien..., tortilleras, quieres decir, no soy tan ignorante como te imaginas.

Y de inmediato se tapó la boca con la mano porque acababa de llamar esa cosa tan fea a la madre de Norman..., qué falta de educación y de todo, pero, por otra parte, si fuera tortillera, no podría tener hijos, ¿no? Miró a Norman de reojo temiendo que se hubiera ofendido, pero el muchacho estaba con las palmas de las manos hacia el cielo y meneando la cabeza como no dando crédito, aunque sonreía. Mati aprovechó para acercarse a Silvia y le clavó el índice en la frente dándole golpecitos.

—Podrías leer un poquito, pedazo de boba, a Simone de Beauvoir, por ejemplo. Feminista es que el hombre y la mujer somos iguales.

Silvia enrojeció.

—Pues yo no creo que seamos iguales. —Y había añadido maliciosamente, herida por su burla—: Y las mujeres tampoco somos iguales.

Se hizo un silencio ominoso porque, desde luego, Mati y Silvia no podían ser más distintas. Silvia creyó que se había apuntado un tanto, pero se arrepintió en cuanto se dio cuenta de que Norman había apartado molesto la vista y después cogió cariñosamente a Mati por el hombro y le hizo una carantoña que suavizó el rostro siempre severo de la muchacha.

—Pijorra, cuidado con los adoquines, que te caes.

Silvia simulaba que tenía que apoyarse en Norman, caminaban y se miraban a los ojos, Norman de vez en cuando le daba una sacudida para acercarla más aún y Silvia se empinaba para que se tocaran sus caderas, hueso contra hueso. Sin darse cuenta desembocaron en la amplitud de las Ramblas, habían regado y solo pasaban algunos transeúntes solitarios arrimándose a las paredes, mientras un camarero bajaba la persiana del Café de la Ópera y un gato maullaba furioso y se perdía calle abajo zigzagueando en dirección al puerto.

Todo estaba cerrado ya, pero en los portales oscuros se veía a algunas mujeres fumando un cigarrillo, esperando a un cliente rezagado, el último milagro de la noche. Observaban a la pareja en silencio. Silvia tropezó y él le preguntó con solicitud:

—¿Estás bien?

Asintió con los ojos cerrados, la medialuna de sus pestañas manchaba el brillo nacarino de sus mejillas. Algo iba a pasar, irrevocable, pero Silvia quería prolongar este momento de víspera, nunca sería tan feliz, pensó.

Tiritaba sin darse cuenta, le temblaba la barbilla, castañeteaban sus dientes, pero si alguien le hubiera preguntado si tenía frío se hubiera reído a carcajadas porque nunca se había sentido tan plena ni tan viva. Norman se quitó el chaquetón, lo puso sobre su traje de fiesta, era tan pequeña que le servía de abrigo, la falda de organza colgaba desgarrada y manchada de vino sobre las medias llenas de carreras. Silvia se descalzó, se levantó el vestido, se quitó medias y ligas, y ya iba a arrojarlas al suelo cuando el muchacho, que la observaba ávidamente, sin pronunciar palabra, las cogió y se las guardó en el bolsillo del pantalón.

Hincó una rodilla en tierra y le puso solemnemente los zapatos.

—Cenicienta, siempre a sus pies —intentó bromear—, aunque están bastante sucios, todo hay que decirlo.

Un bar permanecía aún abierto, Silvia propuso:

—¿Entramos?

Era una barra americana, ya sin clientes, con el dueño haciendo caja mientras una mujer rubia y ajada limpiaba el mostrador. Norman asintió gravemente, como si fuera una decisión importante. La mujer iba a decir «Está cerrado», pero el hombre le hizo un gesto para que se callara y preguntó:

—¿Qué queréis?

—Dos vinos.

—No hay vino.

—Pues dos coñacs.

Se los tomaron pausadamente mientras fumaban un cigarrillo. Norman cogió el diminuto encendedor de oro y le dio vueltas.

—Es bonito.

Ella, en un impulso, le dijo:

—Quédatelo, te lo regalo.

Sin dudarlo, Norman se desabrochó el reloj, le cogió la mano y lo ajustó a su muñeca. Se miraron y estallaron en carcajadas, porque por un momento se habían puesto tan pomposos que parecía que intercambiaban anillos y se estuvieran casando.

Silvia lo acercó a sus ojos para verlo mejor y se dio cuenta de que en el cierre estaba escrita una fecha.

—Pone... 5 de mayo de 1958.

—El día de mi primera comunión.

Ella se sorprendió.

—Pero ¿cómo? ¿Vosotros hacéis la comunión?

Él arrugó el ceño fingiéndose ofendido.

—¿Y ese vosotros?

Ella tartamudeó:

—Bueno, quiero decir..., vosotros, ya sabes, los rojos.

Él la miró pensativamente, le cogió un mechón de pelo, lo retorció alrededor del dedo, tiró de él, se lo puso detrás de la oreja y con voz muy dulce precisó:

—Qué ignorante eres, pequeña, qué pena me da. Querrás decir los exiliados. Mi padre vive desde que tiene veinticinco años fuera de España..., y te aseguro que no es por ser peor católico que Franco.

¡Franco! ¡No, no, Franco no puede decirse! El nombre sonó como un trallazo, como si lo hubieran gritado los coros enteros del Ejército Rojo y el Orfeón Donostiarra. Se hizo el silencio en el bar, la mujer se había quedado inmóvil, trapo en mano, y el hombre había dejado de hacer ruido con la caja. El teléfono que estaba colgado en la pared de pronto se hizo enorme, ocupaba toda la estancia. Negro como un mal augurio, negro como un pajarraco siniestro. Podía bajarse la persiana de golpe y se quedarían atrapados hasta que vinieran a detenerlos. Pasaron los segundos, diez, veinte, treinta... Tensos, muy tensos. Hasta que Norman levantó la copa y brindó con aparente tranquilidad con ambos. El hombre meneó la cabeza con desaprobación, regresó a sus tareas, y la mujer les volvió la espalda.

Silvia sintió un miedo indefinido como no había sentido nunca y se bebió el coñac de un trago.

El licor ambarino bajó por su esófago como una bola de fuego porque era muy malo, pero daba igual porque Norman llevaba los primeros botones de la camisa abiertos y Silvia se fijó en sus clavículas, levantó la mano y acarició esos huesos largos y elegantes, él bajó la cabeza y buscó su mano con la boca, y ella acercó la palma ahuecada a su mejilla, como una madre. El chico cerró los ojos, fue un gesto íntimo, ¡la comunión de dos almas!

La mujer los sobresaltó:

—¿Qué? ¿De retirada ya?

Tenía la voz aguardentosa y lavaba unos vasos diestramente mientras una colilla le colgaba del labio; era tarde, pero quizás, como ellos, intentaba prolongar este instante porque no quería irse a dormir. Norman carraspeó, se rehízo y contestó con voz normal:

—Más o menos.

A Silvia le desagradó que volviera a ser el Norman que todos conocían, emitió una queja leve de animal herido y se arrimó a él. Observó a la rubia con severidad, «nos amamos, cállate, tú eres vieja ahora, pero debes reconocer y respetar este sentimiento sagrado». Sin preguntarles nada, la mujer sirvió dos copas más, dirigió una mirada furtiva al hombre, que estaba haciendo montones con los billetes y las monedas, y se sirvió una tercera para ella, que vació de un trago. Luego les guiñó un ojo y les informó cómplice, en voz baja:

—Si queréis, hay un cuartito arriba... Solo os costará trescientas pesetas y podéis estar un par de horas.

Los dos se miraron, Silvia pensó que la había tomado por una prostituta e iba a aceptar, presa de una excitación inexplicable, pero ya Norman aclaraba:

—Esta no..., no es eso...

La mujer, disgustada, cerró la botella, la puso en el estante con un golpe seco y gruñó:

—Son veinte duros. Vamos a cerrar.

Salieron, Silvia lo riñó:

—La has cagado, yo quería que se creyera que soy una puta.

—Estás loca.

—No.

—Sí.

Fueron dándose golpes por la calle como cachorrillos jugando.

—Puta, puta, puta.

—Cagado, cagado, cagado.

Corrieron atropelladamente Ramblas arriba y abajo, ella sujetándose el vestido y dejando al aire las piernas desnudas. Pasaron por delante del Liceo y allí, ante ese teatro en el que la familia tenía palco y al que iban todos los miércoles, Silvia debería haberse acordado de sus padres, tendría que haber recordado que esa noche iba a ponerse de largo, pero que la celebración ya hacía horas que había terminado y el hecho de que ella hubiera desaparecido sin explicaciones, delante de la hija de Franco nada menos, se había convertido en un pequeño escándalo en el círculo restringido de la gente bien de Barcelona.

Las posibilidades de que el chico de los Cobos quisiera algo serio con ella se habían reducido drásticamente. En realidad, esa noche conocería a una sobrina del marqués de Villaverde, el yerno del Caudillo, y se casarían en los Jerónimos al año siguiente.

Pero ¿qué más daban padres o Franco? Se sentían poderosos porque en ellos habitaba la fuerza del instinto, lo que mueve el mundo generación tras generación, lo que hace que mueran multitudes y sean reemplazadas por otras. ¡Corre, vida, corre por las venas!

En el Arco del Teatro, Norman se detuvo y Silvia lo miró anhelante, con esos ojos tan grandes que le comían toda la cara, «qué me ofreces, venga, atrévete, lo quiero todo, dame futuro»; sonaron unas campanadas, muy pocas, que nadie contó, y a Norman se le trabó la voz mientras preguntaba:

—¿Quieres que vayamos al estudio de un amigo? Esta ahí mismo, en la plaza Real.

Se giró hacia ella, se sentía nervioso, el chico seguro de sí mismo, el líder de la clase, el hijo de la feminista y del exiliado, el amigo que todos querían tener, el protector, el amante tan experimentado que ya se había acostado con cinco chicas por lo menos, ahora estaba emocionado, ahora era él quien se sentía frágil y vulnerable, y es que aún no tenía veinte años.

—Si lo conoces, mujer... Es Claramunt, el que...

Ella asintió mudamente, sabía también que iba a ocurrir algo trascendental en su vida, algo que solo pasaría una vez, y también estaba emocionada y al mismo tiempo eufórica.

El mísero portal estaba abierto, Norman encendió el mechero que los alumbró por una escalera desvencijada hasta el primer piso, se reían a lo tonto, como los adolescentes que casi eran. Lluís Claramunt estudiaba también Filosofía y cultivaba un aspecto agitanado con el pelo engominado con saliva, largas patillas y camisas negras abiertas hasta la cintura, lo que era bastante sorprendente porque era de muy buena familia, burguesa y catalana por más señas. Con el tiempo dejaría sus estudios universitarios y llegaría a ser un pintor reputado, que por desgracia moriría joven.

Les abrió la puerta con ojos somnolientos rascándose el pecho desnudo.

—¿Qué coño...? Va, pasad.

No se sorprendió, era el único de la clase que tenía vivienda propia y recibía visitas a las horas más intempestivas. Si estaba pintando, colgaba un cartel en la puerta, «No molesten», aunque nunca nadie hacía caso.

Era un estudio enorme, lleno de cuadros. Silvia los miró con curiosidad porque le gustaba dibujar y no lo hacía mal del todo. Unas telas en blanco se apoyaban contra la pared. También, en confuso montón, había objetos variopintos, lámparas de hierro, utensilios de labranza, tenedores y cucharones. Lluís había roto con su familia y vivía de vender chatarra, como los auténticos gitanos. Olía a pintura, a aguarrás, a cigarrillos de grifa, a cañerías defectuosas; en un rincón, en el suelo, había una colchoneta cubierta por una manta de franela y al lado una caja de madera con una vela.

—Yo ya estoy durmiendo, os podéis quedar ahí.

Silvia preguntó:

—¿Tienes algo para beber?

Al sonido de su voz, Lluís se despejó y la miró detenidamente.

—Pero si tú eres... —chasqueó los dedos— Silvia, sí, Silvia... Pero qué casualidad, te espío siempre en el patio, ¿no te has dado cuenta?

Silvia hizo un mohín encantador con los labios, no se daba cuenta porque siempre había atraído todas las miradas y no le llamaba la atención, pero a pesar de eso preguntó, por petulancia, por vanidad, por coquetería:

—¿Y por qué me espías?

—Porque te quiero pintar... He estado a punto de preguntarte muchas veces si no te importaría posar para mí. Espera un momento, ¿quieres?

Cogió una lámpara de mano, la encendió y la acercó a su rostro. Norman se removió incómodo, ora sobre un pie, ora sobre otro.

—Oye, Claramunt, para, ¿vale?

—¡Qué guapa eres, joder!

Silvia levantó la barbilla, retadora.

—¿Tienes algo de beber o no tienes?

El hombre ya se arrimaba, ya iba a contestar con algún piropo flamenco, cuando Norman se interpuso entre los dos, arrancó la lámpara de su enchufe y medio en broma medio en serio empujó al amigo fuera de la habitación.

—Oye, cuidado, que es mía.

Ese «es mía» le gustó tanto tanto a Silvia que se abrazó por detrás a Norman y susurró contra su espalda:

—Ahora, por favor, ahora.

Norman se volvió, la cogió por los hombros, la miró largo rato en silencio y al fin preguntó:

—¿Nunca lo has hecho?

Se desnudó la carne inocente, callaron los labios, empezó la fiesta.

5

—Fuimos a todos los hospitales, estábamos desesperados, Remigio llamó a sus contactos importantes, desde Samaranch a Garicano Goñi, buscamos en las comisarías..., ¿verdad, Berta, que tu marido llamó a todas las comisarías? —preguntó Carmen a su cuñada, que asintió mientras escupía delicadamente un hueso de aceituna en el puño y lo ponía en un platillo—. Buscamos en todas partes, pero en el fondo yo ya sabía que Silvia...

Las mesas del restaurante Finisterre se iban llenando poco a poco y Carmen hablaba en voz baja con Susan, la mujer de José María, de aquella noche horrible en que su hija había desaparecido. ¡El día de su puesta de largo! ¡Delante de Carmencita Franco! Era el primer disgusto que le daba. Antes, disgusto era que las hijas se quedaran embarazadas y que el novio no quisiera casarse, pero, ahora, ¿a qué peligros debían enfrentarse ahora?

Se observó pensativa las manos donde refulgían su anillo de prometida de brillantes y la cuidadosa manicura, las uñas pintadas de rojo contrastando con el albor del mantel... Eran unas manos jóvenes todavía, sin manchas, unas manos vírgenes, pensó, porque nunca habían acariciado con pasión. Susan se impacientó ante su mutismo repentino y le dio un ligero golpe en el brazo.

—Ya sabías qué...

Carmen se sobresaltó porque todo sonaba a imprecación en el defectuoso castellano de Susan, aunque llevaba viviendo en España veinte años. Era profesora de la Berlitz y había dado clases a José María cuando este tuvo que perfeccionar su inglés para tratar con los primeros clientes británicos que quisieron alquilar apartamentos para venir en verano en busca de sol, paella y sangría. Nadie entendía qué atractivo le había encontrado José María a Susan, que era grandota y desgarbada, apuraba las copas de un trago con ademanes masculinos y, sobre todo, le ponía los cuernos a su marido de forma casi pública.

Carmen respondió a regañadientes:

—Estaba segura de que se había ido con esos..., sus amigos de la universidad.

A pesar de que hablaban de temas de mujeres y en voz baja, desde el otro lado de la mesa Tomás gritó:

—En mala hora la dejé que se inscribiera en la facultad... Esos críos que imitan a los franceses y se manifiestan contra la guerra de Vietnam, ¿qué cojones sabrán ellos de Vietnam? ¡Ni deben saber dónde está Vietnam estos gilipollas!

José María se echó a reír.

—Hombre, a ver, se manifiestan contra los americanos porque no pueden manifestarse contra Fr...

Remigio, que era abogado en Sindicatos y tenía contactos con los altos mandos y en la Policía, le advirtió con una patada debajo de la mesa señalándole con la barbilla al camarero que en ese momento les servía vino, y José María se calló abruptamente. Berta, la mujer de Remigio, se vio obligada a llenar el incómodo silencio:

—Sí, es verdad, menos mal que a mis hijas no les va eso... —Y añadió irónicamente—: No son tan inteligentes como Silvia y doy gracias a Dios. En la escuela Llar aprendieron labores, cocina, plancha... En el Opus Dei tienen muy claro que lo importante es la familia. Y entregarse a los demás, las dos iban al Cottolengo todas las semanas a cuidar a niños tontos, eso que bastante tienen en casa.

Susan preguntó:

—¿Tienen tontos?

La otra pensó que bromeaba, pero como Susan pelaba una gamba con semblante serio, contestó desabridamente:

—Qué cosas dices, Susan, creo que deberías cuidar el lenguaje porque alguien podría ofenderse... Niños, las dos tienen niños.

Carmen trató de interesarse por las hijas de Berta, sus sobrinas eran unas chicas feas e ignorantes que se habían casado muy bien:

—¿Cómo está Gemita?

—Pues ya de cuatro meses..., el niño mayor tiene pelusa y le dice «mamá, yo no quiero un hermanito, sino un perro». Pues que se prepare, porque mi yerno quiere tener un equipo de fútbol.

El yerno era un importante fabricante de ascensores.

—Qué ricura. ¿Y Rosana?

Rosana estaba casada con un juez y vivía en Salamanca.

—Pues, hija, como una reina. El juez es siempre la primera autoridad, por delante del notario, del registrador y hasta del alcalde... Mira, esta semana ha salido en el *¡Hola!* porque han ido los príncipes Juan Carlos y Sofía a inaugurar no sé qué, y ahí estaba Rosana recibiéndolos. Por casualidad llevo el recorte en el bolso, ahora os lo enseño.

Sacó el recorte, que pasó de mano en mano y provocó palabras de admiración, «Qué elegante», «Caray, en el *¡Hola!*». Remigio fingía modestia, «Guarda eso, mujer, qué tontería», pero se le veía hinchado como un pavo. La mujer comentó mientras volvía a meter la revista en el bolso:

—Me dijo que el tal Juan Carlos es un cero a la izquierda, que la lista es la princesa, estuvo hablando con ella mucho rato, la nena de Rosana le entregó un ramo de flores. —Estaba orgullosa de ser el centro de todas las miradas y, como siempre había llevado clavado en el costado el rejonazo de la belleza de Silvia, añadió—: Es tan guapa que la van a hacer reina de las fiestas.

Carmen se extrañó.

—¿Qué edad tiene tu nieta?

—Cinco años, pero estas cosas se preparan con mucha antelación.

Pero a Susan las niñas de Berta no le importaban y volvió a preguntarle a Carmen:

—Pero, entonces, ¿dónde estuvieron?

Carmen suspiró.

¿Cómo iba a contar que su hija había llegado de madrugada a casa, con el vestido roto, sin medias, los tacones torcidos y una expresión obstinada que no se había borrado ni cuando su padre le dio un bofetón? Le volvió la cara de lado a lado, pero Silvia no bajó los ojos, los miraba con un descaro nuevo que a ella la atemorizó.

Después les había soltado, sin molestarse en que la historia resultara verosímil:

—Estuve con un amigo en las tascas del puerto y se hizo tarde. Él se tuvo que ir y después me robaron el dinero y he tenido que venir caminando..., me he perdido.

Se había encerrado en su habitación todo el día. El padre, ya arrepentido de su reacción, paseaba delante de la puerta sin atreverse a llamar y fingía creer en sus mentiras.

—Claro, si no tenía dinero, la pobrecilla..., y perderse es normal, ella nunca ha bajado de la Diagonal, ¿qué coño fue a hacer ahí? —Pero luego recapacitaba—: Deben ser sitios de moda, yo creía que iban a la calle Tuset..., mira que meterse en el Barrio Chino, con la delincuencia que hay, y tal como está la cosa política, con los mineros...

Carmen se impacientó.

—Pero eso es en Asturias, Tomás.

—¿Y? La subversión se extiende por toda España, me han contado que el otro día tiraron un cóctel molotov en la misma universidad. —Carmen iba a protestar y el otro la cortó—: Ya, ya sé que Silvia no. Anda a ver si quiere algo.

Y luego había admitido con una punzada de tristeza, porque no dejaba de ser su niña mimada:

—Tú tienes más mano con ella, seguro que lo arreglas.

Por la noche Carmen fue a llevarle un bocadillo y se la encontró tumbada en la cama leyendo un libro. Tenía la mejilla enrojecida aún, llevaba camisón y se había hecho trenzas, parecía una niña. No levantó los ojos. La madre se sentó a su lado.

—¿Qué lees?

La hija le tendió el libro en silencio, estaba en inglés, *The waves,* la autora era Virginia Woolf.

—No te gustaría. Es una escritora inglesa que se suicidó metiéndose en el río con los bolsillos llenos de piedras. Habla de cosas que no sabes y no te importan.

La madre le pasó la mano por el pelo, Silvia se apartó enfadada, pero sin querer se le escapaba un puchero y estaba a punto de llorar. Carmen la miró con compasión, ¿qué tormentas agitarían ese corazoncito? ¡Daría años de existencia para que no la hirieran!, ¡que no se atreva nadie!

Le daba tanta pena. ¿Qué iba a hacer la vida con ella?

En un impulso la abrazó, y la hija se echó a llorar, la madre la fue amansando con caricias monótonas, como se acaricia a un perrillo asustado.

—Silvia, Silvia, nosotros solo queremos tu bien, ¿no lo entiendes?

—Pero papá...

—Papá, lo mismo. Estábamos preocupados, no sabíamos qué te había pasado.

La hija se sonaba los mocos con la manga mientras grandes suspiros le partían el pecho.

—Es que, mamá, sois mis padres, pero nunca me habéis contado nada..., soy una ignorante por vuestra culpa.

—¿Qué quieres decir?

—¿Sabías que Franco ha matado a cien mil personas? ¿Y que además fue él quien empezó la guerra y la ganó porque era un ejército contra un pueblo?

—Ay, nena, eso es propaganda comunista, y los rojos asesinaban a los curas.

La hija negaba con obstinación:

—No, mamá, eso pasaba porque los curas estaban al lado de los patronos y oprimían al pueblo..., el capital... —No sabía cómo continuar, le temblaban los labios y admitió con humildad—: Hay muchas cosas que no sé y que quiero aprender.

Carmen sonrió con indulgencia.

—Eso es que te gusta un chico. ¿Cómo se llama?

La hija negó con la cabeza.

—No, no es por eso. —Pero la sonrisa al bies la delató—: Se llama Norman Doménech y su padre no es rojo, es exiliado. Los exiliados no son unos muertos de hambre, como siempre me habéis dicho. Mira lo que me ha regalado.

Abrió el cajón y sacó el reloj.

—Es un Rolex. —De repente se dio cuenta de su puerilidad y se avergonzó—. Pero es igual, no me importa.

La madre se extrañó.

—Pero ¿cómo te ha regalado esto tan caro? No es adecuado, no me gusta.

—Ay, mamá, qué más da; además, es un préstamo en realidad. Norman es muy generoso e inteligente, y los otros chicos también.

—¿Sí? ¿Tus otros compañeros?

¿Sus compañeros? ¿Podía considerar a Toni y a Emilio y a Alberto sus compañeros? Pero de repente se sintió parte de un grupo, ¡claro que lo eran! ¡Camaradas!, ¡ser camarada era eso! Y le brillaban los ojos.

—Sí, mamá, no se parecen nada a... los chicos de antes, ellos hablan de cosas interesantes, de filosofía, de política, de historia... Mira, Emilio es poeta y recita a Kavafis de memoria, y hay una chica también, Mati, que es feminista, pero es muy normal y estudia con una beca.

—Pero eso tiene mucho mérito. Parecen buenos chicos, ¿por qué no venís a casa por las tardes en lugar de ir a las tascas? Podéis poneros en el sótano, ya sabes que no lo usamos nunca.

La hija dudaba.

—No sé si ellos querrán.

—Ay, hija, pues estarán encantados, ¿para qué gastaros dinero por ahí, pudiendo estar aquí tan ricamente? Papá ya sabes que viene muy tarde de la fábrica, Queco no sale de su cuarto, todo el día escribiendo en ese diario, y yo no os molestaré.

La hija recordó las vueltas que daban todas las tardes de bar en bar, las conversaciones en voz baja, el miedo a la Policía, y asintió de pronto muy animada:

—Pues se lo diré. —Improvisó una excusa para justificar su entusiasmo—: Queremos hacer una obra de teatro y no sabíamos dónde ensayar. De Fernando Arrabal, un autor muy importante que también está exiliado.

Carmen reconoció:

—No sé quién es, a mí solo me gusta Alfonso Paso. Pero que no sea algo prohibido, este libro tampoco, supongo —dijo señalando el de Virginia Woolf—, a ver si nos vamos a meter en un lío.

La hija se rio mientras la abrazaba y echaba una mirada de reojo al bocadillo.

—No, mamá preciosa, no te preocupes, solo habla de las mujeres.

—¡Carmen!

Se estremeció y pegó un grito sin querer al darse cuenta de que estaba en Finisterre cenando, no en su casa hablando con su hija:

—¿Qué?

—Chica, ¿qué te pasa hoy? Te quedas embobada.

Susan la observaba fijamente, le había hecho una pregunta cuya respuesta también esperaba su cuñada, que la miraba con suficiencia; la jueza consorte y la de los ascensores nunca se hubieran metido en un lío semejante ni hubieran pasado la noche fuera, que, lo mires como lo mires, es una golfería y solo puede haber sido por un chico, cama de por medio. Carmen reaccionó y tuvo un gesto evasivo.

—Bah, al final fue una tontería, tanta preocupación para nada. Yo tenía razón, estuvo por ahí con amigos, de tascas como dicen ellos, cosas de chicos. Esto de ponerse de largo es una bobería pasada de moda. —Y añadió tratando de desviar la atención—: Peor es lo de la nieta de Franco, que se ha escapado con un hombre casado y se han ido a la Costa Azul, el marqués de Villaverde tuvo que ir a buscarla.

La cuñada se indignó.

—Pero eso es mentira, ¿cómo te lo crees?

—Pues me lo han contado en Llongueras, mi peluquero también la peina a ella.

—Ah, pues ya le diré a Remigio que hable con quien

tiene que hablar para que les dé un toque a esos peluqueritos, no se pueden ir soltando estos comentarios subversivos alegremente.

Susan se echó a reír con desprecio.

—Ay, por favor, Berta, no digas memeces. —Se volvió a su amiga—. Pero seguro que hay algún chico de por medio.

Carmen tuvo que admitirlo:

—Sí, claro, a estas edades... Hombre, parece que es un chico bien, el padre vive en México, es un catedrático muy respetado.

La cuñada no se daba por vencida.

—Pero es rojo, ¿no?

—Sí, eso sí, bueno, rojo no, separatista.

—Peor me lo pones.

Carmen contestó a la defensiva:

—Pero viene mucho por casa y es muy educado, no te creas.

Tomás lanzó una risotada.

—Sí, Silvia y sus amigos están todas las tardes en el sótano ensayando una obra de teatro, dicen.

La mujer protestó:

—Mejor que estén en casa que en la calle, ¿no? Al menos sabemos que en casa no se meten en líos.

—Eso es verdad —tuvo que transigir el hombre.

El primer sábado de cada mes cenaban los tres matrimonios juntos desde tiempo inmemorial. Habían elegido el restaurante gallego Finisterre porque el fundador y propietario había sido amigo del padre de Carmen, tan amigos que habían muerto casi a la vez.

La más joven de las tres mujeres era ella, se llevaban pocos años, pero hoy le parecía que no eran años, sino eras las que las separaban de sus dos amigas. ¿Eran amigas en realidad? Si Berta no hubiera sido su cuñada, ¿se hubieran conocido siquiera? No solo no tenía afinidad con ella, sino que le caía mal, le caían mal sus trajecitos cortos de cuello mao que se compraba en Renoma para hacerse la moderna, le caía mal esa envidia feroz que trataba de disfrazar de conmiseración, «Porque tener una hija tan difícil como Silvia debe ser una cruz». Y también le había oído cuchichear un día a Susan: «Pues Miss Mundo tan mona no es, que tiene los tobillos del mismo tamaño que las pantorrillas».

¿Y Susan? Una vez la había visto en El Corte Inglés con un hombre que no era José María. Se arrimaba a él, lo abrazaba, reía, y al final acabó comprando un pijama. ¿Era para el hombre? ¿O tendría la caradura de comprarle la ropa al marido yendo con el amante?

Espió a José María por el rabillo del ojo. Le gustaba mirarlo, se parecía un poco a William Holden. Solo ella se daba cuenta de que nunca llevaba la voz cantante de la conversación, fumaba entre plato y plato, observaba a su alrededor, reía a veces, pero de una forma distante. Iba arreglado de forma negligente, con los pantalones arrugados, el pelo largo, se notaba que no lo cuidaba una mano femenina. Valía mucho más que su mujer y seguro que sabía que ella le ponía los cuernos porque lo sabía Barcelona entera. ¿Por qué consentía? Ni siquiera servía la excusa de los hijos, porque no habían tenido. Alguna vez Carmen se lo había preguntado a su marido y él contestaba:

—Siempre ha sido así, todo le importa un pito, es un nihilista, un hombre sin ilusiones.

Carmen había insinuado:

—A lo mejor es de la acera de enfrente y por eso no le importa.

—¿Maricón? Qué va. Si el padre lo tuvo que sacar del colegio a los quince años y enviarlo a Inglaterra porque se había liado con la criada... Le hizo un hijo, creo.

Mientras pensaba todo esto miraba tan fijamente a José

María que, al final, él se había dado cuenta y la miraba también. Iba a apartar la vista, violenta, cuando advirtió una punta de ironía en el fondo de sus ojos y le pareció que estaba adivinando lo que pasaba por su cabeza, cogió la copita de Bénédictine y se la llevó a los labios para disimular, aunque no le gustaba el licor dulce.

Los hombres fumaban puros y bebían Chivas. Remigio les hizo una seña para que prestaran atención y dijo en tono conspiratorio:

—Sé de buena tinta que el Caudillo está intentando arreglar la situación, no puede haber ni más huelgas ni más manifestaciones, pero los militares le piden mano dura.

Berta se llevó la mano a la boca.

—¿Cómo? ¿Ejecuciones?

Un aire gélido pareció congelarlos a todos, porque todos se acordaron de Julián Grimau, la última sentencia de muerte que se había cumplido, fusilado a la luz de los faros de los coches después de ser bárbaramente torturado en la Dirección General de Seguridad y de un juicio sin ninguna garantía. Los soldados voluntarios no lo mataron bien y hubo que darle el tiro de gracia. Pero el marido la hizo callar porque desde la mesa de al lado empezaban a observarlos con suspicacia.

—No..., estado de excepción, durante tres meses se suspenderán todas las garantías. Mano dura contra los niñatos y de paso contra los mineros y esos comunistas que están infiltrándose en las fábricas a través de los sindicatos verticales como si fuéramos tontos.

Tomás se horrorizó, porque cuando la ejecución de Julián Grimau, hacía casi siete años, se había despertado en Europa una oleada de solidaridad sin precedentes y le habían apedreado el coche en Lyon, donde había ido a comprar unos encajes finos para trajes de novia.

—Pero ¿qué dirán en Europa y en Estados Unidos? Joder, que nos mantenemos con el comercio exterior, que aquí ni dios nos compra una mantilla.

Fue José María el que contestó en tono displicente:

—Pues que están encantados con la postura de Franco como muro de contención del comunismo. Protestan con la boca pequeña, pero en realidad les conviene.

Remigio soltó una carcajada asintiendo con grandes cabezazos, como se celebra la gracia del hijo menos listo.

—Eso es, eso es, el gran error es que todos creéis que Franco es tonto.

Tomás dijo, mientras apuraba su whisky y trazaba en el aire una firma imaginaria pidiendo la nota:

—Pero está mermado de salud, ¿no? Dicen que tiene párkinson.

Remigio se revolvió furioso.

—Paparruchas... Franco vivirá eternamente.

José María hizo un gesto de desagrado, pero no comentó nada.

Se hizo el silencio mientras pagaban a escote como siempre. Las mujeres callaban, cansadas y macilentas, la vida social cose biografías imposibles que resultan una pesada carga para todos.

Susan rodeó a Carmen por los hombros y le susurró una confidencia extraordinaria que la dejó pasmada:

—Qué cansancio... A estas horas te sientes como una vela consumida, ¿verdad?

Carmen se sacudió incomoda, y de pronto ella sintió también el peso abrumador de los bolsillos llenos de piedras, como Virginia Woolf cuando se metió en el río. ¿Toda su vida sería así? ¿Ya no hay nada más? Viviría eternamente, y eternamente tendría que aguantar el hastío de estas cenas y estas personas... Ya se acercaban los camareros con los abrigos de pieles de las señoras en los brazos. Hay que elegir, Carmen, se dijo. Ser piedra o pájaro. Ser vela o antorcha.

6

A las seis de la tarde empezaban los timbrazos, Silvia iba corriendo a abrir la puerta del jardín, de puntillas sobre sus pies alados, el palmo de falda cubriendo apenas unas piernas sin forma, el jersey tan pequeño que a veces dejaba ver una barriga aún de niña. Abría de par en par, el primero en llegar era Alberto, el mallorquín, enseñando en alto la botella de coñac Torres 5 que compraban entre todos. Al principio, Carmen enviaba al sótano a Rosa con una bandeja con café y magdalenas, o a veces era ella misma la que se daba una vuelta a media tarde, agitaba la mano para disipar el humo de los cigarrillos y preguntaba:

—¿Estáis todos bien?

Y los amigos tenían que levantarse con torpe urbanidad, excepto Norman, que contestaba con soltura:

—Muy bien, Carmen, gracias.

A ella las chicas no le gustaban; Alicia era antipática y adivinaba que Mati odiaba a Silvia porque le tenía celos. Su hija le había contado que su madre era limpiadora, y que ella siempre había estudiado con beca porque era muy esforzada e inteligente, pero Silvia había sido agraciada con todas las ventajas de una belleza descomunal, algo que no entrañaba mérito alguno, y eso debía causarle a Mati una frustración tremenda que trataba de ocultar con menosprecio y displicencia. Emilio, sin embargo, le caía bien; un día le había llevado un libro de regalo, *La mística de la feminidad,* de Betty Friedan. Le había gustado una frase de la primera página: «Las mujeres que deberían ser felices porque lo tienen todo, dinero, marido e hijos, sin embargo, se sienten vacías. Es el malestar que no tiene nombre», aunque no había pasado de ahí, de momento. Silvia le contó que Emilio iba al Drugstore del paseo de Gracia a robar libros, se los metía debajo del abrigo y nunca lo habían pillado. Después de leerlos los vendía en los puestos de libros viejos que hay detrás de la universidad y se sacaba un dinero para mantenerse.

Pero, aunque no se lo confesara, Carmen bajaba por Norman, por su mirada aterciopelada y sus hombros puntiagudos que le parecían muy sensuales. Había decidido quitarse la faja y se sentía joven y alocada, se pintaba los ojos con unos rabos negros hacia las sienes y, sin querer, cuando lo veía se atusaba el pelo, se lo había cortado a lo Jane Fonda y se encontraba atractiva. El chico le parecía mayor y más maduro que los otros, que bajaban la vista y se movían nerviosos, esperando a que ella se fuera.

Pero Silvia le había dicho de malos modos que, si Rosa o ella bajaban otra vez al sótano, sus amigos habían amenazado con no volver, porque tenían que ensayar la obra, ya no eran críos y además les molestaban estas costumbres burguesas de saludar y sonreír sin venir a cuento.

«Burgués», «proletarios», «capitalismo» eran palabras nuevas que Silvia pronunciaba con la delectación del neófito y se las colocaba a todo el mundo, incluso a su padre cuando se quejaba de que la curia le había retirado el permiso para poner la etiqueta «Con la venia del obispo de Barcelona» en las mantillas envueltas como regalo para obsequiar en las primeras comuniones.

—Creo, papá, que deberías leer a Marcuse.

—¿Es judío?

La hija dudó.

—No sé, he ido a un seminario que ha impartido Xavier Roca de Figueras...

El padre se extrañaba.

—¿Al seminario? Sí, bien, pues háblales de lo mío a ver si te hacen más caso.

—Papá, no te hagas el tonto. Marcuse dice que la religión desaparecerá porque es la peor forma de alienación, porque afecta a la conciencia que tiene el hombre de sí mismo. —Al ver que el padre enrojecía de cólera porque a él eso de la alienación le sonaba a estar como una cabra, se apresuró a añadir—: Pero no te preocupes porque la cosa no será de un día para otro.

El padre refunfuñaba:

—Pues más tranquilo me dejas.

Aunque luego no podía dejar de comentar a su mujer con admiración:

—Cuánto sabe esta niña.

A Carmen le molestaban a veces la soberbia y la seguridad de su hija y le quitaba importancia.

—Tiene un batiburrillo en la cabeza que ni ella se aclara.

—A su edad es normal.

Pero su mujer le contestaba desabridamente:

—Tú con su edad te tomabas la vida en serio.

Y Tomás hundía la cabeza y callaba, porque no le gustaba recordar aquellos tiempos y esa guerra en la que todos habían perdido, aunque él perteneciera al bando de los ganadores. No había tenido infancia ni juventud, a los dieciséis años ya trabajaba en la fábrica de su padre, que se preparaba para vivir sus años de gloria en un país en el que la religión, las misas y las mantillas lo cubrían todo.

Remató, huraño, dando carpetazo al asunto.
—Son otros tiempos.

Después de la llegada de Alberto y su botella de coñac, Silvia dejaba la puerta abierta para el resto del grupo. Mati, la primera vez que fue, había entrado con tantas precauciones como si fuera terreno minado, observándolo todo con desconfianza y la nariz arrugada. Bruscamente le preguntó a Silvia:

—¿Cuántas personas vivís aquí?

—Pues mis padres, antes vivía mi abuela también, pero ahora se ha ido a Reus con mi tía, mi hermano y la chica... —La otra la miraba con extrañeza—. La criada, ya sabes.

Mati dijo con frialdad:

—No, no sé.

Después se había apoderado del mejor sillón del sótano, un cheslón que había usado el padre de Carmen hasta que murió, y si alguien se lo tocaba le decía:

—Eh, que es mío.

A la timidez inicial siguieron la confianza y luego el descaro. Bajaban la escalerilla en tromba e iban echando los abrigos, las carpetas, los libros, las bufandas en un baúl que estaba en la entrada, encendían la estufa, ponían la botella y los vasos en la mesa y se sentaban alrededor como si fuera un aquelarre. Todos sabían que por un ventanuco con rejas los espiaba Queco, el hermano de Silvia, mordiéndose las uñas y deseando ser mayor como ellos.

Sacaban los cigarrillos, en esa época todos fumaban Fetén. Cada uno llevaba una copia de la obra de Arrabal entre las manos. Emilio, el mayor, el único que entendía algo de teatro, era el director, se ponía de pie y decía en tono normal:

—*El cementerio de automóviles.* Explanada delante de un cementerio de automóviles, acto primero. Habla Dila.

Mati se levantaba a su vez y declamaba con una horrenda voz de falsete:

—A dormir todo el mundo, no quiero volver a oír ni una mosca... A callarse.

Silvia se asombraba de que, aunque era un papel que le iba como anillo al dedo, porque Dila era mandona y antipática, Mati lo hiciera tan mal. A Toni le habían dado el personaje de meapilas, ya que era un cura rebotado, pero él sí bordaba su interpretación de hombre piadoso.

—Solo estaba rezando.

Alicia tenía como única misión pasarle a Mati una campanilla, que agitaba frenéticamente mientras preguntaba con voz monótona:

—¿Creéis que no sé lo que pasa?

Ahora era el turno de Silvia, que decía de forma lastimera:

—Amorcito.

Norman leía sin ninguna entonación:

—No me puedo dormir a gusto, hay algo que me molesta.

—¿No te estarás clavando el volante en los riñones?

Las palabras salían a trompicones, nadie entendía el enrevesado argumento de la obra y el ambiente resultaba pesado, como si una nube negra se cerniera sobre ellos y no solo por el humo de los cigarrillos.

Roger Boadas, un compañero de Biológicas que se había unido al grupo en el bar, ya que, como ellos, apenas frecuentaba las clases, iba escribiendo frenéticamente en una libreta sin escucharlos. Silvia se encontró a su lado en la primera manifestación en la que había participado, iba en cabeza, aunque era de las novatas, por consejo de Norman.

—Mejor aquí, cuando los grises cargan, las últimas filas son las que reciben.

Pero al final los policías se abrieron paso con ferocidad a golpes de porra hasta donde estaban, dejando un reguero de chicos en el suelo, y Roger la había empujado para que se metiera en un portal. Se puso a vomitar por el nerviosismo y él le había aguantado delicadamente la cabeza mirando para otro lado.

Dos horas después tenían la cita de seguridad en el bar Moka y ella se había presentado con Roger. Al verla, Norman le dio un abrazo y le susurró al oído:

—Pijita, me has dado un susto.

Por ese abrazo valía la pena haber pasado todo el miedo; había valido la pena haber nacido.

Roger no tenía papel en la obra y Alberto tampoco, se limitaban a custodiar una enorme bolsa de cuero. Ambos, como el resto del grupo, lucían una expresión grave y taciturna.

Cuando tuvieron la certeza de que Queco se había cansado de espiarlos y se dieron cuenta de que Carmen ya no iba a bajar a saludarlos ni Rosa con sus magdalenas, guardaron las cuartillas con la obra de Fernando Arrabal que nunca iban a representar y sacaron de la bolsa unos enormes carteles que al día siguiente pegarían en la facultad de Letras, los extendieron en el suelo y, con rotuladores de distintos colores, se pusieron a escribir las consignas que les dictaba Roger.

—Nuestro compañero Enrique Ruano ha sido asesinado por la Brigada Político Social en Madrid. Primero le pegaron un tiro y después lo arrojaron desde un séptimo piso, aunque la propaganda fascista y el verdugo Fraga Iribarne digan que se suicidó. Que su muerte no haya sido en vano, luchemos contra el Estado represor y sus esbirros, llamamos a la huelga general y os convocamos a una manifestación el día 28 a las doce de la mañana, saldremos de la Universidad Central en dirección a Ramblas.

—¿No sería mejor decir «plaza Universidad»?

—Sí, bien, a ver si conseguimos que se nos unan los compañeros de Comisiones Obreras.

Se oía el chirrido del rotulador sobre el papel, y el fuerte olor a disolvente invadió el sótano. Silvia era la que tenía mejor letra y sus carteles eran los que quedaban más lucidos.

Mati le ordenó:

—Firma SDEUB.

Era el Sindicato Democrático de Estudiantes, una organización clandestina a la que todos pertenecían. Nadie, que ellos supieran, era miembro del sindicato oficial, el SEU, aunque Mati utilizaba los comedores que tenían en la Escuela Industrial porque eran muy baratos.

Y Silvia no pudo evitar la respuesta irónica:

—Menos mal que me lo dices. Iba a firmar como Silvia Muntaner Castro.

Nadie rio. Estaban conmocionados porque habían matado a un estudiante como ellos, de tan solo veintiún años. Silvia, avergonzada, quizás por primera vez se dio cuenta de que lo que hacían no era un juego de niños.

Mati sacó de su bolso unas octavillas, tenía acceso a un ciclostil, pero nunca se había mencionado dónde estaba.

—Las tiraremos desde la galería sobre el patio cuando Francisco esté desayunando.

Francisco era un bedel del que sabían que era confidente de la Policía.

Alberto juntaba el pulgar y el índice cuando hablaba, como el maestro que sería al acabar la carrera hasta el momento de jubilarse.

—Creo que este tipo de acciones en la Universidad están bien, aunque no estoy de acuerdo con lo de arrojar el busto del rector por la ventana, eso desvirtúa nuestra lucha.

Hubo un murmullo de desaprobación indignada en el grupo. Arrojar un busto por la ventana del rectorado se le había ocurrido a un pequeño número de alumnos de Filosofía de forma improvisada la semana anterior, pero el acto no solo había sido repudiado, como es natural, por la prensa, que decía que había sido planificado desde Moscú, sino por el Sindicato de Estudiantes, que lo consideró «una gamberrada».

—Debemos dar una imagen de seriedad y esforzarnos por llegar a toda la sociedad, y no solo a los universitarios.

Norman protestó:

—Enrique Ruano es uno de los nuestros, la Universidad debe rendirle homenaje: huelga general y reunirnos en asamblea permanente es nuestro objetivo. *Le Monde* sacará mañana una nota.

Norman siempre se sentaba a su lado, a veces le hacía una caricia furtiva, o jugueteaba con sus dedos, y entonces sorprendía la mirada sardónica de Mati puesta sobre ellos.

Un día se había atrevido a quejarse a Norman:

—Es odiosa.

Pero el chico, en lugar de ponerse de su parte, le había contestado con fría cólera, levantando el índice:

—Cállate, tiene más mérito ella que miles como tú o como yo. Se juega no solo la beca, sino su futuro. Que no te vuelva a oír eso nunca más.

Silvia se había callado, qué remedio, pero le hubiera gustado que Mati supiera que Norman y ella... Quizás lo sabía... Silvia desconocía si los compañeros estaban enterados de su relación, porque siempre se comportaban como camaradas.

Siempre..., excepto los domingos.

Ese día no veían al resto del grupo e iban a casa de Norman, un piso feo e impersonal en la calle Balmes. La chica de servicio libraba y sus hermanos solían estar ocupados. Arturo, el mayor, formaba parte del grupo editorial que estaba pergeñando lo que tenía que ser la magna Enciclopedia Catalana y trabajaba casi clandestinamente en un cuchitril de la calle Calvet, días festivos incluidos. Ester, de veintidós años, estaba acabando Medicina.

Se deslizaban hasta su cuarto y hacían el amor en la estrecha cama de estudiante, bajo los *posters* del Che Guevara y Mao Tse Tung. Muchas veces ni siquiera se desnudaban; por increíble que pudiera parecer, Silvia tenía complejo de gorda y Norman estaba demasiado ansioso para detenerse en esos detalles. Eran actos breves que dejaban a Silvia dolorida e insatisfecha y le hacían reflexionar que eso del sexo tampoco era para tanto. Pero lo curioso es que, por muy desilusionada que se sintiera, no disminuía ni un ápice el amor que sentía por Norman porque después, despachada la onerosa obligación de acostarse con su novia, que tampoco estaba entre sus prioridades, el chico se relajaba, ponía a Georges Moustaki en el tocadiscos y la cogía entre sus brazos.

—Ven, pijita.

Ella apoyaba la cabeza, justo ahí, en el hueco de su hombro, y la intimidad compartida, el cariño, los silencios, la música, el cigarrillo, el humo expelido hasta el techo eran lo mejor de todo.

Después Norman, incapaz de permanecer quieto mucho rato, se incorporaba, sacaba un maletín y le enseñaba sus recuerdos de hijo del exilio. La pequeña bandera catalana que estaba en el despacho de su padre en la Generalitat y fotografías de su madre con un poncho de rayas bajo el deslumbrante sol de México.

—Se parece a ti.

Decía Silvia, la enamorada.

A veces sonaban unos golpecitos discretos en la puerta y era Ester, que le llevaba la caja mensual del anticonceptivo Anovial 21, que conseguía a través de un amigo que trabajaba en una distribuidora farmacéutica. Aunque le había proporcionado recetas con un parte médico en el que justificaba su uso «para regularizar el ciclo menstrual», ya que los métodos artificiales para evitar los embarazos estaban prohibidos, Silvia le había confesado que le daba vergüenza pedirlas en la farmacia porque temía que le exigieran el libro de familia.

—Silvia, acuérdate, tres semanas de tratamiento y una de descanso.

Alguna vez tenía un raro cigarrillo entre los dedos y los ojos turbios. Norman la reprendía:

—Ester, por favor...

El primer día Silvia preguntó con curiosidad, más que susto:

—¿Es *hash*?

La hermana le guiñó un ojo y se lo tendió, ya iba a cogerlo cuando Norman le propinó un manotazo.

—Es indignante, sabes que estamos, que estoy, quiero decir, contra las drogas, y encima aquí en casa haciendo proselitismo.

La hermana protestó:

—No seas estrecho. —Se dio media vuelta y le dijo a Silvia por encima del hombro—: Lo siento, Silvia, mi hermano es un tirano.

Norman gritaba a su espalda:

—A Pau tampoco le gusta —Pau era su novio, un sombrío estudiante de Económicas—, boba.

—Es un cenizo como tú.

Pero cuando se despedían en casa, entre semana, ni

siquiera se besaban y Norman se iba Escuelas Pías abajo con el grupo dándose patadas y puñetazos como si fueran chicos de la calle para coger el metro en la estación de Tres Torres, aunque luego la llamaba por teléfono para darle las buenas noches y a veces estaban horas hablando y cuelga tú, no tú.

Pero ese día no llamó. A las diez llegó Tomás, cuando ya habían empezado a cenar, y les dijo tirando el diario de la tarde sobre la mesa:

—Han declarado el estado de excepción en toda España, tres meses. Ya nos lo contó Remigio, no me coge por sorpresa.

Y luego gruñó mientras se quitaba el abrigo y se frotaba las manos para entrar en calor:

—Se pueden registrar los domicilios y detener a cualquier sospechoso sin ninguna orden. Como ha dicho Fraga Iribarne, a la gente de paz no nos afecta, esto está dirigido contra los comunistas, esos anarquistas subversivos y toda la chusma... Nosotros, tranquilos, aunque tus amigos, Silvia, no pueden venir, no se autorizan reuniones y a ver si van a pensar lo que no es.

Cenaron en silencio, cada uno sumido en sus pensamientos. Carmen se quedaba ahora muchas veces así, ensimismada, cavilando que ella quizás también padecía el malestar que no tiene nombre, como Betty Friedan, porque si no, ¿qué era ese vacío inexplicable?

Silvia subió a su habitación, no se hacía a la idea de lo que era el estado de excepción, esperaría a hablar con Norman. Tampoco sabía en qué quedaría la manifestación convocada; Alberto se había llevado los carteles, pero la universidad estaría cerrada, seguramente. Se miró en el espejo, sacó la lengua, se puso una boina con una estrella roja que le había dado Norman y que solo se atrevía a lucir en casa. Se la quitó.

Buscó la caja de Anovial 21 que estaba escondida en lo más hondo del armario, debajo de sus álbumes de dibujo, que hacía siglos que no tocaba, dudó si se había tomado la píldora por la mañana, pero ante la duda prefirió repetir. Se sentó delante de su escritorio. Por Navidad le habían regalado una máquina de escribir portátil, la Lettera de Olivetti, la más moderna, y estaba aprendiendo «a lo ciego», tapando el teclado con un cartón. Tan abstraída que no escuchaba lo que le estaba diciendo Rosa:

—Señorita, que...

—Ya te he dicho que no me llames «señorita», llámame Silvia.

—Está ahí su..., tu amigo, el alto.

—¿Norman?

—Dice que salgas.

Se extrañó. Corría un airecillo helador que movía las copas de los árboles contra un cielo tan nublado que, a pesar de ser noche cerrada, parecía blanco. Se alzó para besar a Norman, que tenía las cuencas de los ojos en sombra, pero el chico se apartó bruscamente y le dijo con voz desconocida:

—Voy a pedirte una cosa muy importante, Silvia, ¿te puedes quedar con una persona en casa unos días?

Silvia tartamudeó sin entender:

—Sí, no sé, ¿qué quieres decir?

—Te voy a decir la verdad, la busca la Policía, nos busca a todos nosotros. Yo tengo un sitio seguro, voy a estar en la casa de veraneo de los padres de Lluís Claramunt, pero a ella no sabemos dónde meterla.

Silvia protestó:

—Pero ¿no exageras? Papá ha dicho que van a buscar elementos peligrosos, comunistas y terroristas...

Norman hizo un gesto de impaciencia con la mano.

—Ay, por favor, no tienes ni idea. —Ella se asustó con su tono y se le llenaron los ojos de lágrimas, pero él fingió no darse cuenta y siguió con una voz tensa, irreconocible—: Ya te contaré, pero ahora, por favor, ¿puedes hacerlo? Aquí no la encontrarán porque tu tío es un pez gordo del Régimen.

Ella se sorprendió.

—¿Tío Remigio?

—Di que..., no sé. Inventa algo, de todas formas tus padres te lo consienten todo y todo se lo tragan.

—Sí, vale, bien, de acuerdo.

De la oscuridad surgió una figura con capucha. Se la quitó y Silvia se dio cuenta de que era Mati. Una Mati sin arrogancia, pálida, temblorosa. El cielo se rompió con un sonido lento de tela rasgada y empezó a llover.

7

—Silvia, gracias por cobijarme... Yo no tengo una red de apoyo como ellos y si no fuera por ti no sé qué hubiera hecho.

—¿Ellos? ¿Quiénes?

—Norman, Roger, Toni y Alberto. Tienen todo el partido detrás. —Al ver su expresión de desconcierto, soltó una risita breve—. Son miembros del PSUC, ¡no me digas que no lo sabías!

—¿Cómo? ¡Son, somos del SDEUB!

—Sí, pero además ellos son del Partido Comunista, forman una célula, se reúnen cada diez días y planifican las acciones que vamos a llevar a cabo. Norman es el responsable y está conectado con el comité ejecutivo. —Rio sin alegría—. O sea que cuando dicen que estamos al dictado de Moscú, en realidad tienen razón.

Mati, sentada a lo moro en la camita gemela de la habitación de Silvia, presentaba muy mal aspecto, no solo porque iba vestida con ropa vieja de deporte que le quedaba grande, sino porque estaba ojerosa y tenía el rostro demacrado. Aun así, fumaba compulsivamente y echaba la ceniza sobre la colcha de *patchwork* que había bordado la abuela.

Silvia abrió la boca. Que sus compañeros tuvieran una vida de la que ella estaba proscrita y pertenecieran al partido de los comunistas catalanes, que tanto criticaban, le resultaba increíble.

—Pe... pero ¿no decían que eran revisionistas y Carrillo antirrevolucionario?

La otra no la miraba, ahora había descruzado las piernas y se removía inquieta, como si algo le molestara; en vez de miedo, parecía que se encontrara mal físicamente, se apretaba la barriga. Silvia había conseguido meterla en casa y en su habitación sin que su padre, ya en cama, se enterara. Pero sí había tenido que contárselo a su madre, que primero se había indignado, pero al final, viendo la tormenta de truenos y lluvia que se había desencadenado sobre Barcelona y el aspecto de Mati, le había llevado sábanas y toallas, llamando con una seña a su hija al pasillo.

—Esto es una barbaridad, a ti qué te importa esta chica, que además está enferma, a ver si es algo contagioso... Mañana a la calle.

—Pero, mamá.

—Ni mamá ni mamó... Ya sabía yo que tanta reunión y tanta obra de teatro no iban a traer nada bueno. —La hija fingió no saber de qué hablaba, pero la madre la cortó—: A ver si te crees que yo estoy tan ciega como tu padre.

Mati había apoyado la cabeza contra la pared con los ojos cerrados y suspiraba. Silvia no sabía qué hacer y le preguntó:

—¿Estás bien?

A duras penas la otra se incorporó.

—Sí, sí. ¿Qué ha dicho tu madre?, que me fuera, ¿no?

Silvia hizo un gesto evasivo con la mano y quiso indagar más:

—O sea que tú no estás en el partido, qué raro, ¿no? Habiendo... salido con Norman y estando tan unidos.

Mati contestó abruptamente:

—Tampoco estamos tan unidos, follar es una cosa y la militancia es otra.

Silvia se sobresaltó, ¿follar?, ¿es que continuaban haciéndolo? Pero no se atrevió a preguntar y protestó en tono lastimero:

—No sé por qué Norman no me ha dicho nada.

La otra la miró con conmiseración e iba a callar, pero al final confesó:

—Norman quería que tú y Alicia os prepararais para entrar en el partido. Manuel Sacristán...

—¿Quién?

La otra se sorprendió.

—¿Norman no te ha hablado de él? Era catedrático, pero ahora trabaja con su hermano Arturo en la Gran Enciclopedia Catalana porque lo expulsaron de la Universidad.

Silvia se llevó la mano a la boca.

—¿El hermano de Norman también está en el partido?

—Pues claro. Y su cuñado, Pau, el novio de Ester. Este mes, Sacristán iba a empezar un aula de estudio y formación para captar nuevos militantes, teoría sobre la lucha de clases, su táctica y su estrategia, el capitalismo monopolista de Estado con lecturas de Marx, Engels, Bujarin y todo eso, iba a durar unos meses —puso tono irónico— y después, según vuestra aplicación y entrega, se os admitiría como gloriosas militantes de base.

Silvia preguntó ingenuamente:

—¿Es una cosa como los seminarios de Xavier Roca de Figueras?

Mati soltó una risotada, interrumpida por una mueca de dolor.

—¡Xavier y su mercado de carne fresca! ¿Sabes cómo empieza sus clases? —Impostó la voz—: «Soy como el jardinero que cultiva sus plantas favoritas...». Y todas sus alumnas quieren ser su planta favorita. ¡Se acuesta con todas!

Aun siendo una revelación suculenta, Silvia no la atendía, porque lo que más le fastidiaba era que Norman se confiara a Mati, y se enfurruñó.

—Mira que no contármelo.

—Nosotros hicimos el curso antes de ir a Israel.

—¿Y no te admitieron?

—Sí, hija, sí, pero al final me eché atrás..., no me va lo de la disciplina de partido, prefiero ir por libre; además, yo no tengo el colchón que tienen ellos. Mi vieja está enferma y deberé ponerme a trabajar lo antes posible, no quiero perder la beca, es la única oportunidad que tengo para que salgamos de pobres.

Aunque fingió compadecerse con un murmullo ininteligible, a Silvia no le interesaba la situación económica de Mati, todavía le daba vueltas a lo mismo.

—Pero Emilio ¿es del PSUC también?

La otra rio burlonamente.

—No, y para él no va a haber ni Sacristán ni cursillos, eso que es el más inteligente de todos nosotros. Un marica está bien para mascota, pero no como comunista.

Silvia protestó:

—Qué injusta. Estás, y perdona, muy equivocada. Norman lo quiere mucho.

La otra tuvo un gesto de sufrimiento que de pronto la envejeció. Silvia adivinó el rostro de su madre en sus rasgos, aunque no la había visto nunca.

—Norman, Norman... tampoco es Dios, ¿sabes?

—¿Qué quieres decir?

Mati replicó con amargura:

—Es muy fácil dedicarse a la política cuando tienes una esclava mal pagada que te lo hace todo, y ser comunista cuando tus padres son millonarios.

Silvia se asombró, nunca hubiera dicho que los padres de Norman fueran millonarios, y ya iba a preguntar cuando Mati señaló con la barbilla la caja de pastillas anticonceptivas que estaban encima de la mesa.

—A mí Ester me da Eugynona.

Silvia primero asintió distraídamente, pero luego se extrañó y preguntó erizada de sospechas:

—Pero ¿qué?, ¿cuándo?

Mati cerró los ojos de pronto, fue como si se le retirara toda la sangre del rostro y murmuró:

—Perdona, no me encuentro bien... Voy a dormir, creo.

Se le demudó la cara y Silvia la observó con preocupación. Ahora se acordaba de que esos últimos días estaba más apagada... La había visto muy poco, por las mañanas ya no iba a la facultad... Le resbaló la cabeza y no sabía si se había desmayado o dormido; Silvia se puso nerviosa. Trató de moverla, la otra se quejó, pero se dio la vuelta, y entonces advirtió que llevaba los pantalones manchados de sangre. Silvia se retiró asustada, la mancha se iba extendiendo por la colcha, iba a llamar a su madre cuando de pronto el chirrido de los frenos y los faros de varios coches rompieron la noche de la calle oscura y silenciosa como un trallazo.

—¡Abran a la autoridad!

Se oyeron portazos, gritos y timbrazos breves, apremiantes.

Mati seguía con los ojos cerrados, Silvia estaba paralizada de terror, Carmen entró en el cuarto y dijo de forma resuelta, sin admitir réplica:

—Ha venido la Policía, que esta chica salga por la puerta de atrás... —Pero cuando vio el estado de Mati, se llevó la mano a la boca para ahogar un grito—. ¿Qué le pasa?

La hija pareció volver en sí y dijo con indignación:

—Le ha venido la regla y mira cómo está dejando la colcha de la abuela. —Aunque luego se le quebró la voz y se puso a sollozar como una criatura—. No sé qué le pasa, mamá, no se despierta y tengo mucho miedo.

Carmen se acercó a la cama, advirtió la sangre y el rostro macilento, cogió un brazo de Mati, era un peso muerto, lo sacudió, y, aunque nunca lo había visto, enseguida identificó lo que había ocurrido.

—Esto es algo más grave...

Silvia se horrorizó.

—¿Le han disparado?

Sin hacerle caso, Carmen se acercó al oído de la muchacha y le preguntó en un susurro apremiante:

—Estabas embarazada y has perdido el niño, ¿verdad? ¿Te han hecho..., te has sometido a un... aborto?

Mati abrió los ojos apenas una rendija y solo pudo asentir con la cabeza. Había palidecido horrorosamente, le resaltaban los granos del acné como si fueran pústulas, las manos las tenía también muy blancas. Carmen miró alrededor buscando consejo en las paredes o en las cortinas con mariposas estampadas, y oyó a su marido, que salía del dormitorio conyugal mientras los timbrazos eran cada vez más perentorios.

—Pero ¿qué coño pasa? ¡Carmen! Rosa, ve a ver quién es.

Bajó las escaleras anudándose el cinturón del batín mientras Queco salía de su habitación restregándose los ojos.

Madre e hija corrieron a la ventana y vieron que Rosa iba con un paraguas a abrir la verja, y dos hombres con gabardina se dirigieron a la casa sin miramientos, mientras otros esperaban resguardados de la lluvia en los coches. El padre les dijo, medio obsequioso, medio extrañado:

—Pasen, claro, no sé qué buscan, pero solo estamos la familia.

Después preguntó ingenuamente:

—¿No se habrán equivocado? Porque ese tal Juan Raventós, al que nosotros no conocemos, vive ahí en la calle Anglí, a cincuenta metros, en una torre como esta.

Durante varios años las detenciones del líder de los socialistas catalanes, que incluso había pasado varios meses en prisión, habían sido la comidilla del barrio. Decían que la madre de Juan Raventós no quería que lo metieran en los coches de policía para que no cogiera piojos, y el chófer lo llevaba con su Mercedes a la comisaría de Vía Layetana con la maternal advertencia:

—No lo torturen ustedes mucho.

Los policías dirigieron al hombre obeso con batín rayado una mirada de desprecio y ni se dignaron contestarle.

Carmen ordenó a su hija, que la consultaba con ojos llenos de angustia:

—Quédate en la habitación.

Se ajustó la bata al cuerpo, respiró hondo y bajó la escalera con determinación y el aire ofendido del ama de casa ultrajada.

—Por Dios, qué hacen, esto es un atropello.

El marido le dio un empujón leve.

—Cállate, Carmen, no tenemos nada que ocultar y estos señores cumplen con su obligación.

Uno de los hombres, después de enseñarles un carné que ninguno de los dos miró, dijo observando el espléndido salón con mirada tenebrosa:

—Nos han informado de que aquí se celebran reuniones políticas clandestinas.

Carmen exhibió una risa alegre de mujer de mundo.

—Por favor, reuniones clandestinas, qué ridiculez. Los niños hacen fiestas con el tocadiscos, guateques con sus amiguitos —hablaba con tanto nerviosismo que apenas se le entendía—. Mi cuñado, Remigio Muntaner...

Tomás recordó de pronto quién era su hermano.

—Sí, claro, mi hermano es Remigio Muntaner, ahora mismo lo llamo.

—No hace falta, si no les importa registraremos la casa, será un momento.

Tomás hizo un gesto amplio como el guía que muestra el Partenón a los turistas, y los hombres se fueron cada uno por su lado. El más joven entró en la cocina y el comedor, y el otro en el despacho. Como se demoraba, Tomás se inquietó y entró también con su mujer detrás.

—La verdad es que no lo uso nunca... —Vio que el hombre cogía una foto de encima de la mesa y la miraba con interés—. Ah, es la viuda del presidente Kennedy. ¿Sabe usted esa mantilla que lleva?

Carmen lo cortó con impaciencia:

—Tomás, no es el momento de entretener a estos señores con tus historias, tendrán prisa.

El hombre dejó la foto y señaló el piso alto.

—¿Y arriba?

Rosa se mantenía expectante al lado de su señora, que indicó con frívola desenvoltura:

—En el tercero hay un desván que debe estar tremendo porque no lo usamos nunca y en el segundo los dormitorios, es un espacio privado —pero le falló la voz y se retorció las manos—, creo que no es necesario que miren.

El hombre más viejo le hizo un gesto al otro sin prestarle atención y empezaron a subir la escalera dejando un reguero de barro sobre la impoluta moqueta. El joven tocaba el pasamos de madera con delectación, como si nunca hubiera acariciado algo tan fino. Se asomaron apenas a la habitación de Queco, que los esperaba de pie, con un brillo retador en los ojos. Después, en el lujoso dormitorio de matrimonio abrieron distraídamente los armarios y rozaron apenas las decenas de trajes colgados. La visión de los abrigos de pieles los dejó boquiabiertos. Cuando fueron a la arqueta de joyas que estaba en el tocador, Tomás tuvo el gesto impulsivo de abalanzarse sobre ellos. El viejo levantó las manos y comentó ceñudo:

—Oiga, cuidado, que nosotros somos funcionarios de Policía y no malhechores.

En el cuarto de baño fisgonearon en el botiquín... La última habitación del pasillo era la de Silvia, que tapaba con su cuerpo la puerta apenas ajustada. Los hombres la miraron con la estupefacción que despertaba siempre su belleza exuberante, y ella, al darse cuenta, pestañeó e intentó sonreírles con coquetería, pero sus ojos decían una cosa y sus labios otra, lo que despertó la sospecha de uno de los policías, que se iba a adelantar para apartarla y entrar en su habitación cuando el más joven lo detuvo avergonzado.

—Déjalo, vamos.

Ya se daban la vuelta cuando el mayor dirigió una última mirada al suelo y advirtió algo que impedía que la puerta se cerrara del todo.

Un pie.

El pie de Mati, que se había arrastrado para intentar huir y se había desvanecido sobre una alfombrilla blanca de pelo largo que, poco a poco, se iba tornando de color escarlata.

—¡Cojones!

Abrieron la puerta de par en par y los dos hombres se inclinaron sobre la chica. Tomás abrió la boca, pero al final, sin saber qué decir, la volvió a cerrar sin proferir ningún sonido. Rosa miraba con compasión. Queco estaba fascinado y aterrado a partes iguales. La única que mantenía la serenidad era Carmen, que se enfrentó a los dos policías:

—Es una compañera de universidad de mi hija y creo que se está muriendo... —Y luego las palabras terribles—: Ha abortado.

Tomás levantó el puño, Rosa abrió los ojos, Queco no entendió qué era eso de abortar y los dos hombres se apartaron bruscamente como si les hubiera picado una tarántula y preguntaron dónde estaba el teléfono. Mientras llamaban al hospital pidiendo una ambulancia y Mati dejaba de parecer persona para asemejarse a una desmadejada muñeca de trapo, un bulto siniestro en la coqueta habitación de una chica de dieciocho años, Silvia empezó a temblar, temblaba tanto que le castañeteaban los dientes, sus hombros se movían como si tuviera un ataque epiléptico y sus pulmones se contraían en un esfuerzo titánico, buscando oxígeno desesperadamente. Carmen se acercó a ella y la abrazó con fuerza, y hasta que no la sintió llorar con mansedumbre, con resignación, con derrota, no la soltó.

8

Carmen no bajaba al puerto de Barcelona desde que era pequeña. Cuando era niña, su padre, un gallego del interior, la llevaba algunas mañanas para contemplar ese mar sucio y gris sobre el que planeaba el vuelo discontinuo de las gaviotas. A veces se embarcaban en una golondrina, aunque a Carmen no le gustaba mucho porque se mareaba, pero no se lo confesaba a su padre para no disgustarlo.

Él, con el pelo echado hacia atrás por el viento, volando la corbata, le decía mientras se agarraba a la barandilla:

—Qué bien lo estamos pasando, ¿verdad, Carmiña?

Y ahora Carmen, sentada en un banco y mirando el mismo mar y las mismas gaviotas, le preguntaba, como hacía a menudo:

—¿Por qué te has muerto, papá?

Cuando su padre murió de un infarto, cinco años atrás, Carmen encontró en la mesa de su despacho, en su casa de la calle Calabria, junto a catálogos antiguos de joyas, recortes de revistas con artistas de cine con collares y pendientes y albaranes caducados, los *tickets* de las golondrinas, eso que habían pasado treinta años.

La madre les reñía:

—Esta niña está muy mimada.

Porque era dura y seca como la tierra donde había nacido: Reus. De una familia de la pequeña aristocracia local, pero sin dinero, siempre le había hecho sentir a su marido esa diferencia de clase.

—En eso de que te guste tanto el caldo se nota que eres de pueblo.

Él se tomaba sus pullas con buen humor y echando mano de su sorna gallega:

—Reus es como Nueva York.

Y cuando se iba de viaje le decía:

—Cuida de mi Carmiña.

La madre daba un bufido porque, aunque era incapaz de mostrarlo, quería mucho a su hija. Pero odiaba Barcelona, la ciudad grande donde nadie sabía del abolengo de su apellido, y, poco después de enviudar, se había vuelto a la casona de Reus a vivir con una hermana soltera. Carmen no pudo menos que sonreír al pensar en lo que habrían sido esos meses para las dos mujeres, cuya principal ocupación era ir a misa y hacer punto, conviviendo con Silvia, a la que habían enviado a Reus al día siguiente del turbio episodio de Mati. Sonriendo estaba cuando le tocaron levemente el hombro.

—Carmen, qué raro encontrarte aquí.

Se sorprendió, hizo pantalla con las manos para evitar los rayos oblicuos del sol de septiembre. Al final, reconoció la silueta corpulenta de José María Llorens, el amigo de Tomás, que se dejó caer pesadamente a su lado. Llevaba la chaqueta al hombro como un estudiante y, como a un estudiante, el pelo le caía con descuido sobre la frente. Estaba fumando un cigarrillo.

—Perdona, José María, no te había reconocido. Sí, ya ves, me ha dado por venir a pasear al puerto como una payesa.

—¿De qué te reías?

Carmen se ruborizó, hablar así, hombro con hombro, con una persona de sexo masculino le resultaba extraño...

Se apartó ligeramente, tiró de la falda para cubrirse las rodillas y se aclaró la voz:

—Nada, de una tontería. —Pero como José María la miraba alentadoramente, al final se sinceró—: De Silvia, ya sabes que desde enero ha estado viviendo en Reus con mi madre y mi tía. Cuando en marzo se acabó el...

Bajó la voz:

—... el estado de excepción, decidimos que se quedara allí un tiempo más. —Él asintió—. Como comprenderás, les alborotó la casa.

El hombre rio y pareció que se interesaba de verdad, se recostó en el banco y extendió un brazo sobre el respaldo como si tuviera todo el tiempo del mundo, se echó el pelo hacia atrás con los dedos abiertos, un gesto que repetía a menudo, y expelió lentamente una bocanada de humo.

—¿En serio? No me extraña. ¿Qué hacía?

—Pues figúrate, la música a todo trapo, se levantaba a la hora que le daba la gana, fumaba y leía esos libros prohibidos, les daba mítines y llamaba «compañera» a la chica de servicio... Tomás les había dicho que no la dejaran salir, pero tienen un perro de esos pequeñajos, ¿sabes? Y Silvia dijo que estaba muy gordo y que lo tenía que pasear.

—Y lo sacaba ella.

—Sí, claro. —Ahora se sentía cómoda, movía las manos, hacía monerías. José María la escuchaba divertido—. Ellas la dejaban salir también para descansar un poco, ya sabes que es una polvorilla. Después la señorita quiso que le compraran un caballete y pinturas, que en Reus había paisajes muy bonitos...

—Es que es muy embaucadora.

—¡Ya la conoces! Y además encontró un baúl con unos camisones de hilo del año catapún y que eran tan monos y frescos, ¡no me lo quiero ni imaginar, iría con unas pintas!

Pero José María dijo con devoción:

—¡Imposible! Tu hija es una belleza. —Y añadió galantemente—: Como su madre.

Carmen rio y le dio una palmada.

—Ay, calla, no seas tonto, no te pegan estas cosas. El caso es que se metió a las dos pobres infelices en el bolsillo, y mi madre venga con que si en Barcelona estaba maleada, que si la educábamos mal...

—¿En serio?

—Calla, calla, ¿y sabes qué pasó? —El otro negó con la cabeza y Carmen explicó circunspecta, pero con los ojos brillantes—: Pues a los cuatro días fue la Guardia Civil a decirle a mi madre que Silvia había montado una pandilla de críos, una célula o qué sé yo, y que les estaba metiendo a todos ideas revolucionarias en la cabeza.

José María no pudo aguantar la risa a pesar de la expresión compungida de Carmen.

—Ay, perdona, Carmen, ya me figuro que no ha tenido nada de divertido. ¡La Guardia Civil!, se dice pronto.

—Ella los llama «picoletos». —Él rio aún más alto—. No, si no me extraña que te rías. Mi madre lo arregló como pudo, les pidió perdón, que estaba trastornada y por eso la habíamos enviado con ella, que tenía los nervios no sé cómo. Menos mal que en Reus la conoce todo el mundo y menos mal que el cabo del puesto era primo de la «compañera».

—¡La chica de servicio!

—Pero mamá llamó furiosa a Tomás y entonces lo sacó todo, que la niña iba con esos trajes transparentes por la calle, que estaba todo el santo día colgada al teléfono hablando con «un hombre» —Carmen imitaba la voz cavernosa de su madre diciendo «un hombre»—, Norman, ya sabes, ese chico de la universidad, y que si perdía la cabeza cuando veía unos pantalones...

José María movía la cabeza aún sonriendo.

—Y Tomás ¿qué dijo?

—Le colgó el teléfono, ¿te lo puedes creer? ¡A mi madre!

Se calló que Tomás le había dicho que se quedara a la niña, sí o sí, por algo le estaba pasando una mensualidad desde que había enviudado, porque lo que le había quedado del marido era miseria y compañía, y que había llegado el momento de agradecer el esfuerzo, tal y como iba la fábrica... Y la madre le dijo que bien que habían vendido lo de Esparraguera, y Tomás le replicó que eso era la dote, y la otra, que la dote era el dinero, las quinientas mil pesetas, y no la finca.

—Pero ya está aquí, ¿verdad?

—Sí..., ahora tiene una boda de la familia de Norman.

—¿Sigue con él, entonces?

Carmen suspiró.

—¿Seguir con él? Está loca por él, en eso sí que tiene razón mi madre. Al menos ha aprendido a hacer punto, porque otra cosa... Ha perdido el curso, ha sido un desastre, tiene que repetir, aunque su padre le dice que ni pensarlo, que a esa universidad no vuelve porque... —su semblante se entristeció— ya sabes lo que pasó.

José María asintió con gravedad:

—Sí, lo de aquella chica, qué desgracia, de buena os librasteis.

Carmen rio con amargura.

—Bueno, nos libró Remigio en realidad.

Nunca olvidaría el momento en que los camilleros se llevaron a Mati, apenas abultaba, era un cuerpo de niña, podía ser suya. O podría ser Silvia la que estuviera en esa camilla. ¡Podía ser todas las niñas del mundo! Estaba inconsciente, pero en un impulso que no supo explicarse le cogió la mano y se la besó.

Tomás tuvo que apartarla con brusquedad.

—No hagas eso. —Y se vio obligado a explicar a los policías—: No la conocíamos, estudia con mi hija, pero mi hija no sabe nada, no sabemos nada de lo que ha pasado, ni cómo se llama siquiera, ni dónde está su familia. Aquí no se trata de política, sino de una chica que se está desangrando. Y ahora, si me lo permiten, voy a llamar a mi hermano.

Remigio se presentó por la mañana horrorizado, que el aborto estaba prohibido por los artículos 411, 412, 413, 414 y 415 del Código Penal, que la ayuda para abortar se castigaba con prisión mayor si la «abortante» no consentía, o prisión menor si consentía. Por no hablar de que el respeto a la vida del *nasciturus* es una exigencia radical de la ley de Dios para los católicos.

Tomás se sulfuraba.

—Pero, hombre, qué barbaridad, si nosotros no sabíamos ni que estaba en casa, y la niña de esas cosas no tiene ni idea.

Después Remigio salió con que Silvia merecía un buen bofetón, que era una malcriada como decía Berta (a la mierda Berta, había dicho Carmen en este punto, pero solo con la mente) y que... Tomás lo cortó bruscamente:

—Si no quieres arreglarlo, llamo a Federico de Valenciano.

Era uno de los abogados de más nombre de Barcelona, y Remigio se sintió ofendido, pero dijo que no, ni pensarlo, que ya se hacía cargo él porque era mejor que todo quedara en familia. Y él también era un buen abogado y, sobre todo, tenía contactos, y en aquella España erizada de miedo y conspiraciones lo mejor era tener contactos. Consiguió que la Policía se olvidara de las reuniones clandestinas y que se aparcara el tema político. Y logró que el juez archivara el caso porque el posible delito había sido una interrupción natural y espontánea del embarazo, hoy por ti, mañana por mí, y así nadie salía perjudicado.

Nadie excepto esa chica. Pero no era de buena familia, ni siquiera tenía un partido político detrás, estaba sola, era pobre, ¿a quién le importaba?

Cuando Carmen preguntó tímidamente por ella, a espaldas de su marido, el cuñado se mostró atónito.

—Pero, hija mía, ¿cómo no te olvidas de esa golfa? ¡Si ha estado a punto de destrozaros la vida! Yo qué sé lo que ha sido de ella, a la universidad desde luego no vuelve.

—Pero, entonces, ¿ha perdido la beca?

Remigio levantó amenazador el índice.

—Carmen, no me toques los cojones..., y cuidadito con Miss Mundo, que ahora se ha salido con bien, pero ya está señalada, ¡a la mínima que haga, por la más pequeña sospecha, la tienes detenida y al trullo! Y a mí no me llames, que bastante trabajo tengo consiguiendo que esto no trascienda.

Se atrevía a hablarle así porque no estaba Tomás delante y vomitaba sobre su cuñada, palabra por palabra, los enredos que su mujer vertía en su oído. Carmen calló acobardada, porque creía, además, que el cuñado tenía razón.

Aunque Remigio no podía luchar contra la maledicencia pública, y ese episodio marcó, por primera vez, a su familia. La mancha ya no se borró, porque ¿cómo se vuelve a meter el genio en la lámpara?

Carmen tampoco olvidaría nunca la sirena de la ambulancia que se llevó a Mati de su casa. Qué habrá sido de ella, se lo iba a seguir preguntando toda la vida y no podía dejar de darse cuenta del sinsentido de que esa muchacha, a la que apenas conocía, ocupara casi tanto espacio en sus pensamientos como sus propios hijos. ¿Adónde habría acudido, en su desesperación, para librarse de *eso*?

Ella sabía que había mujeres, comadronas y hasta médicos que lo hacían, por dinero o por... Ignoraba por qué. ¿Y quién sería el padre? ¿Lo sabría ella siquiera?

Entonces, estas chicas infantilizadas, que iban con coletas y falditas cortas, ¿se acostaban con los chicos? Eran niñas y ya se desnudaban y dejaban que los hombres entraran dentro de ellas. ¿Silvia también? Norman y ella... No, no, su hijita no. Era loca, pero no tanto. No quería ni imaginarlo.

Suspiró, y resumió su pensamiento para José María, que la observaba expectante:

—Qué suerte que Susan y tú no tengáis hijos.

Él la miró pensativamente, pareció que iba a decir algo, pero se calló.

¡El nihilista, lo llamaba Tomás! Un barco entraba en el puerto y él fingió estar atento a la maniobra. Ella tosió llevándose la mano a la boca. Se alisó la falda. Le dio rabia no haberse vestido mejor, iba de trapillo, con un camisero de color beis que no la favorecía. Hacía viento y se soltó la coleta tratando de ajustarse mejor la goma, se retiró el pelo de la frente bien tirante hasta que le pareció oír una especie de reproche, miró a José María, que con el dedo le hizo el gesto de un remolino y le dijo con los ojos entrecerrados y la voz oscura:

—Déjatelo suelto.

Carmen enrojeció violentamente, pero le obedeció, era como si la intimidad que habían compartido esa tarde perdida en medio de una semana cualquiera hubiera creado unos lazos sutiles entre ellos. José María miraba ahora al infinito, su brazo en el respaldo del banco, la mano caía descuidadamente, muy cerca del brazo de Carmen, de la piel desnuda. Si extendía el dedo, podría tocarla.

Se hizo un silencio largo, larguísimo. Levantó la mirada y se dio cuenta de que él estaba a su vez mirándola también. Fueron unos segundos profundos como abismos. Ella hizo una mueca muy leve, interrogante, una súplica. Él arrojó el cigarrillo al suelo con determinación, pareció que iba a inclinarse sobre ella. Carmen vio el iris de sus ojos y una pequeña cicatriz en el labio inferior, fue uno de esos momentos que parecen contener toda la vida... Pero el hechizo estalló como una pompa de jabón, se pusieron de pie, aturdidos, como si hubieran recorrido muchos kilómetros, se besaron en las mejillas torpemente y se fueron cada uno por su lado, aun sabiendo que ya nada volvería a ser lo mismo.

9

Tocaban la bocina con impaciencia y Silvia bajaba las escaleras gritando:

—Voy, ya voy.

En la bolsa llevaba el vestido para la boda de Ester, era de Toni Miró, una especie de kimono de color verde agua, muy corto, cómo no. También se había comprado una pamela enorme de color naranja, que llevaba en la mano, y un regalo para la madre de Norman, a la que al fin iba a conocer: un pañuelo de Loewe.

Los padres la observaban con la admiración de siempre y Queco con su desdén habitual; a él, la belleza de su hermana le producía fastidio, aunque aceptaba resignadamente su papel de segundón en la familia, lo que no dejaba de tener sus ventajas porque gozaba de más libertad que cualquiera de sus amigos, como anotaba cuidadosamente en su diario todas las noches. Aunque no podía dejar de pinchar a Silvia de vez en cuando:

—Patas de elefante.

Durante su estancia en Reus se había redondeado y su cuerpo adolescente se había convertido en el de una mujer hecha y derecha. Tomás estaba algo disgustado porque la niña no había querido llevar una mantilla de las suyas en la boda, pero la hija se había negado en redondo:

—Sí, hombre, y una peineta y olé. Por favor, papá, si Ester lleva un vestido *hippie* que se ha comprado en Ibiza.

Ester. Ester que, a pesar de suministrar anticonceptivos a media Barcelona, se había quedado embarazada. Con todos sus conocimientos, al final había caído, ¡como Mati! Se lo contó el primer día que se había reunido con Norman en su piso de la calle Balmes, a su vuelta de Reus. Mientras estaban el uno en brazos del otro mirándose a los ojos, y Silvia pasándole el dedo por las patillas que acababa de dejarse y que le hacían reír, y el chico le describía el disgusto de sus padres porque tenía que repetir curso y lo avergonzado que se sentía por haberlos defraudado, llamaron a la puerta y era Ester. Sin dramatismo, le había confesado que se tenía que casar. La palabra «penalti» no se había pronunciado, solo que se «tenía» que casar.

—Pau ha conseguido una beca en Banca Catalana y mis padres nos han alquilado un piso en el Putxet hasta que yo acabe la carrera.

Silvia no acababa de entender a Ester, no tenía personalidad y carecía del encanto de Norman. A su novio, Pau, nunca se le había oído una frase completa.

Después le dijo:

—Nos casaremos en La Gavina de S'Agaró... Me haría mucha ilusión que vinieras.

La lista de bodas la habían puesto en Grifé y Escoda, y Silvia fue con su madre para comprar solemnemente una tostadora.

Timbrazo, además del claxon.

El Mini estaba aparcado frente a la casa con una puerta abierta, y Norman de pie esperando con nerviosismo. Silvia iba a darle un beso, pero él la esquivó hábilmente y le señaló el asiento de atrás. Cuando fue a meterse vio que en el exiguo hueco estaban sentadas dos muchachas que la observaban con curiosidad. Silvia se volvió hacia Norman y preguntó:

—Pero ¿cómo voy a ir?

Norman contestó con voz irritada:

—Pues acoplándote como puedas, no hay otra.

Las chicas se arrimaron cada una a una ventanilla y Silvia se embutió en medio con la bolsa a los pies. Arturo, al volante, gruñó:

—Estamos llegando muy tarde.

Arrancó, aunque el coche, con cinco personas, se movía pesadamente como un tanque viejo. Luego le dijo a su hermano en tono de reproche:

—Podías presentar a las niñas, digo yo.

—Sí, perdona, Silvia, ella es mi prima Martona. —Silvia se asombró de que Norman tuviera una prima de su edad y nunca se lo hubiera dicho—. Y... Albertine Pla y Recoder.

Si hubiera presentado a la reina Cleopatra y Raquel Welch, todo en una pieza, no habría puesto un tono más emocionado. Y luego las miró a ellas y dijo:

—Esta es Silvia —dudó, y al fin explicó apartando la vista—, una compañera de facultad.

Silvia se quedó planchada con eso de «compañera de facultad». Sabía que a Norman no le gustaba airear su relación; sospechaba que, si la hermana no la hubiera invitado directamente, nunca se habría enterado de esa boda. Si alguna vez se le había ocurrido protestar débilmente, él ponía voz de fastidio:

—No seas tan burguesa. —Y luego le daba un abrazo rápido—. Ya sabes cómo soy.

Pero le sorprendió el tono suave y cálido, como de cantante melódico, con el que había dicho «Al-ber-ti-ne», ¿sería acento mexicano? Nunca se lo había oído hasta ese momento, pero era lógico que lo tuviera. También le extrañó que remarcara los dos apellidos, «Pla y Recoder». Miró a la chica de reojo. Tenía un rostro ancho e inexpresivo, de mujer segura de sí misma, llevaba el pelo muy largo que se echaba de vez en cuando sobre el hombro, cerrando los ojos como si se sintiera abrumada por el peso de su melena. Le preguntó para oír el sonido de su voz:

—¿También eres prima?

Albertine rio con superioridad y miró a los demás como si existiera un secreto que solo les atañía a ellos, y contestó:

—¿Prima? ¡No mames!

Le sorprendió la palabra y su acento mexicano. Martona movió la cabeza para reprenderla con cariño:

—Aquí no se dice eso, Albertine. —Y luego se dirigió majestuosamente a Silvia—: No lo es, pero como si lo fuera.

Esas palabras serían todas las que le dirigieron durante el viaje.

Y no es que permanecieran callados precisamente. Martona le hablaba a Albertine como si Silvia, sentada entre las dos, fuera transparente:

—¿Sabes que actuará la Orquesta Platería?

Albertine le contestaba a Martona echándose la melena hacia atrás, dándole a Silvia en toda la boca.

—¿De verdad? ¡Pero eso está padrísimo!

Arturo hablaba bien alto para que se le oyera por encima del motor mientras conducía por la carretera de la costa alocadamente:

—Nuestro padre podía venir, pero no le da la gana, dice que hasta que no se muera Franco. Mi hermana entrará del brazo de un amigo... —vaciló, y miró a las chicas a través del espejo retrovisor para ver si se impresionaban convenientemente—, Josep Andreu y Abelló.

Martona y Albertine cabecearon, pero a Silvia le parecía muy raro que un padre no acudiera a la boda de su propia hija, por mucho que Franco estuviera vivito y coleando, y que, sin haber muerto, la llevara del brazo ese tal Andreu y Abelló, que ella ignoraba que se trataba de uno de los fundadores de Esquerra Republicana que, gracias a sus actividades financieras, se había hecho millonario. Pero preguntó, porque el regalo de la madre le había costado bastante dinero y además ardía en deseos de conocer a su *suegra* y, sobre todo, que su suegra la conociera a ella y supiera precisamente eso, que era su suegra.

—Pero vuestra madre sí estará, ¿no?

¿Era invisible? ¿Hablaba bajo? ¿No vocalizaba bien?

No le contestó nadie.

Norman se contorsionaba para poder girar el cuerpo en el diminuto habitáculo que estaba lleno de humo porque todos fumaban. Hablaba de una forma que Silvia no le conocía, desprovisto de aquel halo de autoridad y misterio que exhibía siempre delante de ella y sus compañeros. Ahora era un chico joven normal y corriente, hablando de cosas de familia:

—El alcalde de San Feliú ha pedido la lista de invitados, los que se quedan a dormir en La Gavina, los que van a la misa, los del convite, creo que está comprobando los antecedentes uno a uno. Como tío Jorge y sus hijos vienen de México, tía Meme, de Argentina, y los primos, de Inglaterra, tendrán trabajo. Pero Miquel Roca ya ha preparado los recursos por si acaso se informa desfavorablemente.

Silvia, desbordada por tantos datos nuevos, ya iba a preguntar cuántos eran de familia cuando Martona interrumpió:

—Pero nosotras nos quedamos en casa de tío Pancho, no nos van a controlar.

Arturo, con el cigarro colgándole de los labios, se rio.

—No seas tonta, ¿qué importáis vosotras, que sois unas crías? A ellos les van los peces gordos.

Dándosela de mujer de mundo, Silvia acotó:

—Los del PSUC.

Norman se giró tan rápido que, si las miradas matasen, habría quedado fulminada en ese instante. Se hizo un largo silencio en el coche que Silvia se atrevió a romper con voz temblorosa:

—No sé dónde me quedaré a dormir...

Pero nadie la escuchaba porque todos se pusieron a conversar a la vez alborotadamente, y todo lo que oía eran dardos directos al corazón, porque hablaron de esquiar en Andorra, del hotel Mont-Thabor, de París, y de un sitio que se llamaba Saint-Martin-le-Beau, del invierno en Chile, y ella no sabía nada de todo eso, de esa intensa vida social, de esos viajes, de ese Norman cosmopolita y mundano que nada tenía que ver con ella..., ni con Emilio, ni con Toni, ni con Alicia, ni con Alberto, ni con Roger..., ni, sobre todo, con Mati.

Ahora se sentía más cerca de la pobre Mati que de este grupo de personas bien alimentadas, sin preocupaciones y con un pie siempre en el glamuroso extranjero, y tuvo ganas de soltar, como si fuera una palabrota:

—Mati.

Pero no lo hizo y continuó el viaje en silencio.

Cuando el coche se detuvo frente a la puerta en arco de la elegancia pasada de moda del hostal La Gavina, un grupo se acercó rápidamente al coche como si estuvieran esperándolos. Abrieron las dos puertas, los sacaron entre risas y los abrazaban torpemente. Había muchos niños vestidos con una corrección que aquí no se llevaba, con calcetines largos, pantalones por la rodilla, camisas de encajes; las señoras vestían huyendo de toda elegancia ostentosa. Una mujer con un traje mexicano de colores, muy alta y de ademanes autoritarios, impartía órdenes:

—Norman, a buenas horas venís, eso que Arturo habrá apretado fuerte. A vosotras dos os irán a buscar para ir a casa de Pancho, pero mañana a las once tenéis que estar aquí, que la misa es a las doce. —Se dirigía a otro grupo—: Las habitaciones están a nuestro nombre, os organizáis como mejor queráis, en la recepción os dirán.

Luego alzaba la voz:

—Si alguna quiere ir a la peluquería, os recibirán en el Salón Mery de la calle Mayor a partir de las ocho de la mañana.

Iban llegando coches, un gran Cadillac con chófer con gorra de plato se detuvo sin ruido y de su interior surgió un anciano con bastón al que la mujer del poncho condujo dentro obsequiosamente, aunque salió enseguida y se acercó a Albertine. Silvia se dio cuenta de que la chica se cruzaba de brazos mientras la otra se inclinaba para hablar confidencialmente con ella.

Nadie le dirigía la palabra, para ella no había órdenes ni planes, nadie reparaba en Silvia, que se sentía ridícula con la enorme pamela en las manos. Norman, con su bolsa al hombro, escuchaba atentamente, sonriendo a veces, a unos chicos de su edad, y tuvo que ser Silvia la que fue a tirarle de la manga. Norman se giró sorprendido, como si no se acordara de que ella también había ido.

—¿Qué quieres?

—Qué voy a querer, no sé qué hacer, no sé para qué me has traído.

Él se la llevó aparte incómodo. Silvia, que nunca había necesitado sentirse celosa porque siempre las apabullaba a todas, no pudo evitar decirle:

—Norman, no te entiendo, pero ¿esa chica?, ¿tienes algo con ella?

Él la miró con una altivez que a duras penas ocultaba su desgana.

—Pero ¿qué es este interrogatorio?

Silvia señaló a la señora alta del poncho mexicano.

—¿Es tu madre?

Norman se alarmó.

—Ahora no te la puedo presentar, tiene mucho que hacer, recibir a la familia y amigos, ¡todo se ha tenido que improvisar!

Pero Silvia se dirigió resueltamente hacia ella. La conversación con Albertine se había vuelto más confidencial y la madre de Norman, con una sonrisa llena de ternura, le acariciaba el pelo, la cara, y la otra se dejaba hacer. Silvia casi se tuvo que poner de puntillas para que la vieran.

—Señora Domenech. —Nada—. Señora Domenech...

Al final, la mirada de la mujer descendió sobre ella, algo sobresaltada, pero aún con la sonrisa prendida en las comisuras de los labios.

—¿Sí, niña?, ¿quién eres?

—Soy Silvia Muntaner, soy la amiga de Norman.

La otra, con el brazo todavía sobre los hombros de Albertine, que miraba tozudamente el suelo, la estudió de arriba abajo, nada escapó a sus ojos, ni el pantalón corto, ni las piernas algo gruesas, ni su deslumbrante hermosura, aunque Silvia se daba cuenta de que la belleza aquí puntuaba en contra..., era ordinaria.

—Ah, sí, claro, Silvia. —De pronto se le borró la sonrisa y preguntó bruscamente—: Oye, ¿y cómo es que no hablas catalán?

Ella lo hablaba perfectamente, aunque con un pronunciado acento inglés.

Silvia tartamudeó:

—En casa hablamos en castellano porque mi madre es gallega.

La mujer abrió los ojos como si le hubiera dicho «habitante de Marte».

—¿Gallega?

Silvia se sentía cada vez más insignificante y ya no sabía qué explicaciones dar:

—Bueno, ella es de Reus, pero su padre era gallego..., su madre habla catalán y mi padre también. —A la desesperada añadió—: Yo he estudiado en el colegio americano.

Se acercó un hombre con pajarita, muy bronceado, tenía los ademanes desenvueltos del periodista con cargo oficial, llevaba cogido del cuello a uno de los innumerables primos de Norman, pero no se debía haber perdido la conversación porque preguntó, enseñando una dentadura tan blanca que parecía postiza:

—Y tu padre, ¿cómo se llama?

—Tomás Muntaner.

El niño rio.

—Anda, como la calle.

—¿No serás pariente de Remigio Muntaner?

—Sí, es mi tío.

El tío Remigio, como su belleza, como que hablara castellano, aquí también puntuaba en contra. Los dos adultos cruzaron una mirada que tenía bibliografía y en ese momento una pareja se dirigió hacia ellos con grandes ademanes. El hombre alto, de pelo espeso y muy negro, era Macià Alavedra, del Frente Nacional de Catalunya, y ella su mujer, Doris. La madre de Norman la ignoró y solo se dirigió a Macià:

—Qué alegría me das. Te acuerdas de mi hijo pequeño, ¿no?

Alavedra, que era un gran amante de las mujeres, dirigió a Silvia una mirada de rendida admiración, pero como no se la presentaron se vio obligado a hablar con el chico:

—Tú eres el que has suspendido todo, ¿no? Menudo disgusto les has dado a tus padres.

Se fueron alejando, la explanada frente al hotel se fue vaciando, y Silvia se quedó sola. Más sola que nadie. El primito estuvo un rato remoloneando a su lado.

—Eres muy guapa.

Al final, fue Arturo el que se apiadó de ella.

—Me ha dicho Ester que puedes quedarte en su habitación. —Y bajó la voz para poner tono irónico—: Es un gran honor, es su última noche de soltera.

Cuando subió, Ester estaba echada sobre la cama, despeinada y ojerosa, con un porro entre los dedos. Sin decirle ni hola, le preguntó:

—¿Has venido con esas dos imbéciles?

Silvia balbuceó:

—Sí, con Martona y Albertine.

Ester la remedó desdeñosamente:

—¡Albertine! Se cree la reina de Saba porque su padre ¡era *conseller en cap*! —repitió varias veces remarcando la pe—: ¡*en cappp*! ¿Sabes que era novia de Norman?

La pregunta descolocó a Silvia, que estaba contemplando el espléndido paisaje marino que se veía a través de la ventana.

—¿Cómo? ¿Qué quieres decir?

La otra se sentó en la cama, iba con una camiseta de hombre y no tenía el rostro ilusionado de una novia a punto de casarse. De hecho, parecía presa de la más profunda desesperación.

—Son vecinos nuestros en el DF y nos hemos criado juntos. Cuando eran pequeñitos nos comunicaron que estaban prometidos y a mis padres el culo se les hizo Pepsi Cola porque es la hija del *conseller en cappp,* y además su abuelo era una de las grandes fortunas de Catalunya. ¿Sabes esa enciclopedia en la que trabaja mi hermano Arturo?

—Sí.

—La financia él.

Silvia, por lo que había oído en casa, se vio obligada a preguntar, dándoselas de extrañada:

—Pero ¿no lo perdió todo en la guerra?

Ester abrió el cajón de la mesilla de noche, sacó una petaca de coñac, pegó un buen lingotazo y después se la tendió a Silvia.

—Los ricos siempre son ricos, pase lo que pase, siempre salen a flote como la mierda. —Se rio tontamente de su propio chiste—. ¿No te lo ha contado Norman?

Silvia confesó con desaliento, dando un trago a la botella:

—Norman nunca me cuenta nada, pero ¿era cosa de críos eso de estar prometidos?

—A ver, formalmente siguen estándolo.

Silvia le dio un golpe en el brazo.

—Oye, que Norman me quiere a mí.

La otra se echó a reír con la amargura de una vieja de treinta años por lo menos.

—Ay, el amor, cuántas estupideces se cometen en su nombre, mira yo —se señaló la barriga, que ya empezaba a notarse—, casada por amor..., pero sin amor.

Le pasó el porro, que Silvia fumó casi sin darse cuenta de que era la primera vez en su vida que se drogaba.

—Pero ¿no quieres casarte?

—No es que quiera o no, es que no hay tutía, nadie me ha dado a escoger. Bombo, beca en Banca Catalana, y encima le voy a tener que dar las gracias a Jordi Pujol toda la vida.

Luego, inesperadamente, se sentó al lado de Silvia y le cambió la botella por el porro.

—No te creas, me he acordado mucho de ti estos días. —Como Silvia abrió los ojos incrédulamente, insistió—: Sí, sí, me contó Norman que te habías escapado de tu puesta de largo. Ojalá tuviera tu valor para enviar la boda a la mierda.

Silvia no supo qué contestar, se sentía como una impostora porque nunca se había tenido por valerosa.

Estaba cansada, puso la cabeza en la almohada y poco a poco, entre el porro y el coñac, empezó a caer en un pozo muy hondo, muy hondo, oía el monólogo de Ester a retazos, «Mierda de vida, mi padre ni se ha molestado en venir, si Norman se casara con la Pla y Recoder, aquí estaría con el *conseller en cappp*... Pau está tan desesperado como yo, pero ¿qué vamos a hacer?». Luego, silencio, en algún momento se arrastró al cuarto de baño y vomitó en la taza del váter, estuvo a punto de quedarse a dormir en el suelo, o quizás de desmayarse, la mejilla contra el fresco azulejo, pero cuando un rayo de sol le hirió los ojos estaba en la cama, se removió inquieta, oyó voces, le pareció que era la madre de Norman que protestaba: «Pero esto huele como un fumadero de opio, ¡madre mía, lo que le faltaba a esta chica!», y después, con tono cauto y solapado: «No la despiertes». Silvia fingió dormir hasta que se cerraron puertas y se hizo el silencio. Solo el graznido de las gaviotas sobre el mar tan azul como en los cromos.

Pobre Ester, la res llevada al matadero. Pero ella sí podía escaparse, ¡tenía valor, se lo habían dicho!

Metió las cosas en la bolsa de cualquier manera, menos la pamela, que embutió en la papelera, se guardó la colilla del porro en el bolsillo de los *shorts,* salió al pasillo de puntillas, no había nadie, bajó la breve escalera, solitaria también, y después cogió carrerilla para atravesar el jardín, llegar a la carretera y hacer autostop hasta Barcelona.

Su madre salió extrañada.

—¡Cómo!, ¿ya estás aquí?

Le arrojó el pañuelo de Loewe y gritó:

—No preguntes, mamá, no preguntes.

10

—Mama, ¿nos vamos a arruinar?

—¡Qué tontería dices, Queco! —Carmen se estaba depilando las cejas con un espejito frente a la ventana y atendió distraídamente, como siempre, el parloteo infantiloide de su hijo—. ¿De dónde sacas eso?

—Papá dice que va a cerrar la sección de velos y mantillas y que solo producirá pañuelos, como han hecho los Querol, que poco a poco despedirá a la plantilla hasta el cierre.

Carmen guardó las pinzas en un estuche, se sentó en el *chester* del salón y dio unos golpecitos a su lado. El hijo la obedeció dócilmente, no estaba acostumbrado a que le prestaran tanta atención. Carmen le pasó la mano por el pelo mal cortado y se arrepintió de lo poco que se ocupaba de él. Se parecía mucho a Tomás, era alto para su edad, tenía siempre las mejillas encendidas y el tono muy oscuro de piel; sentía por él un amor débil y superficial, pero a nadie se lo hubiera confesado porque participaba en esa conjura implícita de las madres del mundo para decir que a todos los hijos se les quiere por igual.

Cuando pensaba en Silvia, le dolía físicamente el vientre, el lugar por donde había salido, porque sus dos hijos habían nacido por cesárea, ¡le palpitaba la cicatriz! Se encogía a veces sobre sí misma de dolor, «Algo le ha pasado a mi niña», y esperaba a que volviera por la noche para preguntarle con angustia:

—¿Estás bien, Silvia?

Siempre le contestaba con impaciencia:

—Sí, mamá, no seas pesada, no hace falta que me esperes despierta. —Y añadía con malevolencia—: Tienes que acostumbrarte a vivir sin mí.

Carmen sentía como si la apuñalaran.

—Pero ¿qué dices?, ¿irte de casa?

Silvia medio bromeaba agitando las manos, pero con los ojos serios:

—Sí, mamá, algún día el pájaro volará del nido.

Si se atrevía a preguntar dónde había estado, las respuestas siempre sonaban falsas:

—Posando para Lluís Claramunt, que me está haciendo un retrato..., sí, vestida, no te preocupes. He ido a Zeleste con mis amigos... He estado en la biblioteca estudiando con Norman...

La primera vez después de la boda de Ester, Carmen se había extrañado.

—Pero ¿no habíais roto?

Silvia entrecerró los ojos, no quiso confesarle cómo Norman la había llamado tranquilamente a la vuelta de S'Agaró y le había preguntado si ya estaba bien. Que Ester le había contado que se encontraba mal y que por eso se había ido a Barcelona. Ante sus reproches se había mostrado estupefacto.

—Pero ¿qué dices?, ¿que he hecho qué? —Como lo decía sonriendo, la hacía sentir ridícula, y luego la abrazó—. ¿Sabes que todo el mundo comentaba que vaya novia más guapa me he echado?

Y ella se derretía y preguntaba:

—¿Novia?, ¿ya sabían que era tu novia?

Y él la apretaba y la levantaba en vilo, seguro de que ya la tenía en el bote de nuevo.

—En realidad, decían «tu chorba».

—Burro.

—Pijita.

Y Silvia suspiraba porque ya lo daba por perdido, y ¿qué hubiera hecho ella entonces?

Pero a su madre, que la escrutaba intentando leer en sus ojos, solo le decía:

—Claro que no hemos roto.

Pero Queco, en cambio, crecía solo como una planta silvestre, no le daba preocupaciones, aunque le molestaba a veces su mirada perspicaz, siempre posada sobre ella, como leyéndole el alma. Trató de que no se le notara.

—A ver, Queco, cómo irá el futuro no se sabe nunca, no sé si te acuerdas de que a tu abuelo le robaron el maletín del muestrario de las joyas y eso casi lo arruinó al pobre. —El niño la miraba con atención y se vio obligada a cogerle la mano—. A papá las cosas ya no..., pero ¿qué tienes en los dedos?, ¡qué asco!

Se sacudió la mano del hijo como si fuera una alimaña.

—Mamá, no seas exagerada, es pegamento Imedio. —Volvió a bajar la voz—. Pero papá está negociando un préstamo.

Carmen, que no tenía ni idea de la marcha del negocio de su marido, aparte de la debacle que había significado el Concilio Vaticano II, se sobresaltó.

Cuando los niños eran pequeños iban una vez al año, la víspera de Reyes, a la fábrica en Palau de Plegamans, a entregar juguetes a los hijos de los trabajadores, pero un día se encontraron a un grupo de manifestantes en la puerta que les gritaban:

—Más salario y menos regalos. Justicia y no caridad.

Y le tiraron un bote de pintura que le había destrozado el abrigo de visón canadiense que le acababa de regalar su marido por su aniversario de boda, y ya no volvió. Tomás, al borde del ataque apoplético, le había dicho que todo era cosa de los sindicatos, que estaban en manos de rojos como todo el mundo sabía, y habían envenenado las tradicionales buenas relaciones con el personal. Más tarde, Silvia introduciría las palabras «patrono» y «proletario» en el lenguaje doméstico, y también se atrevería a decirle a su padre:

—Papá, la nacionalización de las empresas y la emancipación de la clase obrera es el único camino.

Para sellar su reconciliación, Norman la había apuntado al cursillo de «formación e instrucción» para pasar de simpatizante a militante de base del PSUC, el partido de los comunistas catalanes. Se reunían tres veces a la semana, de siete a nueve, en una torre cerca del puente de Vallcarca que nunca supo de quién era, pero que parecía deshabitada. Los alumnos eran cinco: además de Alicia, estaban dos chicos de Económicas y «el obrero», un mecánico del garaje donde guardaba el coche Norman. El primer día le habían asignado a cada uno un nombre de guerra; Silvia escogió «Carlota», y el obrero, «Fidel». Les preguntaron si querían que las charlas fueran en catalán o en castellano. El obrero dijo que si podían hablar en castellano, mejor, y le contestaron:

—Claro que sí, camarada Fidel, aquí estamos por el internacionalismo proletario.

Y el chico, envalentonado, preguntó si podía recitar un

poema a la Pasionaria. Los instructores se miraron entre ellos, al final dijeron que adelante y el chico se levantó.

Por tu voz habla España la de las cordilleras,
la de los brazos pobres y explotados,
crecen los héroes llenos de palmeras
y mueren saludándote pilotos y soldados.

Silvia, que no sabía si aplaudir, preguntó:

—¿Es tuyo?

El chico negó modestamente:

—No, es de Miguel Hernández.

Todos permanecieron en un incómodo silencio y el chico se dio cuenta de que había hecho el ridículo. No volvió.

Las clases eran muy aburridas y Silvia solía llegar tarde. Se estudiaba un grueso mamotreto impreso por las dos caras a ciclostil sobre el capitalismo monopolista de Estado, se comentaban obras clásicas como *El Capital* o *El origen de la familia, la propiedad privada y el Estado,* pero advirtiendo con una sonrisa de conmiseración que ciertos pasajes de este ensayo de Federico Engels estaban obsoletos. Se leía el último ejemplar de *Mundo Obrero* o de *Nous Horitzons,* y a veces se discutía «porque somos dialécticos» sobre temas de actualidad, como la invasión de Checoslovaquia por parte de la URSS, que había tenido lugar dos años antes, mejor dicho, la «intervención». También sobre el Mayo francés; curiosamente la opinión de los comunistas era muy parecida a la del padre de Silvia: «Cuatro hijos de la burguesía sin conciencia de clase». Silvia había intentado objetar tímidamente:

—Pero el movimiento universitario...

Los instructores, que no veían con buenos ojos las objeciones, la cortaron abruptamente:

—El Mayo del 68 no es más que una maniobra de la burguesía imperialista para destrozar a la clase obrera francesa. El Partido Comunista francés se ha manifestado en contra.

Los que los aleccionaban eran una pareja de jóvenes profesores no numerarios, chico y chica. Solo una vez apareció Manuel Sacristán, les habló con poco entusiasmo sobre «las fuerzas del trabajo y la cultura», pero como la fuerza del trabajo, que era el camarada Fidel, ya había desertado hacía meses, su mensaje no fue bien entendido.

También les imponían tareas, como seguir haciendo carteles o tiradas de octavillas en las fábricas. A Silvia siempre le tocaba Fecsa. Alguna vez fingió que iba y después distribuyó las octavillas en varias papeleras por todo Barcelona.

Una vez que se encontró en Zeleste al profesor, se quejó:

—Me gustaría hacer algo más emocionante.

El chico la miró con suficiencia y masculló alguna maldición sobre «la dialéctica de las pistolas». Y después la regañó porque Silvia estaba en la barra fumándose un porro con Emilio:

—Una buena comunista no se droga.

Silvia le echó el humo en la cara lentamente, como había visto hacer en las películas, y le dijo con voz insinuante:

—Pero tú no te vas a chivar, ¿verdad, camarada?

Para su asombro, el chico se le había tirado encima gimoteando e intentando tocarle un pecho.

—¡Silvia, Silvia!

—Pero ¿estás loco? —Se debatía entre la tenaza de sus brazos y trataba de precisar a pesar de todo—: Y no me llames Silvia, soy la compañera Carlota.

Él intentaba besarla metiéndole la lengua a la fuerza,

Emilio se sumó al forcejeo e intentó apartarlo, pero no podía porque el otro era alto y fuerte. Al final Silvia le pegó tal empujón que lo tiró al suelo y empezó a frotarse la boca y gritar:

—¡Qué asco, asqueroso!

Cuando se lo contó a Norman, le sorprendió su reacción.

—Hija, vas provocando..., si prácticamente enseñas las bragas, y esos aires de vampiresa que te das, ¿qué quieres? Es un infeliz, es de pueblo, ha perdido la chaveta.

Y luego le había dado una palmada en el culo.

—Si en el fondo te está diciendo que eres irresistible.

Norman no iba al cursillo de Vallcarca, claro está, porque ya era militante de pleno derecho y con un gran futuro como cuadro del partido, según le decía él mismo. Aunque Silvia no iba nunca a clase, tampoco habrían coincidido en la facultad porque Norman se había matriculado por las tardes y por la mañana hacía Económicas, quería demostrarles a sus padres que lo de suspender había sido un mal paso que no se iba a repetir. Estudiaba por las noches y los fines de semana, por lo que se veían muy poco. Si le preguntaba por sus actividades políticas, el chico le contestaba que estudiar era una actividad revolucionaria:

—El día de mañana se necesitarán líderes bien preparados, y no cuatro ignorantes que solo sepan gritar consignas.

El día de mañana debía ser cuando se muriera Franco por medios propios, porque nadie creía ya que el camino fuera la lucha armada, sino una cosa muy vaga que había inventado el secretario general, Santiago Carrillo, que se llamaba «reconciliación nacional».

A veces, Norman la iba a buscar con su Vespino, porque ahora los dos se movían en moto. Silvia había conseguido que su padre le regalara una con la excusa de que Filosofía se había trasladado a los nuevos edificios de la ciudad universitaria de la Diagonal y quedaban más lejos. Iban a su piso de la calle Balmes, él le iba contando sus sueños de futuro y bromeaba:

—Cuando estés en el partido, te suscribiré a *La Mujer Soviética* para que sepas cómo se vive en un *koljoz* y aprendas a hacer pan en casa.

Ella contestaba soñadora:

—¡E iremos de vacaciones a Siberia!

—Creo que en Alma Ata hay un hotel excelente.

Una vez vio en el recibidor un paquete a nombre de Albertine. Con el corazón en un puño, le preguntó a Norman qué era.

—Mi madre le envía un regalo desde México por su cumpleaños, es su madrina.

Silvia se sorprendió.

—¡No me habías dicho nada!

Él contestó con vaguedad:

—Ah, ¿no? El nombre de Albertine lo escogió ella, como la protagonista de *En busca del tiempo perdido*. —Cuando vio la expresión interrogante de Silvia, se apresuró a aclarar—: No hace falta que lo leas, es un libro decadente, como dice el camarada Semprún. Pero por eso mi madre la quiere tanto.

—¿No es porque sois novios?

Él se echó a reír a carcajadas.

—¿Novios? Pero ¿qué bobadas dices? ¡Si es como mi hermanita!

Ella, a pesar de todo, insistió:

—¿La ves? Dime la verdad.

Y él contestó, ahora de malas maneras, señalándole el horario que tenía apuntado en una pizarra:

—Por favor, ¿tú crees que tengo tiempo de ver a alguien?

¿Le mentía? ¿No le mentía?

Se acostaban en la cama y, después de despachar el asunto del sexo como si se tratara de un trámite biológico, Silvia se agarraba a él como el náufrago a su salvavidas. Hundía la cabeza en su hombro, huroneando hasta llegar a la clavícula y se quedaba ahí, respirando el olor de Norman, quien le daba palmaditas en la espalda calmándola como se hace con los niños. Ella suspiraba:

—Si supieras cuánto te quiero...

Lo quería. Sí, lo quería con más desesperación que antes, pero ese deslumbramiento inicial se había desvanecido y recordaba aquellos primeros tiempos con una mezcla extraña de añoranza y desengaño. Lo amaba, pero veía sus defectos y esto la enrabietaba tanto que a veces lo golpeaba. Él le cogía las muñecas y le preguntaba riendo:

—¿Qué te pasa, locuela?

Y ella solo sabía contestar confusamente:

—Quiero ser como antes.

Porque antes estaba ciega y, por tanto, era feliz.

Un día apareció Arturo en el cuarto. Aunque figuraba que el cursillo era ultrasecreto, le preguntó cómo le iba. Norman le dijo:

—Arturo te quiere pedir un favor.

Silvia lo miró interrogativamente y por primera vez vio al hermano de Norman, siempre tan seguro de sí mismo, algo nervioso.

—Verás, los de la editorial hacemos semanalmente una colecta entre nosotros para *sprays,* carteles, desplazamientos... Se lo damos a mi hermano o a Roger, pero he pensado que si vinieras tú a recaudarlo seguro que los compañeros se alargarían más. Son unos carcas y una chica mona los volvería más generosos, ¿qué te parece?

—Ah, ¿que fuera yo, dices? —Miró a Norman y, como este asentía, se encogió de hombros—. Bueno, vale.

El otro se echó a reír.

—Habíamos pensado que vinieras los sábados, ¿te va bien?

—Pues muy bien.

Pero aún no estaba todo dicho, le miró las piernas y le soltó del tirón:

—Y que ese día lleves la falda más cortita que tengas, ¿te parece bien? Nada, es una tontería, pero así sacarás más dinero, y es lo que cuenta.

Silvia enrojeció violentamente y asintió a cabezazos.

Cuando Arturo se fue, se encaró con Norman:

—Pero ¿qué? Esto está mal, ¿no?

El otro contestó:

—Bah, no le des importancia, son unos salidos, ¿qué más da?

Cuando Ester tuvo a su hijo, Silvia fue con su madre a verla a la clínica Dexeus. Al lado de Silvia, Carmen parecía descolorida, aunque tenía los ojos muy bonitos, grandes y verdosos, del color de las hojas secas, en un rostro muy pequeño, triangular, en forma de corazón, con la barbilla en punta. Iba peinada como su hija, con flequillo y el pelo corto por delante y largo por detrás. Estuvo muy callada todo el rato, le tendió a Ester su regalo con timidez y cuando Pau alabó el trajecito de Prenatal se le iluminó la cara y de pronto estaba guapa.

Se inclinó sobre el cuco y le dedicó cuatro carantoñas al niño, algo que no hacía ni la misma Ester, que contemplaba a su hijo con indiferencia. Cuando los amigos le decían que era mono, protestaba:

—Ay, por favor, si es muy feo.

Era verdad, porque tenía la cabeza apepinada, aunque tampoco entendían de niños, pero todos se echaron a reír y Carmen se quedó desconcertada, pero también se rio, aunque era una risa con un fondo triste.

Cuando salieron, Norman propuso ir a tomar algo y Carmen iba a decir que sí, pero Silvia la cortó:

—Mamá. Ya nos vemos luego en casa.

Ella les dijo adiós con un leve gesto de mano fingiendo que no le importaba y se alejó balanceando el bolso. El mal que no tiene nombre.

No había pasado de esa primera página de Betty Friedan, pero no podía olvidar esa frase, que impregnaba toda su vida, una vida sin objetivos. Carmen también era una nihilista, como José María.

¿Qué le estaba diciendo Queco? Trató de improvisar:

—Hijo, esto de pedir créditos es algo muy normal en el mundo de la empresa. Hay que comprar género...

—Pero papá le dijo el otro día al tío José María que la fábrica no tiene arreglo.

Entonces sí que Carmen prestó atención, se acordaba románticamente del día del puerto, adornaba con todo tipo de suposiciones ese beso que no habían llegado a darse, si ella hubiera tenido valor..., si lo hubiera tenido él... A veces se pasaba la mano por los labios y se imaginaba que eran los labios de José María.

—¿El tío José María? Pero ¿cuándo vino?

—No sé, estaba con papá en el jardín y miraban los árboles.

Carmen se levantó y fue junto a la ventana, arrebujándose en una chaqueta imaginaria como si tuviera frío. ¡Miraban los árboles! O sea que había venido y no le había dicho nada..., tal vez la temía. Temía a sus sentimientos, como decían las novelas rosas que leía a escondidas en vez de dedicarse al libro de Betty Friedan.

Su hijo seguía hablando:

—¿Sabes qué, mamá?

Se vio obligada a atenderlo, cuánto hablaba hoy este niño, se sentó de nuevo a su lado.

—Dime, Queco.

—Me es igual que se vaya a la porra, porque yo no quiero trabajar nunca en la fábrica.

Carmen se asombró.

—¿Cómo? Pero yo pensaba que te gustaba.

—No me gusta.

Dieron las nueve en un reloj lejano. La chica estaba poniendo la mesa, se oía ruido de platos. Silvia nunca volvía antes de las nueve, intentó peinarle a su hijo el flequillo rebelde.

—¿Y qué es lo que quieres hacer?

—Periodismo.

La madre soltó una carcajada como si le hubiera dicho «payaso de circo».

—¿Periodismo?, pero ¿eso se da en la universidad?

El hijo puso los ojos en blanco.

—Sí, mamá, precisamente se va a convertir en carrera universitaria y tendrá cinco años de duración. Como abogado.

—¡Abogado! Eso es lo que tendrías que estudiar. Así podrías trabajar con el tío Remigio en el despacho.

—Mamá, ¿no puedes escuchar lo que te digo? No quiero ser abogado, quiero escribir.

La madre calló porque le pareció oír la verja, sería Silvia ya; el hijo prosiguió anhelante, intentando retener su atención:

—¿Quieres que te enseñe mi *Daily Antonio*?

La madre le dijo distraídamente:

—Bueno, bueno, ahora tienes que acabar el bachillerato y luego ya veremos.

Se levantó sin advertir que el hijo ya abría la carpeta que llevaba siempre para enseñarle el periódico que elaboraba todos los días, con noticias de casa y hasta dibujos. Queco se resignó a ser preterido una vez más, salió al jardín a dar patadas a las piedras..., es igual, ya estaba acostumbrado.

Silvia también estaba habituada a que su madre la siguiera por toda la casa y fuera recogiendo la chaqueta, el periódico, los libros, los blocs que iba dejando atrás.

Había llegado a un punto en que no la soportaba, su cariño la ahogaba como una tenaza de hierro. Muchas veces tenía ganas de suplicarle: «Mamá, déjame respirar, no me quieras tanto». Cuando llegó a su habitación, se encerró dando un portazo.

¡Ojalá con el golpe se derrumbara la casa entera!

¡Que se cayeran los muros y ella pudiera salir volando!

Miró a su alrededor. Su habitación en tonos rosas le parecía ajena, cursi, más propia de Sissi emperatriz que de una guerrera. ¿Qué hacía ahí?

Le dio una patada al puf, cogió un oso de peluche que guardaba desde que era niña y lo tiró al suelo. Se sentó en un rincón repitiendo como un mantra:

—Irme, irme, quiero irme.

La madre, aunque acostumbrada a sus desplantes, se quedó sin saber qué hacer. Al cabo de un rato llamó quedamente y Silvia le dijo con la voz ahogada:

—Mamá, tengo que estudiar, que mañana tengo un examen muy importante. No voy a bajar a cenar.

Si se hubiera quedado un rato más, quizás la habría oído sollozar.

Porque ese día se habían hundido sus ilusiones, la habían rechazado en el Partido Comunista, ¡y de qué manera! No le habían hecho un examen, sino una evaluación a lo largo de todo el curso. La instructora había leído con dureza en voz alta todos los puntos negativos de la camarada Carlota: continuos actos de indisciplina, indiscreción, poca solidaridad de clase, visión pequeñoburguesa de la historia, falta de entusiasmo revolucionario, comportamiento inmoral, frivolidad, consumo de drogas. En este último punto, el profesor que se le había tirado encima la noche de Zeleste le dirigió una breve mirada y meneó la cabeza.

El informe era demoledor y no tenía derecho a réplica, aunque le dijeron que sería bien valorada una autocrítica. Golpes de pecho, arrepentimiento, propósito de enmienda.

—¿Cómo? —Primero estaba atónita, luego se rio con desprecio—. ¿Y así podré hacer la primera comunión?

La única diferencia era que, en lugar de hacerlo en el secreto de un confesionario, debía realizar el acto de contrición públicamente.

Por primera vez en su vida, Silvia tuvo un gesto que solo le había visto hacer a su hermano cuando se enfadaba con un amigo: levantó el dedo medio y dijo:

—¡A la mierda! —Y luego añadió para que se notara que estaba concienciada—: ¡Estalinistas!

Como un autómata, salió de la torre y se dirigió a la moto. No se veía capaz de arrancar, ¿qué iba a hacer? ¿Norman dentro del Partido y ella fuera, rascando la puerta y aullando como el perro al que no se deja entrar en casa?

Levantaría la pata, mearía contra la pared y se iría tristemente calle abajo.

¿Sabría él que le iban a dar por el culo? Todos los sábados había cumplido yendo a recoger el dinero al sótano de la calle Calvet, había aguantado, fingiendo no darse cuenta, la mirada lasciva de aquellos hombres grises con chaquetas de punto y lentes gruesos, y hasta se había sentado en una mesa cruzando las piernas..., y ese día le habían dado quinientas pesetas más. ¿Y todos los carteles que había escrito? ¡Se podría cubrir España entera! ¿Y las octavillas que guardaba en su habitación? A la mierda, hombre, con todo eso.

A la pobre Mati la habían tirado a la basura, lo mismo que estaban haciendo con ella. Al menos no estaba preñada, triste consuelo.

¡Falta de entusiasmo revolucionario! ¡Ya les enseñaría ella lo que era hacer la revolución!

Se trataba de romper con todo, ¿no? ¡Dejarlos atrás, a ellos y a la vieja Silvia, su casa, su familia, su cuarto! ¡Se iban a quedar con la boca abierta!

Estaba furiosa, fumándose un cigarrillo tras otro, cuando salió Alicia exultante. No tuvo que preguntarle cuál había sido el resultado porque lo veía en su sonrisa resplandeciente, tenía hasta húmedos los cristales de las gafas. Ella sí era la militante perfecta, con pocas luces, pero disciplinada y muy trabajadora. Fingió no verla, nunca le había caído bien.

Fue la muchacha la que se acercó, le tocó el brazo y le dijo burlonamente:

—Te han rechazado porque estás demasiado buena.

11

Hacía calor. El termómetro marcaba 28 grados, pero la humedad convertía el aire en un magma espeso totalmente irrespirable.

—Hoy cumplo cuarenta años —se dijo Carmen frente al espejo.

Se había tensado la piel con las manos, no tenía flacidez aún, pero sí unas líneas muy finas alrededor de los ojos que su *esthéticienne* por mucho masaje que le hiciera, por muchas cremas caras francesas que le recomendara, no conseguía eliminar. Cumplía cuarenta años y nunca se le hubiera ocurrido celebrarlo en pleno mes de julio en una Barcelona desierta. No se habían ido a veranear porque no tenían dinero, pero la excusa era que el pobre Queco había suspendido COU, como había pasado a llamarse el curso preuniversitario, y debía ir a una academia con el fin de prepararse para el examen de septiembre. Y además Silvia, ay, Silvia...

Pero ¿qué le pasaba a esa niña?

La veía tan desmadejada, tan cansada siempre, que la había llevado al médico casi a la fuerza. El buen doctor Díaz, que la atendía desde que era pequeña, le había tomado la tensión, la había mirado por rayos equis, la había auscultado, le había bajado el párpado inferior para ver el color y había diagnosticado anemia.

—Que coma las hojas verdes de las lechugas y naranjas enteras, no en zumo.

Cuando habían salido, Carmen le dijo sin mirarla:

—Son esas pastillas para adelgazar que tomas, seguro que no son buenas, ¡pero si encima estás hecha un palillo!

Silvia protestó con desidia:

—Mamá, ¿cómo se te ocurre mirarme el bolso?

Ella se había enfadado.

—Pues qué voy a hacer..., no sé nada de ti, no sé qué haces todo el día.

Silvia resopló por costumbre, no porque lo que decía su madre le importara un comino.

A veces se preguntaba si no habría sido adoptada. Sobre todo cuando le invadía una extrañeza infinita ante su casa, su barrio, su familia. ¿Qué hacía allí? Ella no era como ellos, ni como sus padres, ni como su hermano ni como sus primas, se movía entre la envidia y el desprecio. Quería evadirse como fuera de todo eso. Dejarlo atrás.

Se aburría, se cansaba, se desesperaba. Solo se le ocurría una palabra cuyo significado ya había olvidado: «volar». La gran evasión era morirse.

Lo cierto era que últimamente tan solo se alimentaba, casi, de pastillas Bustaid. Las había descubierto Emilio, decía que eran mejor que el Optalidón y también colocaban bastante. Se compraban sin receta y eran baratas, había cincuenta en cada blíster. Se las tomaba de dos en dos, o abría las cápsulas y esnifaba el polvillo de dentro. Suprimían la sensación de hambre inmediatamente, pero ella no las tomaba por eso, sino porque le producían una euforia grandiosa y teñían su mundo de colores más vivos. Se le despertaban unas ganas de hablar imparables y rebosaba amor por el prójimo por todos los poros. Volaba.

Pero la vida real, la vida sin pastillas se le aparecía monótona, tediosa, triste, gris..., una vida sin importancia.

—Emilio, qué aburrido es todo lo que hacemos.

—Ay, chica, como no te han querido en el Partido Comunista, ahora todo son defectos —intentaba bromear su amigo—. Mejor, son unos tíos siesos, ahora tendrías que estar en una reunión hablando de... la conveniencia o no de la depilación en la lucha contra el capitalismo.

—¿Te figuras a Pasionaria depilándose?

—Hombre, esos pelillos de la barbilla como los que tiene mi abuela seguro que se los quita.

Se reían los dos, se morían de risa doblados sobre sí mismos en cualquier banco de las Ramblas.

—También podrías estar estudiando «las diferencias del chipirón con el calamar en la lucha de clases».

—O cantando con la Filarmónica de Filadelfia *Cuchillo, cuchara...*

—*¡Que viva el Che Guevara!*

La gente, al pasar, los miraba con conmiseración y un poco de envidia porque eran jóvenes, se divertían y Silvia continuaba siendo de una belleza deslumbrante.

Un día se dio cuenta de que, aun cuando estaba todo el día con Emilio, él no hablaba nunca de sí mismo, y le preguntó abiertamente si era homosexual. Su amigo enrojeció de golpe, apretó los labios y respondió con brusquedad:

—Déjame en paz, ¿a ti qué te importa?

Fue la única vez que lo vio enfadado, pero el momento pasó rápidamente y luego volvió a ser el Emilio de siempre, educado, atento, sonriente, con sus libros debajo del brazo y un bolígrafo en el bolsillo superior de la camisa de manga corta.

Ni uno ni otro habían vuelto a la facultad, a Silvia le resultaba tan ajena como su casa y su familia. Sus padres creían vagamente que cursaba cuarto curso, pero no había pasado de primero, y sospechaba que Emilio nunca había estado matriculado y que, cuando había llegado de Madrid, si es que era de Madrid, se había dejado caer por la facultad de Letras buscando el calor de los amigos, compañía y, por qué no, medios de vida también. Norman le había conseguido unas traducciones del francés en la editorial Teide, que era de un compañero de su padre, y se hospedaba en la Fonda España. Era bajo, muy delgado, prematuramente viejo, medio calvo y siempre iba pulcramente vestido, aunque con la misma ropa. Silvia creía que la lavaba de noche y la ponía en los radiadores para tenerla seca por la mañana. Una vez le había hecho una confidencia: para planchar los pantalones, los colocaba mientras dormía debajo del colchón.

Se encontraban de buena mañana en las Ramblas, cuando regaban las calles y las floristas abrían sus puestos y extendían en el suelo sus cuadros impresionistas de mimosas y camelias sobre el azulejo de forma ondulante. El aroma era embriagador, cantaban los pájaros, a pesar de estar en jaulas tan pequeñas, y los quiosqueros, los más madrugadores, se tomaban un café con leche en vaso largo y miraban a Silvia con ojos procaces. Los dos amigos iban Rambla abajo cogidos de la mano, bajo la celosía tupida de los árboles que apenas dejaba ver pedazos de cielo azul tan pequeños como gaudinianas piezas de mosaico. A veces, Silvia sentía tal amor por Emilio que se detenía, lo abrazaba y él fingía asustarse.

—Que no soy Norman, tía.

Caminaban incesantemente horas y horas, se conocían Barcelona, de la Diagonal para abajo, como la palma de la mano, pero lo que más les gustaba a los dos era la plaza Real, se tomaban una cerveza en los frescos soportales y a veces Norman se reunía con ellos. Siempre era una sorpresa para Silvia, que sospechaba que era Emilio quien lo llamaba y que no se lo decía porque desconfiaba de que al final se presentase y no quería que se sintiera decepcionada.

Se dejaba caer en la incómoda silla metálica cargado con una mochila muy pesada con mil cosas, guiñaba los ojos, se sacaba del bolsillo unas gafas Ray-Ban, se las ponía y solo entonces decía:

—Hola, pijita.

No ejercía sobre ella el encanto de otros tiempos, pero aún se le esponjaba el corazón.

Nunca habían hablado del portazo que le habían dado en el PSUC, pero sí se enfadó cuando Silvia dejó de ir a la editorial de su hermano a recolectar dinero. Habían estado meses sin verse, pero después él la había llamado y ella acudió dócilmente a su casa, se dejó desnudar y empezó a contar cuántas bombillas tenía la lámpara del techo. Se veían poco, Norman estaba muy ocupado, primero por las clases, porque había realizado una hazaña única: había conseguido sacar, con matrículas, las dos carreras que cursaba. Además, viajaba mucho y escribía. Cuando se celebró el consejo de guerra contra unos militantes de ETA en Burgos, decidió ir por su cuenta, y por su cuenta también envió una crónica a *Le Monde*, que le publicaron. A partir de ahí se puso a escribir pequeños artículos sobre Israel o México en *Tele Expres* y *Mundo Diario*. La mayoría no los publicaban y tampoco le pagaban, pero su nombre empezó a salir en los periódicos y se había hecho una foto con ropa de camuflaje para ponerla junto a su firma.

Pedía una jarra grande de cerveza y la apuraba de un trago, después se relamía como un chiquillo. Silvia lo observaba en silencio, pero Emilio se burlaba de él:

—¿Y la revolución, Norman? A ver si va a llegar y te va a encontrar con este par de crápulas.

Él abría los brazos con supuesta impotencia.

—¡La revolución ha venido y nadie sabe cómo ha sido!

—¡Ya es primavera en la dictadura del proletariado!

Intentaban sofocar las risas y no llamar la atención, nunca se sabía quién estaba escuchando, y el Régimen, por moderno que pareciera haberse vuelto, era como una bestia a punto de morirse, daba sus últimos zarpazos con crueldad y con saña, cada mes caían asesinados trabajadores en enfrentamientos con la fuerza pública y 222 personas fueron condenadas a penas superiores a los diez años de prisión por el siniestro TOP, el Tribunal de Orden Público, la instancia especial para juzgar delitos políticos. Pero Norman reía y por un momento volvía a ser el muchacho encantador, el joven libre de prejuicios, tan cómodo en el mundo como si lo hubieran creado para su uso y disfrute, el chico que Silvia había conocido. Le preguntaba a Emilio con auténtica preocupación:

—¿Estás bien?

Intentando que ella no lo viera, le entregaba un puñado de billetes sin contar, que el otro se metía en el bolsillo sin siquiera dar las gracias. Una vez, Silvia le había afeado a Emilio que no se inmutara y el chico le había contestado con indiferencia:

—Él me tendría que dar las gracias a mí. Con ese gesto, que no le cuesta nada porque tiene mucho dinero, se siente mejor, ¡yo le hago el favor a él!

A Silvia le había parecido mal esta respuesta y estuvo unos días enfadada.

Una noche se acostó con Lluís Claramunt, al día siguiente los dos lo habían olvidado, pero él le regaló el dibujo de un gitano tocando la guitarra que a ella le fascinaba. Otra madrugada se encaprichó de un marinero marroquí que conoció en un bar del puerto. Fueron a una pensión de mala muerte y Silvia se contagió de ladillas. Se tuvo que curar con una loción que compró Rosa en la farmacia. Después de untarse todo el cuerpo, se había tenido que meter en la bañera muy caliente y al cabo de un rato empezaron a aflorar a la superficie unos bichejos diminutos como puntos.

Se sentía más a gusto en las habitaciones de paso, sin cuarto de baño, con sábanas arrugadas y sucias, con corrientes de aire, con esa mezcla exótica de lenguas y pieles oscuras y el aspecto despreocupado de los que no tienen nada que perder, que en el ambiente opresivo de su hogar. Fuera de su casa todo era posible, hasta parecía que se respiraba mejor y el sol brillaba con más fuerza.

A ella misma le asombraba que su familia ignorase las tormentas que agitaban su alma y la vida de zíngara que llevaba. Su padre continuaba presentándole todas las noches la mejilla para que la besara y su madre cumplía cuarenta años y reflexionaba en voz alta de una forma estúpida a su entender:

—He vivido más tiempo siendo madre que sin serlo. ¡Cuarenta años!

Carmen no pensaba celebrarlo, pero la había llamado Susan para felicitarla, le había contado que estaban de paso en Barcelona antes de ir a Viladrau y, sin darse cuenta, le estaba diciendo que fueran por la tarde para tomar algo. Tomás le sugirió que invitara a Remigio y Berta, que seguían en Barcelona porque su hija estaba a punto de dar a luz.

Tuvo que enviar a Rosa a toda prisa a comprar hielo y bebidas, ella cortó unas flores en el jardín para adornar el salón y le sobresaltó el polvo y el ruido de alguna obra que estaban haciendo en la calle. Debía ser un trabajo de alcantarillas porque flotaba un ligero hedor a podrido en el ambiente. Arrugó la nariz con asco. Llamaron al timbre y fue a abrir la verja con las flores en una mano y las tijeras en la otra. Era uno de los trabajadores, estaba a contraluz y no podía verlo muy bien. Dijo con cierta arrogancia, como si fuera el alcalde y no un simple albañil:

—Que vamos a cortar el agua.

Iba con camiseta imperio y los músculos le brillaban con el sudor, se sacó un pañuelo del bolsillo posterior del pantalón para secarse la cara, se movió imperceptiblemente y Carmen advirtió que la luz se prendía en unos pómulos acentuados y la barbilla partida. Se puso nerviosa.

—Ah, bien, ¿mucho rato?

El hombre tardó en contestar y la miraba no como se mira a una señora, sino a una mujer. Carmen se vio obligada a ponerse las flores delante, como protegiéndose, pero él se limitó a contestar:

—Una hora o así.

Ella hizo un gesto vago y el otro se fue sin despedirse. Se estremeció, como si en la apacible tranquilidad de su jardín de estilo italiano hubiera entrado un animal salvaje.

Se lo contó a Susan, sin pretender ser comprendida:

—Me dio miedo.

Susan la había arrinconado de forma indisimulada para confesarle que necesitaba su ayuda. Era la primera vez que iba a reconocer de forma explícita que engañaba a su marido.

—Mira, Carmen, necesitaría que me cubrieras, ¿podrías decir que nos vamos las dos un par de días..., no sé, a Sitges, por ejemplo? José María no va a indagar, él se va a Viladrau, no le importará. —Carmen la escuchaba con la cabeza baja y no podía ver su expresión—. Verás, necesito ir con un amigo que está...

Carmen levantó la vista con el ceño fruncido, primero estupefacta, y después le contestó abruptamente, con tanta rabia que se le escapaban salivazos:

—No me digas nada, Susan, no quiero saberlo, no tienes vergüenza. —Y agregó con una furia que a ella misma le sorprendió—: Y desde luego no cuentes conmigo para tapar lo puta que eres.

Susan se echó hacia atrás como si le hubiera pegado un bofetón y se llevó la mano al pecho. Carmen tuvo que ir al cuarto de baño a refrescarse la cara porque se sentía al borde del desmayo y la sofocación, hablaba sola: será puta la tía..., quiere que yo la tape, una señora decente, pero ¿dónde se ha visto? Y temía que algo en su comportamiento hubiera hecho creer a la otra que ella podía amparar esos amores adúlteros y pecaminosos.

Cuando salió, José María y Susan se habían ido y tuvo que escuchar la interminable cháchara de su cuñada: «Ya han trasladado a mi yerno a Sevilla, no sabes lo cuca que está la niña vestida de flamenca» y «Gemita ha salido de cuentas..., ya va por el tercero en cinco años, no está mal, ¿no?», y se daba pisto, como si traer hijos al mundo fuera una hazaña altruista por la que la humanidad debía rendirles pleitesía.

Queco pasó a saludar y luego se metió en su cuarto, pero Silvia no apareció, Berta no hacía más que preguntar:

—¿Hoy no veremos a esa niña tan mona? Qué raro, ¿no? Siendo tu cumpleaños, y encima cuarenta años... —Y añadía con falsa ingenuidad—: Debe estar muy ocupada con sus libros y sus cosas.

Carmen la hubiera cogido y la hubiera estampado contra la pared, pero se limitaba a presentarle la bandeja.

—Tómate otra lionesa, son de Baixas.

¡Tenía tan poca fe en su hija! Claro que le había dicho

que le haría ilusión que estuviera, aunque fuera un ratito, pero lo cierto es que a Silvia se le había olvidado.

Se había pasado la tarde con Emilio en el Marsella tomando absenta, sintiéndose Baudelaire y Rimbaud en una sola pieza, les hipnotizaba el ritual del terrón de azúcar deshaciéndose en la cucharilla agujereada sobre el denso licor del que los camareros no dejaban de informar morbosamente: «Está prohibido en Francia». Fue el propio Emilio quien se lo recordó:

—¿Hoy no era el cumpleaños de tu madre?

Se dio un golpe en la frente y salió a coger un taxi, pero como solo tenía veinticinco pesetas le había tenido que pedir que la dejara en la calle Ganduxer. Había ido corriendo por toda la vía Augusta como una loca; el pelo, que llevaba muy largo ahora, recogido en una trenza medio deshecha que le golpeaba la espalda. No habían encendido aún las farolas y las sombras se cernían sobre la calle Escuelas Pías.

Si no hubiera estado tan oscuro...

Si no se hubiera fumado ese último porro. Si no hubiera tomado el último pastís.

Si no se hubiera reventado esa tubería, si hubiera llegado más tarde, o más pronto, si no fuera el cumpleaños de su madre, si...

Pero era igual, ¡estaba escrito que esa noche iba a encontrarse con su destino! ¿Quién podía luchar contra los hados que dominan el mundo y juegan con la desdichada raza humana?

Sin aliento, con los párpados casi cerrados porque se sabía el camino de memoria, no advirtió la zanja abierta en medio de la calle. Tropezó, se le torció el pie, se iba a caer, gritó, braceó como si estuviera nadando, y cuando ya se veía con la mejilla destrozada contra el asfalto, una mano la sujetó y oyó, como se dice a los cabestros:

—Eh, eh.

Levantó la cara y se apartó el pelo mostrando su cara de virgen de retablo, la mano ya no la sujetaba porque con un movimiento brusco el hombre desconocido arrimó el cuerpo a su cuerpo y ella se dejó hacer, subyugada por el brillo retador de unos ojos negrísimos. Olió a sudor macho y eso la perdió.

Adiós, infancia, se acabaron los juegos.

12

Después, cuando intentaba revivir ese momento, nunca supo qué pasó entonces, dónde fueron, cómo llegó a la casa, ¿caminaron?, ¿volaron?, ¿corrieron por la zanja y por las cloacas de Barcelona como peces hacia el mar?

¿Fue verdad que presintió una amenaza confusa y trágica, o lo inventó después?

Quiso explicarse muchas veces cómo no había tenido ninguna duda, cómo había aceptado dejarlo todo, y no supo hacerlo. No supo convertir en palabras el instinto ciego que la trasportó esa noche de una vida a otra vida.

Bajaron y luego subieron, dejaron atrás la ciudad con sus centelleantes puntos de luz, se sumergieron en la oscuridad, caminaron sobre tierra, pero ¿cómo fueron? Silvia no lo sabía, lo olvidó, aunque muchas veces trató de reconstruir minuto a minuto esa noche en que cambió su vida para siempre, pero solo se acordaba del tono exacto de esa piel tensa sobre el músculo, de un blanco mate como nunca lo había visto, los besos leves como mariposas nocturnas. Las fuerzas que los impulsaban eran irresistibles, él la conducía delicadamente, pero con firmeza, Silvia resbaló otra vez y estuvo a punto de precipitarse por un barranco, pero la sostuvo de nuevo a pulso y ella sabía que eso era lo definitivo. ¡Esa mano fuerte, esa locura de los sentidos! Subieron una escalera humilde y empinada, llegaron a un pisito oscuro, con colchones en el suelo y bultos inmóviles, el silencio roto por gemidos, ronquidos, alguna queja... Una voz del sur llena de añoranza:

—Madre.

A tientas se adentraron cuarto tras cuarto, él se acercó a una cama, le dijo a la mujer que dormía:

—Salvadora..., cuñada...

Ella se levantó de inmediato y se fue trastabillando, dejándoles el humilde camastro. Él la empujó y ahí, tendidos, a la escasa luz que entraba por la persiana, se miraron a los ojos, él le puso la mano abierta sobre la cara tomando posesión, moldeando sus rasgos como si fueran de barro, la dejó un momento así, sumida en las tinieblas, cubriéndola por completo, y le susurró:

—¿Quién eres? —Pero cuando ella trató de contestar, él le oprimió la cara aún más y se inclinó hasta su oído—. No me lo digas, boca rota de amor y alma mordida, que el tiempo nos encuentre destrozados.

Silvia no sabía que Rafael llevaba siempre encima un librito con poemas de amor de Federico García Lorca, que se sabía de memoria. ¿Rafael? En ese momento ni siquiera sabía que se llamaba Rafael. Se quitó la camiseta como se la quitan ellos, por el pico trasero, enseñando la cruz del esternón y el pecho, y más abajo el triángulo de vientre con el vértice inferior perdiéndose en el vello oscuro. Silvia lo miraba como a un Cristo de marfil. La agarró de las caderas, ella trató de hurtarse.

—No puedo, que estoy con...

Él se puso a reír burlonamente, «Y qué», y luego entró y salió, la volvió del revés, ella gritó y él cayó sobre su espalda... Ella se licuó, sintió un latido en el sexo..., jadeó, suspiró largamente, creyó morir.

Creyó morir.

Él la volteó de nuevo y apoyó la cabeza en su corazón,

escuchó, lo oyó bombear locamente, al límite de sus fuerzas, y se echó a un lado, la cogió, la abrazó y le dijo al oído:

—Bien, va rápido, no me gustan las mujeres que hacen comedia y fingen orgasmos.

Ella le preguntó:

—¿Eso era un orgasmo?

Él rio sorprendido.

—¿Nunca te habías corrido? Pues vaya tíos mierdas has tenido en tu vida.

Entonces ella supo que se llamaba Rafael porque una mujer con la cabeza envuelta en un chal se inclinó sobre él y le tocó el hombro.

—Rafaé..., Rafaé...

Él preguntó molesto, girando la cara, pero sin dejar de abrazarla:

—¿Qué quieres?

—Que el Guille te ha dejado eso en la cocina.

Él hizo un gesto evasivo con la mano, se inclinó hacia ella y le dijo al oído:

—Ya lo sabes, ¿no? Que has venido para quedarte. Yo no soy un crío de esos, soy un hombre. —Y luego añadió, con una gravedad en la voz que Silvia nunca había conocido—: Yo te juro que no voy a mirar a otra mujer y espero lo mismo de ti.

Fue cambiando la luz, se movía gente, se oían voces, puertas que se cerraban, el llanto de algún crío. Durmieron una hora, ella tan cómoda como pájaro en nido.

Volar..., al final había volado y se había posado en su verdadera casa. Cuando abrió los ojos, él la estaba mirando, ella preguntó:

—¿Qué pasa?

—No quiero perder el tiempo durmiendo, pudiendo mirarte.

Estuvieron así un rato, tocándose la cara; ella musitó:

—Hueles a sal marina.

—Tú hueles a hembra.

El cuarto era muy pequeño y estaban solos, pero por la puerta abierta Silvia notaba que los espiaban porque oía pies descalzos sobre el suelo y risas ahogadas. De pronto él se levantó de un salto, sin rastro de pereza, y le dijo:

—Tengo que ir a trabajar.

Ella se incorporó y vio lo que debía ser la cocina con paquetes sobre el mármol, un hombre con la espalda velluda lavándose las axilas en el fregadero y una vieja pelando patatas en un barreño que tenía en el suelo, entre los pies. Cuando todo había pasado y le preguntaban cómo pudo acomodarse a ese ambiente, cómo pudo cruzar esa frontera invisible entre dos mundos tan distintos, no sabía qué responder, pero nada le resultaba extraño. Extraño era lo de antes. Rafael se ponía los pantalones, se subía la cremallera de un tirón y ella le preguntó:

—Trabajar ¿dónde?

Él rio, tenía la dentadura muy blanca, fuerte, los dos dientes frontales ligeramente montados, y cerraba los ojos, lo que le rejuvenecía.

—Hoy trabajo en otro sitio.

Ella vaciló antes de preguntar:

—Pero ¿cómo voy a ir a casa?

—Tu casa... —Se arrodilló en el colchón, le cogió las muñecas y le dijo—: Tu casa es esta..., donde yo estoy.

Ella cedió, vencida por ese amor que la devoraba entera.

—Sí, sí.

—¿Eres mayor de edad?

—Sí.

—Pues cuando yo te diga, vienes a vivir aquí.

En ese momento, un niño entró en la habitación con unos pantaloncillos sucios y un tazón de leche en la mano.

Se acercó a Silvia sin dejar de mirarla, Rafael la cubrió con la sábana y chasqueó los dedos pidiéndole:

—Nico, ve a preguntarle al Andrés si baja a Barcelona.

El niño salió gritando, dejando la puerta abierta:

—Mama, mama...

Silvia se extrañó.

—¿Bajar a Barcelona? Pero ¿dónde estamos?

Él rio de nuevo, esa risa fugaz en su rostro moreno y serio era como si se abriera y se cerrara una navaja.

—Nosotros a ir a la plaza de España le llamamos «bajar a Barcelona». —Le dio una palmada en el culo—. Anda, vístete, que no quiero que nadie te vea desnuda.

El chiquillo volvió acompañado por la mujer del chal en la cabeza; tenía unas cejas muy gruesas que se juntaban en el centro, pero era hermosa a la manera de una fruta madura que está a punto de descomponerse.

—Dice la Mari que el Andrés ya se va, que está abajo con la furgo.

Se oyeron dos golpecitos en la puerta y un educado «¿Se puede, Salvadora?». Dos chicos con monos azules de mecánico dudaron si entrar, hasta que la mujer les hizo una seña para que pasaran a la cocina. Rafael, ya distraído, ya ausente, se puso la camiseta y la acompañó hasta la puerta, del bolsillo de una chaqueta colgada de un clavo sacó un puñado de billetes.

—Que te baje Andrés hasta Barcelona y luego coges un taxi. —Silvia esperaba que la besase, pero no lo hizo, la miró intensamente, le hizo una caricia en la cara y le advirtió con el índice tendido—: Ya te buscaré.

El edificio era de poca altura, pero de muchas viviendas por planta, se notaba que los exiguos pisos se habían subdividido y vivían en ellos varias familias, las puertas estaban abiertas y se mezclaban olores, gritos, portazos, la música de una radio:

Un rayo de sol,
Oh, oh, oh.

En la escalera, un grupo de adolescentes se calló cuando pasó Silvia, se oyó un silbido en sordina, en el portal había cochecitos rotos de niño, una bicicleta sin ruedas, tambores vacíos de detergente y hasta un somier puesto en pie. Un viejo con boina se sentaba a la puerta en una sillita de enea con una jaula con un pájaro sobre las rodillas. Unas niñas habían dibujado un avión en el suelo y saltaban a la pata coja.

Un hombre gordo, con un palillo entre los dientes, al volante de una destartalada furgoneta, le hizo una seña para que subiera. La miró brevemente, no hizo ningún comentario sobre si era guapa o fea..., pero estaba claro que se impresionó.

Le dijo:

—Me llamo Andrés, no toque la ventanilla, que está estropeada.

Arrancó después de varios intentos, pero la marcha iba muy lenta, no solo por lo tortuoso del terreno, sino también porque, al no estar delimitada la acera de la calzada, niños, perros, hombres empujando carromatos y algún borriquillo cargado hasta los topes se movían libremente en todas direcciones. Cuando el obstáculo era insalvable, se detenía y tocaba la bocina, e incluso abría la puerta para increparlos:

—Pero, oye, paisano, ¿dónde vas? Apártate..., el niño, cuidado... Pero qué sois, ¿personas o bestias?

Era la primera vez que Silvia se subía a una furgoneta, era la primera vez que se daba cuenta de que había otra Barcelona distinta a la decadencia elegante de su calle y al pintoresquismo costumbrista del Barrio Chino, con sus marineros americanos y sus prostitutas descaradas y arrabaleras. La enorme y siniestra mole de la montaña de Montjuic se cernía opresora, como un pájaro de mal agüero, sobre las calles del barrio, si es que se podían llamar así, porque eran caminos de tierra enfangada y los numerosos bloques de edificios eran un exponente claro de la construcción de los años cincuenta: feos y de mala calidad. El hombre señaló algunos que se veían más cuidados.

—¿Ve esos? Son de policías..., por eso no tenemos transporte público en el barrio, como ellos tienen pases gratis, a la compañía no le compensa traer autobuses, así estamos, aquí metidos sin poder salir. Ni los críos pueden ir al colegio municipal ni los mayores a trabajar en condiciones porque te has de levantar a las cuatro de la mañana.

Silvia, que nunca había pensado que el trasporte tuviera algo que ver con el trabajo de las personas, a pesar de todos los libros sobre el capitalismo monopolista de Estado que se había tragado, se sorprendió y el otro se dio cuenta. La miró fijamente.

—¿Es la primera vez que viene? —Ella asintió—. Mire ahí a la izquierda, ¿ve ese barranco? Este barrio se hizo sobre la cantera, los primeros bloques, que se llamaban «viviendas sociales», eran para el personal que vino al Congreso Eucarístico, policías y obreros, pero después ya fueron trayendo a los que desalojaban de las barracas de Casa Antúnez..., todos los desechos de la ciudad nos los mandan aquí, para que la montaña lo tape todo. El año pasado tuvimos que levantar con nuestras propias manos un barracón para que los chiquillos pudieran dar clases y no estuvieran todo el día en la calle, ¿ve ahí?

Silvia se inclinó y advirtió unas casuchas con tejado de uralita que parecían a punto de derrumbarse.

—Son las barracas de los gitanos, pero los van a trasladar a La Mina porque necesitan ese espacio para agrandar el puerto.

La furgoneta se paró porque un burro cargado con cestas de esparto impedía el paso. Silvia pudo observar la puerta de una barraca sobre la que había un cartel pintado a mano: «Peluquería Rosi». Una mujer se secaba el pelo al sol, llevaba una toalla sobre los hombros, y otra le pasaba un peine muy fino por la melena. Andrés dijo sin darle importancia:

—La están despiojando, no hay salubridad, ¿sabe? Vivimos peor que los animales.

Silvia se estremeció, aquí había una teoría de la vida muy alejada de todo lo que había leído hasta entonces, pero no sabía qué decir y preguntó:

—¿Es usted pariente de Rafael?

—No, somos del mismo pueblo. Lo que pasa es que él vino hace dos años y yo hace cinco. Somos de Iznájar, provincia de Córdoba.

Ella comentó ingenuamente:

—Debe ser muy bonito.

Él se rio de la palabra y la paladeó.

—¿Bonito? Sí, era muy bonito.

—¿Era? ¿Es que ya no existe?

Ahora era una camioneta lo que impedía el paso. Estaba en medio de la calle y unos hombres descargaban tranquilamente unos bultos mientras unas mujeres con unos niños agarrados a las faldas los increpaban y reían a la vez. Andrés detuvo el vehículo y le miró de reojo las rodillas, aunque apartó la vista con rapidez. Después sacó un cigarrillo del bolsillo superior de la camisa y lo encendió pensativamente.

—Bueno, nuestra Iznájar ya no existe... Ahora hay un pantano y nuestras casas están enterradas en el fondo, dicen que cuando las aguas bajan todavía se ven, pero yo no he vuelto nunca.

Silvia se horrorizó.

—Pero ¿cómo un pantano? Pero ustedes...

Andrés alzó la voz mientras ajustaba el espejo retrovisor:

—Nosotros, nada, nos dijeron que teníamos que irnos. Nos dieron cuatro perras, yo me vine aquí y los padres de Rafael... ¿No le ha contado Rafael lo que pasó el día en que Franco fue a inaugurar el pantano?

Silvia negó mudamente, ahora bajaban maletas atadas con cuerdas y un perro se movía ladrando nervioso.

—Pues que encerraron sin motivo, por si acaso, a Rafael y a su padre porque habían alzado la voz contra el embalse y las expropiaciones..., y los tuvieron en el calabozo cuatro meses, para que aprendiesen. Cuatro meses, fíjese usted qué ruina tan grande, tan poco, pero tanto cuando no has hecho nada. Y cuando los soltaron...

En ese momento la camioneta, con gran ruido y humo por culpa del tubo de escape, se puso en marcha y Andrés sacó la cabeza dirigiéndose al pequeño grupo que se había quedado aviando los paquetes:

—Ya está bien, que la gente decente tiene que trabajar —pero lo decía sin acritud, sonriendo. Los recién llegados al barrio lo saludaron y él les hizo un gesto y comentó compasivamente—: Otros desgraciados que vienen a instalarse creyendo que esto es un edén.

Silvia iba a preguntar qué había pasado después, pero Andrés se detuvo en la plaza de España y le dijo abriéndole la puerta:

—¿Le va bien que la deje aquí? Ahora tengo que ir a la Fecsa a cargar chatarra y ya estoy llegando tarde.

Se bajó aturdida de la furgoneta y sin darse cuenta se lamió el hombro. Sabía a sal marina, como Rafael. Ay, qué perdidita estaba.

13

Carmen observó a su marido con disimulo. Tomás conducía con la mirada al frente y el ceño fruncido, concentrado en la carretera nacional de Tarragona a Barcelona, las dos manos al volante como los novatos. Le gustaban los coches caros y potentes, pero Carmen sospechaba que los compraba solo por hacer el pavero, porque detestaba conducir y correr. De hecho, solía tener chófer, pero lo había despedido para ahorrar gastos, aunque se las había arreglado para que un empleado lo fuera a buscar todos los días para llevarlo a la fábrica.

—¿No podrías ir un poco más rápido?

—Carmen, vamos a noventa..., el Ordal tiene limitada la velocidad, ¿qué prisa tenemos?

Ella mascculló:

—Ninguna, es verdad.

—A ver si nos van a poner una multa.

Lo que faltaba, una multa. ¿Cuánto tiempo podrían resistir? Aunque lo cierto es que la caída era tan lenta, llevaban tantos años rodando cuesta abajo, que el fantasma de la ruina ya no la asustaba, no lograba tomárselo en serio. Un día Tomás le había dicho bruscamente, como hacía siempre, que José María les había puesto encima de la mesa una propuesta muy buena para comprar una parte del jardín con el fin de construir un edificio de lujo de cuatro plantas. Que total ellos no lo usaban nunca, y aún les quedarían las adelfas, algunas encinas, la rosaleda, el cenador y el garaje para los coches, porque tenían tres, además de la moto de Silvia: el Mercedes, el de Carmen y el cochecito que le habían tenido que comprar a Queco. El primer año iba en metro a la facultad de Ciencias de la Información, que estaba en Sant Cugat, pero ahora era becario en una emisora de radio, estudiaba inglés en el Instituto Norteamericano y el día no le daba más de sí.

Pero en este momento a Carmen no le preocupaban ni Silvia, ni Queco, ni ese mordisco al jardín que lo convertiría en una dentadura mellada, ni siquiera el dinero que no tenían. Habían ido a Reus a ver a su madre, que le dio un abrazo al yerno porque lo quería a su manera tosca y elemental, y después le había pasado su mano sarmentosa por el pelo.

—Tomás, tú te tiñes.

Carmen tuvo un movimiento brusco, una mirada fugaz sobre el cráneo de su marido. Habían cambiado de conversación rápidamente, pero ahora se daba cuenta de que era verdad, que de pronto las canas que Tomás tenía en las sienes habían desaparecido y su pelo lucía un tono castaño rojizo que no era tampoco con el que venía de fábrica. ¿Sienes canosas, o lo había llegado a tener blanco del todo? Sabía que iba a Iranzo, pero ¿cuánto tiempo hacía que se lo había teñido?

¿Meses o años?

Y es que debía reconocer que apenas le prestaba atención, ¡la aburría! No le interesaba lo que le contaba, le causaban un tedio insoportable sus largos parlamentos; cuando se ponía a detallarle con minuciosa prolijidad cómo había pasado el día o la última trastada de un proveedor, desconectaba la mente. Al principio, después de uno de estos lapsus de atención, le preguntaba alguna cosa para fingir interés y él se enfadaba:

—¡Pero si acabo de contártelo! No sé por qué me molesto en explicarte las cosas, porque no entiendes nada del negocio ni te preocupa.

Entonces se limitaba a asentir como esos perrillos que los horteras llevaban en el cristal trasero de los coches.

Pero, ahora que pensaba, ya nunca le contaba nada de sus cosas. ¿O sí? ¿Hablaba como antes? ¿No sería que...? A ella le parecía el hombre menos atractivo del mundo, pero quizás a otras mujeres no.

Tomás la dejó en casa porque dijo que tenía que pasar por el despacho de Remigio para firmar unos documentos. Carmen corrió al armario de su marido, presa de una curiosidad febril. Le sorprendió ver prendas de ropa de las que ella no sabía nada. Un jersey azul cielo, un color con el que nunca lo hubiera imaginado, una cazadora de ante... Un frasco de perfume Eau Sauvage de Christian Dior. Estaba lleno, lo olfateó, desde luego no se lo había puesto jamás, porque era imposible disimular un aroma tan potente, pero ¿de dónde lo habría sacado?

A partir de entonces, se puso a observar sus movimientos; al principio, incluso le divertía la sospecha de que pudiera engañarla. ¿Tomás? ¡Vamos, hombre!, ¡le parecía tan difícil! Su horario no había variado, se iba por la mañana a las ocho, volvía antes de cenar porque comía en la fábrica o con algún cliente... Los miércoles iban al Liceo, los fines de semana salían a Finisterre, misa, aperitivo en Sandor..., nada había cambiado; bueno, claro, como tantos hombres de su edad, se había aficionado al golf. Ella lo acompañaba a veces al Prat, pero se aburría y terminó quedándose en casa.

Y también era verdad que la marcha de los negocios era tan complicada que tenía que ir al bufete de Remigio o a su despacho de la fábrica muchos sábados por la tarde.

A ver, hablemos claro, ¿la engañaba con otra?

¿Le ponía los cuernos? ¿Tenía una querida? O quizás era algo más serio y se había enamorado.

La idea fue calando en ella como lluvia fina, primero le parecía imposible y apartaba la imagen con desprecio, y después lo veía clarísimo, no entendía cómo no se había dado cuenta, ¡la mujer siempre era la última en enterarse!

Y entonces esta posibilidad le pareció espantosa. Si su marido la engañaba, todo se venía abajo, todas sus convicciones, toda su seguridad, todo en lo que había creído desde que tenía dieciocho años.

Serían como..., como José María y Susan, una pareja risible que solo despertaba murmuraciones; sin ir más lejos, su cuñada Berta decía que no le gustaba salir con ellos y que si lo hacía era por el pobre José María, pero anda que menudas tragaderas, eso demostraba que no era muy hombre. Sería como esos artistas de cine que se casaban y descasaban, como esas pobres mujeres engañadas que inspiraban risa y compasión a la vez y que terminaban dándose a la bebida o haciéndose un *lifting* para parecer más jóvenes y entrar de nuevo en el mercado. De segunda mano, claro está.

¿Qué le quedaba? ¿Intentar pagarle con la misma moneda? ¿Tomar un bote de pastillas para meterle miedo? Pero ¿y si no calculaba bien? ¡Ella no quería morirse! ¿Qué pastillas? ¿Laxantes?

—Mamá, ¿estás bien?

Levantó la vista, quizás había hablado sola sin darse cuenta. Queco la miraba con preocupación, le hizo una carantoña nerviosa.

—Sí, estoy bien, no te preocupes.

En un instante de desatino quiso contarle a su hijo sus problemas porque no tenía a nadie más, pero Queco, tan poco acostumbrado a que ella confiara en él, no se dio cuenta y se fue a su cuarto.

Se dejó caer en el sofá. ¿Se lo diría a Tomás? ¿No se lo diría? Si lo ponía delante de los hechos consumados, quizás lo obligaría a tomar una decisión..., dejarla, por ejemplo. No, no, descartado. Pensó en hablar con un director espiritual, seguro que Berta conocía a alguno que podía ayudarla, pero su religiosidad era muy tibia. ¿No sería mejor hablar con una psicóloga? Le preguntaría por su vida sexual, seguro. Hacía muchos años que no hacían nada. Fueron dejándolo. Al principio, él se empeñaba y ella se dejaba manipular como un maniquí, y poco a poco él había dejado de buscarla.

Era normal después de tantos años, ¿no?

Se miraba al espejo y no se encontraba interesante, ¿de quién habría heredado Silvia su belleza arrebatadora? Cuando salía se arreglaba, sí, se compraba la ropa en Josep Ferrer, iba a los desfiles de Pertegaz en la Diagonal y era una de sus mejores clientas, pero por casa llevaba calcetines gruesos, zapatillas, batas hasta los pies que le hacía su madre y que se abrochaban de arriba abajo con una cremallera como inmensas tiendas de campaña.

Un día se le ocurrió preguntarle, arrimándose a su espalda, cuando los dos estaban en la cama y él le daba cuerda al despertador:

—¿Me quieres, Tomás?

Él la había mirado con sorpresa, Carmen podía seguir sus circuitos mentales a la perfección, veía cómo sopesaba qué contestarle y se arrepintió de haberle preguntado porque por un momento pareció que iba a decirle algo serio, pero al final contestó moviendo la cabeza:

—¿Ahora te da por eso? Pues claro que te quiero.

Carmen extendió la mano para acariciarlo, aunque le daba una pereza inconmensurable, se sentía cansada antes de empezar, trató de imaginar escenas tórridas con José María, pero se colaban en sus sueños Norman y el albañil que le había dicho que iban a quitar el agua... Pero seguía y seguía, le dolía el brazo y tenía que parar de vez en cuando para recuperar fuerzas, hasta que el marido le cogió la mano y se la colocó con delicadeza sobre el embozo de la sábana.

—Déjalo, Carmen.

Ella murmuró antes de que él se diera la vuelta:

—Yo también te quiero, Tomás.

Pero no era verdad. Ella no lo quería, tenía que admitirlo. Nunca lo había amado, solo la unía a él la costumbre. Y la posibilidad de que esta costumbre se acabase era como si le dijeran que a partir del día siguiente debería vivir sin bazo o sin páncreas. No sabía para qué servían, quizás no eran esenciales siquiera, pero le daba miedo esa vida mutilada.

Una tarde vio a José María en el jardín. Iba con unos hombres con planos y carpetas, supuso que eran los arquitectos. Salió a la puerta y le hizo una seña.

—¿Por qué no entras a tomar algo? Hace frío.

José María asintió sonriendo:

—Claro que sí, ahora voy.

Ella fue rápidamente a ponerse un poco de colorete y hacerse la raya del ojo, preparó dos tazas de café con leche en una bandeja y la llevó al salón. Corrió las cortinas para que tuvieran más intimidad.

José María entró frotándose las manos y se dieron dos besos ligeros, ella rio.

—Estás helado.

Él se sentó y la miró con simpatía.

—Supongo que te duele lo que vamos a hacer y que tendrás una sensación de pérdida, pero ya verás como luego resultará mejor de lo que imaginas. Será una finca con muy pocos vecinos y todos de tu estilo.

Ella lo miró por encima de la taza parpadeando con coquetería.

—¿Y cómo es mi estilo?

—Tranquilo, elegante, discreto...

—Qué horror, no me digas que soy así.

—Pues ¿cómo te ves tú?

—Yo me veo cobarde, atemorizada, vulgar y gris.

Él la observó pensativamente y después de un largo silencio le dijo:

—Carmen, si te sirve de algo, te diré que a cualquiera le gustaría estar a tu lado, eres la compañera perfecta, has nacido para hacer feliz a un hombre.

Carmen iba a contestar «Cualquier hombre menos tú», pero se contuvo a tiempo:

—A cualquier hombre menos a Tomás.

Él le dio un trago a su café con leche y no supo por qué Carmen se dio cuenta de que lo sabía todo y, lo que era peor, que sabía que ella lo sabía también. Y es que quizás todo el mundo estaba al corriente menos ella, como todo el mundo sabía lo de Susan.

Iba a continuar hablando, vaciando su corazón, le parecía que había llegado el momento de sincerarse, cuando José María carraspeó, dejó el platillo sobre la mesa y protestó:

—No sé por qué opinas eso. —Pero como ella iba a hablar, levantó la voz—: Espera, Carmen, mira, te lo digo por propia experiencia, y perdóname, pero es mejor que no se hagan confidencias a nadie sobre la intimidad de un matrimonio, aunque sea a alguien que está de tu parte, como yo, créeme, te arrepentirías y llegarías a detestarme, y yo eso no lo podría soportar.

Carmen se sintió ridícula e intentó protestar:

—Oh, no, pero si yo...

Él levantó las palmas de las manos como parapeto y ella asintió resignadamente aceptando su derrota porque se dio cuenta de que, de una forma sutil, él la había rechazado y sintió una congoja enorme. Se oyó un buen rato el tintineo de las cucharillas hasta que José María preguntó:

—Y Silvia, ¿qué hace?

Todavía con la mente puesta en la humillación que acababa de sufrir, Carmen contestó:

—No sé, si te digo la verdad... Sale, entra, no la veo. No sé ni a qué hora viene por las noches, supongo que está con Norman, sus amigos, la universidad.

El otro se extrañó sinceramente.

—Pero debe haber acabado la carrera ya, ¿no?

—Pues no sé, ya sabes cómo son los chicos, nunca te cuentan nada —hablaba atolondradamente, pero se dio cuenta de que era imposible que José María lo supiera porque no tenía hijos—. Perdona, ya no sé ni lo que digo.

José María se puso de pie y se despidió de ella, demorándose un rato en la puerta como queriendo decirle algo. Pero Carmen estaba impaciente y se sentía avergonzada, prefería que se fuera lo más rápido posible y ahora se alegraba de no haberle contado los problemas de su matrimonio.

Subió rápidamente al cuarto de Silvia, con miedo, llevaba tiempo obsesionada con su marido y además se había acostumbrado a que su hija hiciera su vida, entrara y saliera libremente. Cuando Tomás protestaba, ella decía:

—¿Qué preferirías? ¿Que se fuera de casa? No ves que ya es mayor de edad. Además, Norman parece un chico serio, es de una familia muy conocida.

Y su marido refunfuñó:

—Pero son separatistas, ¡qué caray!, con Franco tan mayor aún tendrán alguna salida de pata de banco y los militares, después de lo de Carrero Blanco, no están para tonterías. —Y añadió el santo y seña de sus informaciones—: Me lo ha dicho Remigio.

Cuando Carmen entró en la habitación de su hija se

dio cuenta de que la cama estaba impecable, como si no la hubiera utilizado en varios días. Como había hecho con el de Tomás, abrió su armario y vio que se balanceaban las perchas vacías, tan solo quedaban algunos vestidos de fiesta. Abrió cajones, vacíos también; fue a su cuarto de baño, no estaba ni el cepillo de dientes. Silvia, Silvia. Se apoyó en la pared, fue resbalando hasta que se sentó en el suelo, puso los brazos sobre las rodillas y hundió la cabeza en sus manos.

14

Rafael le presentó a los suyos con una indiferencia impostada porque Silvia se dio cuenta de que espiaba de reojo su reacción y no sabía si la estaba poniendo a prueba a ella o a sus compañeros.

—Esta es Salvadora, mi cuñada, y este es mi sobrinillo, el Nico. —Le dio un pescozón que el niño recibió con una sonrisa de oreja a oreja—. Y la tía Josefa es su madre.

Silvia no supo si darles la mano, pero Salvadora se acercó torpemente y le dio dos besos muy sonoros en las mejillas. También cogió a su hijo y lo empujó hacia ella, que se agachó para recibir en la cara un beso lleno de saliva. Cuando se incorporó vio que Rafael le dirigía a su cuñada una mirada de aprobación y adivinó que su novio había dado instrucciones para que ella se sintiera a gusto entre su gente, y esto la conmovió.

Lo de «novio» a él le repateaba.

—Chiquilla, yo no soy tu novio, soy tu marido. O tu compañero, o tu hombre, como quieras.

Ella reía provocativamente.

—Marido no, hasta que no estemos casados.

Él abría los ojos con horror exagerado.

—¿Casarnos? ¡Estás loca! ¿Tú crees que yo voy a firmar un contrato de compraventa como si fueras ganado? —La abrazaba, la apretaba fuertemente hasta que las convexidades de ella coincidían con las concavidades de él y se acoplaban como dos piezas de maquinaria—. Tú vas a estar conmigo el tiempo que quieras, y yo contigo.

Le ponía el índice entre los ojos y apretaba.

—Pero que sepas que el tiempo que quieras va a ser toda la vida, y tendremos hijos. —La separaba de sí, le hacía dar la vuelta, le palpaba las caderas—. Aunque no te veo a ti muy buena paridora.

Ella se le tiraba encima, «Paridora te voy a dar», y él reía, «Pero ¿no querías ser ganado y casarte?», «¿Casarme yo?, ¿contigo?», y él se alborotaba y chuleaba, «Sí, conmigo... Que te cuente Salvadora cómo se venían detrás de mí las mujeres en Iznájar. ¡Y que sepas que en el barrio las tengo así!» Y juntaba los dedos de la mano en racimo, «La Rosi de la peluquería, Mari, la de San José, la murciana Amparo...». Ella repetía burlona «La Rosi, la Mari, la Amparo...», y los dos reían locamente con estos juegos livianos porque se sabían únicos e invencibles, y se abrazaban y hacían el amor contra una tapia, entraban en un bar con ese temblor en la sangre y se iban discretamente al lavabo sin pedir nada, se tendían en el césped de los parques, se necesitaban, no se saciaban nunca.

¿Cuántas veces habían hecho el amor?

Después había intentado contarlo, ¡había tenido tanto tiempo para hacerlo! Primero usaba los dedos para calcular de memoria... Después probó a anotarlo en una libreta que llevaba siempre encima para que nadie la pudiera leer, dividió por meses, por años... Por años, ay, por años..., tan pocos...

—Y este es el hermano de Salvadora, el Guille, tiene dos primos que trabajan en un taller mecánico de Badalona, se llaman el Jose y el Ricardo y solo vienen los fines de semana. —Rafael seguía con la elegancia del diplomático en una presentación de embajadores y señalaba a un chico joven cubierto de polvo blanco de la cabeza a los pies—. Como verás por su aspecto, el Guille es pianista.

El chico rio y le tendió una mano.

—Perdona, es lo que tiene ser picapedrero en la cantera. —Rafael le echó el brazo por los hombros con cariño—. No todos podemos ser señoritos como aquí el Rober.

El hombre mayor, al que Silvia había visto lavándose en el fregadero de la cocina, se adelantó y se inclinó en una pequeña reverencia. Era al único al que se veía cohibido, llevaba bigotito negro y gafas e iba vestido con la modesta corrección del oficinista de vuelo bajo.

—Soy Roberto Martínez, para servirla.

Nico, el pequeño, dijo con orgullo:

—Trabaja en los almacenes Jorba.

Silvia se sintió obligada a decir algo:

—Ah, caramba. —Todos la miraban expectantes, se notaba que les resultaba curiosa su forma de hablar—. Mi madre compra siempre en el...

Rafael la cortó con vehemencia:

—Bueno, venga, basta de cháchara. Nosotros nos quedamos este cuarto, ¿has desalojado ya, Salvadora?

Rafael era el centro de la casa y lo que decía se cumplía de inmediato. Silvia se daba cuenta de que los hilos que lo unían a aquella gente eran algo más que los del parentesco o la procedencia común, esa confianza ciega solo podía deberse a que, por algún motivo, ellos habían puesto su destino en sus manos.

Salvadora murmuró dirigiéndole a ella una mirada fugaz:

—He puesto sábanas limpias.

Esa frase corriente le reveló a Silvia la enormidad del paso que acababa de dar, aunque a ella le había resultado tan simple. Dejar su casa, donde era la princesa, para irse a vivir con unas personas a las que no conocía. Pero, al fin y al cabo, ¿no era lo que hacían las otras mujeres al casarse? Se acordaba de la noche que había pasado con Ester en el hotel de S'Agaró, su desesperación al tener que unirse a un hombre al que no amaba. Ella estaba segura, mucho más segura que Ester. Había sopesado escribirle una carta a su madre, la había empezado, «Querida mamá, he conocido a un hombre...», la rompió. «Querida mamá, he decidido volar...», la rompió también. Ya lo haría.

Al final, le contó a Rafael que ya había hablado con su padre y metió sus cosas en una maleta sin más. Pasó una noche fuera, como había hecho más veces, y no sucedió nada. Fue a desayunar a casa, se duchó, después pasó dos noches en casa de Rafael. Se dio cuenta de que sus padres no reparaban en sus ausencias. Llevaba tantos años haciendo lo que le daba la gana que cuando cruzaba la puerta y se sumergía en los brazos de Rafael lo demás desaparecía como si nunca hubiera existido. Fue ganando peso la nueva casa sobre su propia casa. Se lo decía a Emilio, el único de sus amigos al que continuaba viendo: «Rafael es mi única familia».

Emilio le comentaba observándola con atención:

—Te veo distinta..., como si hubieras madurado.

Ella bromeaba:

—Es que todo se pega si alternas con la flor y nata. —Aunque acababa abrazando a su amigo, intentando contagiarle su estado de euforia—. Emilio, quiero ser mejor porque él cree que soy mejor.

A Silvia, como a todos los enamorados, le hubiera gustado inventar para los dos un idioma nuevo, palabras sin estrenar, y trataba de resumirle la pasión que le inspiraba:

—Soy tuya.

Él la reñía:

—Me gustas libre, no quiero que seas mía.

Rafael cerraba la puerta del cuartito como atención

hacia ella, pues en esa casa la vida trascurría a la vista de todos, y le enseñó un armario tosco en el que había colgado algunas perchas de alambre, con un ademán tan tímido y cautivador que Silvia le echó los brazos al cuello. El hombre le preguntó con cierta aprensión:

—¿Te gusta? —Al ver que asentía abrió unos centímetros la puerta y Silvia advirtió que todos seguían en los mismos sitios donde los habían dejado—. Guille, le ha gustado.

Se oyeron risas, un conato de aplauso y hasta un «ole», y Rafael contó innecesariamente mientras volvía a cerrar la puerta:

—Lo han hecho el Guille y el Rober.

En la pared desnuda había una fotografía pegada con una chincheta. Silvia la miró y Rafael la cogió para acercársela. Un grupo de hombres apoyados en una tapia entrecerraban los ojos por el sol... El más joven llevaba boina con una estrella en el frente, el cigarrillo entre los labios, y miraba retadoramente al fotógrafo.

—Este chulo eres tú.

Él se echó a reír.

—Sí. Me creía el Che Guevara por lo menos.

Pasó la mano por la imagen con un gesto melancólico. Silvia le preguntó:

—Y los otros ¿quiénes son?

Él se tumbó en la cama, ella se echó a su lado apoyándose en el codo. Él le hizo un gesto distraído señalando la ropa.

—Quítatela.

Hasta que no estuvo desnuda, no volvió a coger la foto. Fue indicándole:

—Mira, este es el cura obrero Diamantino García. —Silvia puso gesto de extrañeza, los sacerdotes que ella conocía eran muy distintos—. Es un tío cojonudo, ¿sabes que en Andalucía muchos curas luchan codo con codo con los jornaleros?

Ella negó con la cabeza, apenas prestaba atención a las palabras porque le fascinaba la forma en que hablaba Rafael, ese suave sesco, tan suave que un día se había quejado, «Casi no tienes acento andaluz», y él le había replicado «Pero tú qué quieres, ¿la caricatura?». Y luego había añadido para que lo tuviera claro: «No sé cantar flamenco ni bailar, no soy gracioso y no me gustan los toros». Aunque luego le había susurrado, exagerando el acento para que estuviera contenta:

—*Tres moricas me enamoran en Jaén: Aixa y Fátima y Marién. Tres moricas tan garridas...*

Y ella se fingía enfadada y celosa de las tres moricas del poema de Lorca, «Anda y que os den a los tres». Él protestaba: «Si no sabes ni contar, tanta universidad para qué..., seríamos cuatro. ¿Sabes que la matemática moderna también la inventó un andaluz? Se llamaba Abu Mohamed Jabir ibn Aflah».

Y Silvia protestaba:

—Jo, con lo fácil que es llamarse Pepe.

Pero ahora él no estaba jugando y hablaba con la voz remota del que se refiere a hechos lejanos:

—Diamantino se fue de párroco a Los Corrales y cuando llegó les preguntó «¿Vosotros en qué trabajáis?», y uno le dijo en el esparto, otro cogiendo espárragos, y les contestó que, a partir de entonces, su cura iba a ir también con ellos, ¡y cuando marcharan a Francia, él también, a vendimiar como ellos! Renunció a su sueldo de cura y vive con lo mismo que los pobres.

Silvia dijo soñadora:

—Me gustaría conocerlo.

Rafael le contestó con convicción:

—Lo conocerás. Y, mira, este es mi padre. Yo le digo a

Diamantino: «Si tuviera que arrodillarme ante alguien, solo lo haría ante mi padre», claro que él no querría.

Rafael se llevó la foto a los labios y Silvia lo besó a él mientras se arrimaba a su costado, le pasaba el brazo por el pecho, cruzaba sus piernas con su pierna, intentaba incorporar su materia a la suya y, como no podía, se quejaba, y Rafael la miraba y reía sin entender.

—Pero ¿qué te pasa?

Y ella cerraba los ojos y respondía:

—Nada..., que te quiero.

Pero sentía que los hombres la vigilaban desde la foto y preguntó con la vanidad de las beldades:

—Cuando los conozca, ¿tú crees que les gustaré?

—Pero ¿cómo no les vas a gustar? Cuando mi madre vea lo que te quiero, buf, mi madre siempre me decía: «Tú, Rafaé, cuando se te meta el amor aquí dentro —se golpeaba el pecho, que sonaba a pozo hondo—, ya no lo vas a soltar. O sea que mira bien, hijo, mira bien».

No podía dejar de tocarlo, le iba repasando el perfil con el dedo mientras hablaba, las cejas negras como cintas de terciopelo, y cuando llegó a la boca, él lo atrapó con los dientes y lo mordió, sin atender a sus quejidos exagerados, y prosiguió:

—Mira, en otoño es la mejor época para ir a mi pueblo, ¡pero, joder, si pareces cordobesa! Eres guapa como las cordobesas guapas, que es la forma de ser guapa más grandiosa que hay. Te sentirás tan a gusto como si hubieras nacido allí.

Silvia se chupó el dedo dolorido y después señaló a otro hombre, joven y sonriente, en la plenitud de su vida. La respuesta tardó en llegar unos segundos:

—Es mi hermano Juan, el marido de Salvadora.

Silvia preguntó con curiosidad:

—¿Y dónde está? ¿Se ha quedado en Iznájar?

Rafael se levantó, se acercó a su chaqueta y cogió un paquete de tabaco, le dio la vuelta y salió un cigarrillo que agarró directamente con la boca, lo encendió con parsimonia. Había un ventanuco que daba a un patio de vecinos, pareció observar, pero estaba ausente, después se fue a la cama, se sentó con las piernas cruzadas y Silvia le pasó la mano por el pecho. Pensativamente, él le cogió la mano y se la llevó a los labios, la besó lentamente, dedo a dedo, y después, sin mirarla, sacudió la ceniza del cigarrillo y le habló como si tuviera arena en la garganta:

—Juan se murió hace dos años en accidente laboral, estaba trabajando en una obra en Hospitalet, se cayó de un andamio y se murió en el acto. —Silvia se incorporó e instintivamente se tapó con la sábana, de pronto le dio vergüenza estar desnuda—. Como no estaba asegurado, no le pagaron nada a Salvadora, que estaba preñada.

—Pero ¿no fuisteis a un abogado?

Rafael soltó una risotada amarga.

—¿Un abogado? Los abogados cuestan dinero. Salvadora perdió a la criatura. Fui a ver a los amos, como no tenían ni licencia de obras conseguí que le soltaran algo de dinero a mi cuñada, nada, miseria y compañía, y encima tiene que ir ella todos los meses a buscarlo, como si fuera una limosna, y el día en que se cansen, dejarán de pagarle. No sabes las angustias que pasa creyendo que ese mes ya no le van a dar nada.

A Silvia se le llenaron los ojos de lágrimas porque entendió la mirada triste de Salvadora.

—Me da mucha pena.

—Por eso me vine a Barcelona. Yo estaba viviendo en Sevilla, liado con unas cosas que ya te contaré, porque, oye —la miró con una chispa peligrosa en los ojos—, yo quiero que, además de mi mujer, seas mi compañera en todo, mi camarada, yo no soy de esos tíos antiguos que quieren tener a la mujer ignorante y preñada todo el día en casa.

Se inclinó hacia ella, levantó el índice y el dedo medio y cruzó uno sobre otro.

—Tú y yo así, ¿eh? Juntos. Siempre, ¿sabes?

—Siempre juntos.

—Hazlo.

Ella juntó los dedos y dijo:

—Juntos.

Como un relámpago, le pasó a Silvia por la cabeza la madre feminista de Norman. ¿Sabría Rafael lo que era el feminismo? Iba a preguntárselo cuando él la cortó:

—Pero este reloj es de hombre, ¿no?

Silvia había vaciado el contenido de sus cajones en la maleta y Rafael tenía en las manos el Rolex de Norman.

Ella ya le había hablado de él, claro está, primero con precaución porque no podía sustraerse al tópico y creía que Rafael sería celoso, pero ante su asombro él se había limitado a reírse y encogerse de hombros.

—Es normal que hayas tenido otros, yo también he estado con otras mujeres. Si me interesa saberlo es para conocerte mejor a ti.

Ahora le contó de ese reloj que le había regalado el primer día en una barra americana como compromiso de amor. Rafael, con esa intuición animal que tenía para adivinar los más leves matices del alma humana, la característica suya que más asombraba al conocerlo, dejó por un momento el Rolex a un lado para cogerle las manos.

—No te arrepientas, gracias a esos sentimientos eres la mujer que eres. Para subir hasta aquí has tenido que pisar todos los peldaños de la escalera, algún día conoceré a ese Norman y le daré las gracias.

Le besó las palmas de las manos con la elegancia de un príncipe y volvió a coger el reloj, lo miró por todos lados, leyó la fecha grabada en la parte posterior, se lo puso, le dio vueltas en torno a la muñeca, se lo quitó y después preguntó:

—Esto debe costar una pasta, ¿no?, ¿te importa que lo venda?

Silvia se sorprendió.

—Bueno, no..., me lo regaló, pero ¿necesitas dinero?, ¿para qué? —Él no le contestaba, ella insistió—: Yo podría... La moto y... Es para... ¿Salvadora?

Él daba vueltas a las ruedecillas, abstraído de una forma como solo saben hacerlo los niños, hasta que lo dejó sobre la mesa con gesto seco, apretó los puños, se le tensaron los bíceps, sacudió la cabeza y cuando la levantó tenía un abismo negro en lugar de ojos.

—Necesitamos dinero..., mucho.

Silvia le cogió la mano y sintió un miedo repentino y acuciante.

15

Al darse cuenta de que Silvia se había llevado casi todas sus cosas y llevaba tiempo sin dormir en casa, Carmen trató de contactar con sus amigos. En una agenda vieja vio los teléfonos de Norman, Toni, Alberto, Roger..., Alicia. No le era simpática, pero era la única chica del grupo, aparte de Mati.

«No, ahora Mati no».

La madre de Alicia le contó que la habían expulsado de la Universidad de Barcelona y estaba estudiando en Santiago de Compostela, pero aun así Carmen preguntó el número de teléfono de la residencia donde se alojaba.

A Alicia le sorprendió mucho que la llamara, porque no había tenido mucha relación con ella. Carmen tenía la voz angustiada, apenas se la oía en medio de una barahúnda demencial de martillos pilones y sonidos de grúa, ya que, según le explicó a la chica, estaban haciendo obras en el jardín de su casa y todos se iban a volver locos con el ruido y el polvo. Debían tener siempre las ventanas cerradas, era como vivir en el infierno.

—¿Te acuerdas del sitio donde os reuníais? Pues lo quieren tapiar. Aunque hemos conservado la mitad del jardín.

Pensaba que se iba a entristecer, pero la verdad es que a Alicia no le importó, aunque tampoco entendía por qué la madre de Silvia le contaba todo eso. Después le pidió perdón por molestarla, pero estaba muy preocupada por su hija, no sabía en qué andaba metida, llevaba días sin aparecer por casa, aunque, claro, en el fondo no le extrañaba porque a ella también le gustaría irse, huir del follón y de...

Alicia se impacientó. ¿No tenía nadie con quién hablar esa señora? Solo había un teléfono en la residencia y la cola empezaba a ser considerable. Le preguntó qué quería concretamente y Carmen le contestó tan humilde que la desarmó, porque lo cierto es que la vida había suavizado el carácter de Alicia y poco quedaba de la muchacha dura e intolerante que se había reído de Silvia cuando no la habían admitido en el Partido Comunista:

—Si sabes dónde está mi hija. Por favor.

No le mintió. Le dijo que hacía tiempo que no la veía y que todos los del grupo habían acabado sus carreras y estaban más o menos asentados en lo que iba a ser el resto de su vida. Carmen le indicó, aunque sin mala leche:

—Pero tú no.

Alicia no, la lucha revolucionaria había consumido todos sus afanes y la había dejado agotada y llena de frustraciones, tanto que al final había terminado por abandonar el Partido Comunista. Seguía dependiendo de sus padres e iba a clase con compañeros que tenían cuatro años menos que ella. Y entonces Carmen le preguntó tan insegura como siempre también:

—¿Qué te parece? ¿Llamo a Norman?

—Sí, claro.

Aunque luego se arrepintió de haberle dado ese consejo, porque Alicia se había encontrado a Norman el día antes de marcharse a Santiago, iba con ese aire limpio de persona acomodada que tenía siempre, como si estuviera estrenando ciudad cada día. Había ido a hacerse la foto de las dos orlas, la de Filosofía y la de Económicas, vestía con americana y corbata y sus mocasines Sebago, los auténticos Sebago, no las imitaciones que llevaban los demás, y le contó que él también se marchaba, pero a hacer un curso de Relaciones Internacionales a Lovaina. Acababan de matar a garrote vil a Salvador Puig Antich, todos llevaban una discreta cinta negra en la manga en su memoria, pero él no. Alicia le preguntó por qué.

—Hace tiempo que renunciamos a la lucha armada, no es eficaz ni...

—No me lo recuerdes, que yo también pasé por los cursos esos del puente de Vallcarca y me he tragado las obras completas de Lenin y compañía. ¡El izquierdismo es la enfermedad infantil del comunismo!

Norman meneó la cabeza.

—No te cachondees, tienes que ampliar la óptica. Europa nos mira.

Iba con una chica que se mantuvo callada durante toda la conversación. Alicia se dijo que al lado del bellezón de Silvia era simplemente pasable. La presentó como Albertine:

—Es una amiga de la infancia, la conozco desde que era así —mantuvo la mano a medio metro del suelo— de enana.

Como si se diera cuenta de que Alicia la comparaba con Silvia, la muchacha exhibía una expresión huraña y despectiva. Norman le pellizcó la mejilla, la trataba de esa forma amigable y guasona que se gastaba siempre con todas las mujeres. Abrazó a Alicia con mucha efusión, le aconsejó que dejara Filosofía, que no servía para nada, y se matriculara en Ciencias de la Información, que él era amigo del decano y que le convalidarían muchas asignaturas.

—Cuando Franco se muera, vamos a necesitar gente preparada porque tenemos garantías de que entraremos en el Gobierno. Aunque hayas dejado el Partido, el Partido no te va a dejar nunca, que lo sepas.

Alicia soltó con ironía:

—Bueno, os felicito..., lo de la reconciliación nacional y el eurocomunismo ha colado.

Se rio, el chico de oro nunca se enfadaba. Alicia pensó por primera vez que Norman debía follar poco.

Nada de esto le contó a Carmen, claro está, las dos mujeres se despidieron con más cariño del que ambas esperaban.

Carmen aguantó hasta que acabara la jornada y se fueran los albañiles para telefonear a Norman, que pareció alegrarse con su llamada.

—Hola, Carmen. ¿Cómo estás? ¿Y Tomás, y Queco?

Que no le preguntara por Silvia le hizo albergar esperanzas, quizás estaban juntos. Pero él le contó lo de Lovaina y que su padre había muerto, y entonces sí que se sorprendió:

—No lo sabía, perdóname, pero ¿cuándo fue? Silvia no me ha dicho nada.

Él carraspeó:

—Fue hace casi un año, no sé si Silvia lo sabe.

Se mantuvieron en silencio un buen rato. Y al final Carmen susurró:

—Entonces, ¿no la ves?

El otro contestó sencillamente:

—No.

Ella se atrevió a preguntar, tan desesperada estaba:

—¿Y no sabes con quién va o qué hace?

Norman lo sabía, pero se veía incapaz de contárselo.

—Pues no, la verdad.

Carmen colgó lentamente.

No tenía ni idea de qué hacer. Ir a la Policía era ridículo, ¡pero si no se atrevía a decírselo ni a Tomás! Queco se sorprendió cuando se lo preguntó:

—¿Silvia? No sé. ¿Has mirado si está la moto?

Miró en el garaje, estaba. No sabía si eso era tranquilizador o no lo era. Trató de localizar a Emilio, pero desconocía su teléfono. ¿Estaría metida en algún follón político? ¿En uno de esos grupos violentos que ponían bombas y cometían atracos, como el de ese muchacho, Salvador Puig Antich? Le habían contado que las hermanas esperaron en el bar que está frente a la Modelo a que le dieran garrote, siguieron el coche fúnebre hasta el cementerio de Montjuic y allí pudieron abrazar el cuerpo aún caliente del chico de veinticinco años. Se negaron a estrechar la mano del militar al mando, que iba con traje de gala y guantes porque era su gran día; qué valientes le parecían estas cuatro muchachas. No lloraron y se llevaron su anillo y las zapatillas como recuerdo.

Matar a chicos jóvenes, asesinar nuestro futuro, ¿qué querían?, ¿funcionarios de bigotillo y gafas negras?, ¿mujeres que no sabían qué hacer con sus vidas?

Quizás lo que le pasaba a Silvia simplemente era que tenía un novio nuevo. Conociendo a su hija, era lo más probable; ay, Silvia, que en la línea de salida era la favorita, pero mientras las otras chicas de su edad ya habían llegado a la meta, ella se había detenido en algún vericueto, haciendo sabe Dios qué.

Ya no podía contar con Tomás. Para él todo era fácil. Llegaba a casa cuando las obras habían parado, se quitaba la chaqueta, tosía estentóreamente y observaba con enfado la fina capa de polvo que cubría todos los muebles, como si fuera culpa suya.

—¿Ya cerráis bien las ventanas? Si no se limpia aquí, al final no podremos ni respirar ni vivir.

Estaba convencida de que se entendía con otra mujer, pero no había tenido fuerzas para averiguar quién era. Ahora todo le enfadaba de él: su soberbia al hablar, su malhumor constante, que caminara con los pies hacia fuera como un pato, que se rascara los huevos tranquilamente; a veces tenía auténticos ataques de ira y pensaba en empujarlo por la escalera para que se matara. Y no solo era enfado, era también asco: si se encontraba en el cuarto de baño un bastoncillo de oídos utilizado por él llamaba a gritos a la criada para que se lo llevase como si fuera una rata peligrosa. Además, le resultaba intolerable que, con la excusa del trabajo, estuviera todo el día fuera de casa mientras ella tenía que soportar el ruido enloquecedor, desde las ocho de la mañana hasta las ocho de la tarde. Encima, unas obras que se hacían por su culpa.

Pero el día que estalló, cuando dijo con los puños apretados en medio del salón, parecido a un paisaje lunar, y con los pelos blancos por culpa del polvo y los ojos enrojecidos:

—No puedo más.

Él le contestó:

—Carmen, si no hubiera vendido el jardín, ahora estaríamos en la calle y yo seguramente en la cárcel.

Ella lo entendía, sí. Pero... Como le pasaba siempre, su ira se evaporó y sintió frío, aunque era verano. Pero como Tomás no estaba acostumbrado a la cólera de su mujer, se sorprendió, más que enfadarse. La observó con atención, con afecto incluso, advirtió que había adelgazado, cruzándose la bata sobre el pecho se la veía escuálida y frágil. Pensó que quizás había entrado en esa etapa de las mujeres en la que tenían desarreglos e histerismo, sintió compasión por ella, ahora no recordaba si alguna vez la había amado. Por primera vez en la vida le preguntó:

—¿Qué te pasa, estás bien?

Carmen iba a echarse a llorar y decir: «Bien no, cómo voy a estar bien, sé que tienes a otra y he perdido a mi hija», pero en el último momento no se atrevió y solo dijo tapándose los oídos como si siguiera oyendo el repiqueteo enloquecedor del martillo pilón:

—Es el ruido..., no puedo más.

El la cogió por los hombros, un contacto que no tenían nunca, le sorprendió lo consumida que estaba, parecía como si un pequeño estrujón pudiera romperla.

—Esto tiene sus etapas, ahora están perforando y es el peor momento, polvo, ruido... Es inhumano seguir así, lo normal hubiera sido que cogiéramos un piso mientras se hacía todo esto, pero si nos podemos ahorrar el alquiler, mucho mejor. Mira —le quitó una brizna de hilo que tenía enganchada en el pelo, casi pensó en acariciarla, ella lo observaba con sus grandes ojos expectantes, como si de él pudiera venirle la solución de todos los problemas—, te podrías ir a Reus con tu madre, ¿no dices que tienes remordimientos por dejarla sola? Queco que se quede con Rosa, además nunca está en casa y cuando está se pone esos cascos de música y no se entera de nada, y yo, si tú estás fuera, me cogería una habitación en el hotel Derby, sería una solución transitoria, pero es que tienes razón, no podemos seguir así.

Carmen se retorcía las manos sin saber qué hacer, le subió un sollozo a la garganta y de repente sintió unas ganas irrefrenables de irse lejos de todo.

—Entonces, ¿me voy?, ¿qué te parece?

Tomás se puso las gafas y cogió el periódico, satisfecho de haber resuelto la crisis familiar.

—Claro que sí, llama ahora a tu madre, lo contenta que se pondrá.

Pero al fin ella articuló lo que más le preocupaba:

—Pero, Tomás, ¿y Silvia?, ¿cómo voy a dejarla?, ¿y si está metida en algún lío?

Tomás la miró por encima de las gafas y le preguntó:

—¿Silvia?, ¿qué quieres decir?

Ella contestó nerviosamente:

—Nada, no sabemos nada de ella, ya sabes cómo es, desaparece, sale, entra, hace lo que le da la gana.

Y ante su sorpresa, Tomás dobló el periódico y le dijo:

—Pero si el otro día ya hablamos de eso, creí que te lo había contado.

Carmen, que iba a encender un cigarrillo con la mano temblorosa, se quedó a mitad del gesto.

—¿Cómo? ¿Cuándo? —Tiró con rabia el pitillo al suelo y luego se quejó—: A mí nadie me dice nada.

Tomás le informó mientras volvía tranquilamente a la lectura del periódico:

—Sí, me pidió dinero para irse a un estudio compartido con una amiga, que con este ruido le era imposible hacer nada, ya sabes que ella es un pájaro nocturno y duerme de día, a mí me pareció bien, ¿no?

—¿Qué quieres decir?

—Pues, mujer, está muy claro, que en esta casa hay mucho ruido y muchos nervios. Mira, es una chica seria y formada, opino que es normal que poco a poco vaya haciendo su vida. ¿Cuánto falta para cenar?

Esa noche Carmen se fue a la habitación de Silvia, se sentó en la cama, acarició la colcha. Su niñita ya no estaba. Después se tumbó. No quería hacerlo, pero se quedó dormida. Al cabo de unas horas la despertó un ruido en el jardín. Miró por la ventana y vio a Silvia sacando sigilosamente la moto del garaje. Bajó corriendo, descalza, su hija, su hija, un viento rumoroso movía las copas de los árboles que aún no habían cortado. Silvia se había demorado porque intentaba bajar la persiana despacio para que no hiciera ruido. Había dejado la verja abierta. Cuando descubrió a su madre, se quedó inmóvil, mirando al suelo como hacía cuando era pequeña y la pillaban en alguna travesura.

La madre se detuvo sin aliento, pero le habló con suavidad, para no asustarla, como se hace con los animalillos del bosque:

—Silvia, hija, ¿qué haces?, ¿por qué vienes así, a escondidas?, ¿qué te he hecho?

Se dio cuenta de que Silvia, además de la moto, llevaba sus esquíes. La hija se puso a tartamudear sin mirarla:

—Ya he hablado con papá, él está de acuerdo, algún día tenía que irme de casa, todas mis amigas lo han hecho, es normal.

—Pero ¿trabajas, estudias o qué? —Sin quererlo, suplicó—: Dame tu dirección, quiero ir a verte.

La hija dudó, apoyándose ora en un pie, ora en otro.

—Verás, es que ahora prefiero que no vengáis, pero todo va bien, no te preocupes.

La estaba perdiendo, se daba cuenta, fluía como el agua entre los dedos. Se acercó, intentó abrazarla, Silvia no la rechazó, pero no soltó la moto ni los esquíes. Al final, reblandecida por el cariño de la madre, le dijo:

—No seas pesadita, mamá, ya no soy una cría. Ya te llamaré, no pasa nada. —De pronto se soliviantó, pero de una forma que tampoco resultaba ofensiva—. Y no me hagas chantajes emocionales, por favor, no te pongas a llorar.

La madre se tragó las lágrimas, pero aún le dijo:

—Me voy a casa de la abuela, ya ves cómo está todo. —Parecía que había caído una bomba en el jardín, pero la hija no se inmutó—. Pero, si no quieres, no me voy.

Silvia puso los ojos en blanco.

—Pero esto es increíble, mamá, vete, por favor, tú también tienes que vivir tu vida, ¡emancípate de todos nosotros!

La madre iba a contestar, quería seguir con esa conversación que anhelaba desde hacía tanto tiempo, hasta que oyó una voz masculina que hablaba desde la calle:

—¿Silvia?

Y como responde el corcel al llamado de la trompeta de batalla, Silvia pareció erguirse, crecer un palmo, se le distendieron los rasgos en una mueca deliciosa de abandono y de éxtasis, y apartó madre y casa, ya ajenas, ya adulta, ya libre, y salió a la calle con implacable resolución sin mirar atrás. Si el mundo se hubiera destruido a sus espaldas, no se habría enterado. Si su madre se hubiera puesto delante de ella, la habría pisoteado sin la menor sombra de piedad.

Así que era eso, pensó Carmen. Tan fácil. El amor, siempre el amor.

Fue tras ella despacio, sin darse cuenta de que llevaba los pies llenos de cortes de la grava que aún quedaba en el jardín. Y pudo ver a la luz incierta de las farolas la moto zigzagueando como si bailara, Silvia en el asiento trasero, la negra melena al viento y los esquíes apuntando a la bóveda celeste, como el mástil de un barco que fuera a llevarla muy lejos.

16

Rafael le contó lo del dinero el día de la Virgen de la Piedad.

Esa mañana, a Salvadora le había tocado ir a pedir el sueldo de Juan. Así lo llamaban, «el sueldo de Juan», como si fuera el jornal del muerto, cuando era ni más ni menos que el precio de una vida a plazos. El Rober le había aconsejado ir vestida pobremente, pero Salvadora se empeñaba en ponerse lo mejor que tenía como homenaje al marido difunto, sin darse cuenta de que ese «lo mejor» era un pobre remedo de la ropa que llevaban las «señoritas». Le había preguntado con timidez suplicante a Silvia:

—¿Voy bien?

Y Silvia la había abrazado espontáneamente.

—Estás muy guapa.

Era el día de la Virgen de la Piedad, la patrona de Iznájar, y la madre le decía trazándole la señal de la cruz en la frente:

—Te traerá suerte, la Virgen te cuida desde el cielo.

Salvadora respondía con orgullo:

—¡Y mi Juan también!

Los «señores» vivían en un piso elegante de la Rambla de Cataluña, era la única vez que la mujer se adentraba en esa zona de la ciudad y procuraba ir con la mirada en el suelo, sin distraerse con las grandes porterías de hierro forjado, con las caprichosas construcciones de las fachadas, con las tiendas, aunque a ella no le atraían las de moda, sino las de alimentos. En la esquina con Aragón había un lujoso establecimiento de comestibles, Colmado Quílez, en el que Salvadora soñaba con entrar un día, comprar y sorprender a todos con exquisiteces que ni sabía lo que eran. Endivias, aguacates, latas de cangrejo, piña, los cartelitos que leía con dificultad le enseñaban un mundo exótico tan inaccesible como la luna.

¿Y si un día los señores se arrancaban a darle una pequeña fortuna y pudiera salir de pobre? Una fortuna quizás no, pero una buena cantidad, no sé, diez mil pesetas por ejemplo. Pero pronto se precipitaba en el abismo de la más negra desesperación: ¿y si dejaban de pagarle? Y se arrepentía de haber lanzado las campanas al vuelo, y rezaba para que se le perdonara su pecado de soberbia, y las quinientas pesetas que le daban todos los meses le parecían las minas del rey Salomón.

Cruzó la entrada pisando con miedo la mullida alfombra roja. El portero, indiferente y circunspecto, no le prestaba atención, como si hubiera entrado un insecto. Estaba ordenando el correo. Cuando se acercó, sí que levantó la mirada, primero fingió no reconocerla y después se dio un golpe en la frente y dijo:

—Ah, sí, la murciana.

—Soy andaluza, para servirle.

—Bueno, eso... Los señores me han dado un recado para ti.

Salvadora se marchitó enseguida, esperando la puñalada que llegó, claro que llegó, en tono molesto y despreciativo, sin que el hombre uniformado se tomara la molestia de detener su tarea:

—Que no vuelvas por aquí, se ha acabado.

Salvadora, aun cuando se lo esperaba, empalideció porque también esperaba lo contrario. Intentó protestar:

—Pero ellos me dijeron, bueno, a mí no, a mi cuñado...

Ahora sí que el portero fijó su vista en ella y le dijo con un rencor incomprensible:

—Me ha dicho la señora que, si vuelves, llamará a la Policía, o sea que tú misma.

Y luego simuló apiadarse:

—Te lo digo por tu bien, no vengas por aquí, bastante has tirado del hilo.

Rafael no le dijo nada cuando se lo contó, solo intercambió una mirada con el Guille y después:

—No te preocupes, todo se arreglará.

Llevaba a Silvia cogida por los hombros, algo poco habitual porque en público no era afectuoso, iban al bar Pepe, una tasca que un paisano iznajeño había puesto en los bajos de su casa. Silvia, como siempre, vestida con un saco informe que a ella le quedaba como si fuera alta costura, nunca se ha visto mujer menos preocupada por la ropa y los avíos, con esa seguridad insultante del que sabe que, póngase lo que se ponga, va a estar irresistible. Y cuando entró en la humilde tasca, todos, mayores y niños, hombres y mujeres, se sintieron impresionados por el luminoso resplandor de su belleza. Ese día, además, en honor a la patrona se había puesto unos pendientes de aros que le había prestado Salvadora, y con la oscura melena aún medio mojada cayendo por la espalda como un torrente negro, Pepe le dijo el mayor de los piropos:

—Pareces cordobesa.

Había adornado el bar con banderitas de colores y una imagen de la Virgen de la Piedad rodeada de flores. Silvia había invitado a ese trozo del sur trasladado a Montjuic a Emilio y, asombrosamente, a Alicia. Emilio le había contado que esa chica, antes tan antipática, estaba muy cambiada, que había dejado el PSUC y que se arrepentía de lo mal que la había tratado:

—Fui una hija de puta, pero Mati me ponía la cabeza como un bombo. —Y, con un titubeo, había reconocido—: Además, le tenía envidia.

Emilio le había comentado fingiendo perplejidad:

—Pues no sé por qué.

Y la otra le había pegado con el bolso porque, lejos de la mirada de los severos camaradas, hasta se había vuelto bromista.

La estancia de Alicia en Santiago había durado solo un curso. Como la cabra tira al monte, había participado en las manifestaciones contra el cierre de la Bazán, había pasado una noche en el calabozo y vuelto a perder el año porque no se había presentado a los exámenes. Siguiendo el lejano consejo de Norman, se había matriculado en Ciencias de la Información en Sant Cugat e iba a clase con Queco, el hermano pequeño de Silvia, que lo primero que hizo cuando la vio fue preguntarle por él:

—Es muy listo... Ya trabaja, es el productor de un concurso en Radio Barcelona.

Alicia dedujo que Silvia no veía a su familia, pero no indagó más.

También le preguntó por Norman y, como no quiso contarle que se iba a casar con Albertine, le habló de Ester, su hermana:

—Se ha separado de su marido, se ha ido de médica a Cuba y el niño se cría con la madre de Norman.

Pero ya Silvia se desentendía de la conversación porque Rafael le tiraba del brazo.

—Vamos a sentarnos, que nos quedaremos sin mesa.

Trajeron vino y aceitunas gordas. Rafael se sentó al lado de Alicia, a la chica le llamó la atención cómo lo hizo: no se dejaba caer, sino que se quedaba muy derecho, con las piernas algo separadas, como presto a levantarse y salir corriendo. Era elegante y varonil. Silvia ya les había contado a sus amigos que había estado muy combativo en la lucha contra el pantano que se había comido parte de su pueblo y había pasado cuatro meses en el calabozo con su padre sin ninguna acusación en concreto, solo porque Franco había ido a inaugurar el embalse y para joder.

Cuando los pusieron en libertad, ya se les había pasado el plazo para reclamar una compensación por la casa que les habían expropiado, no sirvieron de nada los recursos y protestas, se les rieron en la cara. Los padres se tuvieron que meter a vivir en una cueva, los hijos pequeños salían todos los días a los espárragos, y la madre, por las noches, les tenía que curar llorando las manos destrozadas. Su hermano mayor, Juan, se había ido a Barcelona.

—Rafael marchó a Sevilla a... —Los miró de reojo, a Silvia le costaba mucho mentir, pero como la cosa debía quedar en secreto se vio obligada a acabar abruptamente—: Ya os lo contaré otro día.

También les confesó que había dejado de tomar pastillas anticonceptivas porque querían tener un hijo:

—Un charneguito.

Como no sabían si lo decía en broma o en serio, fingieron que no la oían, aunque lo de tener un hijo la verdad es que les pareció a los dos «una puta mierda», como comentaron luego.

Rafael observaba a Alicia pensativamente, sonreía poco, cuando la muchacha se lo dijo, él contestó con una punta de humor triste:

—¿Qué quieres? Soy de la misma tierra que Séneca.

Llevaba una camisa blanca impoluta y Alicia se preguntó cómo se las arreglaba para ir tan limpio y planchado, porque no imaginaba a Silvia realizando ninguna tarea doméstica. El chico la miró con una ligera ironía en el fondo de los ojos y le dijo:

—Me lavo la ropa y me la plancho yo, y sé coserme un botón y cocinar.

Alicia se quedó estupefacta, no por su respuesta, sino porque hubiera adivinado lo que pensaba, creyó incluso que había hablado en voz alta sin querer. Pero el Guille rio ante su asombro.

—Tú crees que tienes un hueso ahí, ¿no? —Le dio unos golpecitos en la cabeza—. Pues para el Rafaé es una membrana muy finita y trasparente y puede leer lo que pasa debajo.

Rafael entre risas le tiró una aceituna y el otro empezó a lamentarse de que le había dado en un ojo. Uno de los primos del Guille, el Jose, el mayor, que iba aún con su mono de mecánico, ante las miradas de reproche de la concurrencia lo atenazó por detrás, y el Rober protestó porque los miraban:

—Siempre tenéis que estar armando jaleo y dando la nota.

Y todos rieron e informaron a los amigos de Silvia:

—El Rober es un malaje porque tiene la mala *follá* de los granadinos.

Alrededor de Rafael siempre había bullicio, aunque él parecía no hacer nada por alimentarlo. Silvia permanecía tranquila, observando los esfuerzos de la gente por llamar la atención de su compañero con serena indulgencia.

El pequeño local se había llenado, los hombres se habían lavado y cambiado después del trabajo, llevaban las americanas por los hombros, olían a perfumes fuertes y se comportaban con escueta cortesía; las mujeres se habían quitado los delantales con los que vestían normalmente y puesto peinetas muy apretadas en el pelo. Los distintos tonos del acento andaluz creaban un rumor envolvente y excitante. Los chiquillos se perseguían metiéndose entre las mesas, un perro entró y orinó contra la pata de una silla y después alguien sacó una guitarra y se oyeron algunas palmas. Cuando Emilio y Alicia quisieron copiarlos, Silvia les advirtió con apuro:

—No lo hagáis, que los catalanes no sabemos llevar el compás y les cortamos el rollo.

Después de un rato, bajó Salvadora con Nico cogido a su falda. Silvia dijo en voz baja:

—A ver si baila..., no sabéis lo bien que lo hace.

Salvadora se había aplicado torpemente polvos sobre el rostro para disimular que había estado llorando, las palabras del portero la habían ofendido profundamente. Casi más que saber que no iba a seguir cobrando el sueldo de Juan. Cuando le insistieron para que bailara, se negaba, aunque se le veían las ganas, y no fue hasta que Rafael sentó a Nico en sus rodillas y le dijo:

—Venga, cuñada, que no se diga.

Se animó a levantar los brazos, cimbrear la cintura, mientras un hombre mayor con sombrero y la voz rota le cantaba juntando el pulgar y el índice:

Quien te puso Salvaora
qué poco te conocía.

Un chico salió a bailar, se arrimaba a ella, que giraba y giraba, el baile era sensual, una pelea de enamorados que se quieren y no se quieren. Les tiraron claveles y el muchacho cogió uno al vuelo y se lo puso a Salvadora entre los dientes. El Guille se revolvió y le dijo con rabia a Rafael:

—Mira ese *malparío,* cómo ronea con mi hermana.

Y Rafael le contestó conminatorio y haciendo un gesto de enfado; el Nico se fue corriendo asustado a refugiarse en brazos de su abuela.

—Déjala, hombre, es joven, no le amargues más la vida. ¡Tan revolucionarios que sois para unas cosas y tan antiguos para otras! Ojalá encontrara un buen hombre como mi hermano, se lo merece. Y si solo quiere pasárselo bien, pues tiene el mismo derecho que tú ¿no, *illo*?

El Guille, que iba cogido de la mano de una chica joven, la soltó de golpe y asintió sin estar muy convencido.

Los cantaores se sucedían, el Andrés, el vecino, el hombre que la había llevado el primer día con la furgoneta, no pudo evitar acercarse a la mesa y cantarle a Silvia:

—Con tu permiso, Rafael. Por Pepe Marchena.

Quisiera ser perla fina
de tus lucidos aretes
pa besarte la orejita
y morderte los cachetes.
Quién te manda ser tan bonita
que hasta a mí me comprometes.

Estallaron todos en aplausos, el primero Rafael, con la generosidad del que se sabe dueño del corazón de la mujer a la que se requiebra.

Salieron a bailar las abuelas, apenas podían caminar de gruesas y reumáticas que estaban, pero Alicia hubiera dado un mundo por poder mover las caderas con la misma gracia que tenían ellas. Después chiquillas jóvenes, casi niñas, pero que se movían con la sabiduría y erotismo de mujeres maduras. No había ni una sola persona que no participase en la fiesta, pero se adivinaba como un poso melancólico en el fondo de todo, con el que se sentía muy identificada.

Rafael la notó apenada y preguntó:

—¿Qué te pasa, Alicia?

—No lo sé.

Y él le dijo, señalando a su alrededor, donde la gente bebía vino, cantaba, bailaba, reía..., pero con lágrimas en muchos de los ojos:

—¿Crees que solo te ocurre a ti? Los mejores momentos de la vida siempre son tristes porque duran esto. —Chasqueó los dedos—. Pasan y se van rápido, sin que te des cuenta.

—¿Y tú cómo lo sabes?

—Porque soy andaluz, coño.

Silvia alzó su copa desde el otro lado de la mesa, había dejado de fumar porros porque a Rafael no le gustaba, pero bebía bastante y ahora le brillaban los ojos y tenía esa sonrisa fascinante que derretía las piedras. Le señaló a Alicia el pequeño tablao, se levantaron torpemente, los otros hicieron sitio aplaudiendo.

—Las catalanas, las catalanas. —Y decían entre ellas creyendo que no las entendían—: Son unas *esaborías*.

Se reían de ellas cordialmente y ellas lo hacían mal porque eran patosas y un poco aposta también, porque querían que este fuera su día y su territorio. Más allá de este barrio, estas mujeres eran sombras apenas, no contaban, pasaban desapercibidas, eran criadas, o vendían ropa en las playas, o hacían flores de papel, pero aquí eran las reinas y merecían respeto. Estas chicas de buena familia que no habían pasado hambre ni un solo día de su vida no conocían otra forma de homenajearlas que hacerlas reír y que se sintieran mejores que ellas.

Ya no pasan cigarreras
por la calle San Fernando
con flores en la cabeza
y los mantones bordaos.

Alicia, con todo eso y mucha imaginación, omitiendo los nombres porque entonces algunos eran famosos, escribió al cabo de un tiempo un reportaje que tituló «Andalucía vive en Montjuic» y se lo dio a Carmen Alcalde, que llevaba la *Hoja del Lunes*. Le gustó y lo incluyó en el diario. Fue la primera vez que publicó un artículo y se puede decir que ahí empezó su carrera de periodista.

Emilio, como en los viejos tiempos, le había llevado dos libros a Silvia, uno era *Bajo el volcán* de Malcolm Lowry y el otro *Belle du Seigneur*, de Albert Cohen. Cuando los amigos decidieron irse, Silvia se quedó hablando, seria y pensativa, con la madre de Salvadora en una intimidad que ellos nunca le habían visto con su propia madre. Rafael le dijo:

—No subas a casa, espérame aquí, que quiero hablar contigo.

Después acompañó a Emilio y Alicia hasta el descampado donde habían dejado el coche; la montaña se recortaba contra un cielo oscuro tapando la mitad de las estrellas. Rafael no daba besos en las mejillas, sino que abrazaba, manteniendo el abrazo unos segundos, y aunque Emilio hacía muecas por encima de su hombro, estaba emocionado. Después se fue hacia Alicia, que tenía las gafas empañadas y se sentía conmovida hasta la médula por todo lo que había vivido esa noche, le pasó la mano por el pelo y por su carita fea en una caricia fresca y fraternal, y la apretó contra su cuerpo duro y fibroso; olía a bestia joven, a sudor salado y picante, a tabaco. Se quedó esperando hasta que desaparecieron y nunca más lo volvieron a ver.

Con timidez, Alicia le dijo a Emilio mientras conducía:

—Ha estado bien, ¿no?

Y el otro le respondió casi desesperado:

—No sé, yo solo me he dado cuenta de que Silvia va derecha al abismo.

17

Cuando Rafael volvió al bar, quedaban algunos rezagados en la barra mientras Pepe iba recogiendo banderitas y desmontando el altar de la Virgen. Alguien había puesto una casete, pero sonaba tan mal que las canciones eran casi irreconocibles:

De los cuatro muleros,
de los cuatro muleros,
de los cuatro muleros,
mamita mía,
que van al agua, que van al agua...

Silvia seguía sentada en la misma mesa, con la barbilla apoyada en el puño y una pierna enroscada en la otra mientras el Guille le estaba contando con grandes aspavientos alguna aventura en la cantera. Sonreía vagamente, Rafael ya conocía esa sonrisa y la curva exacta de sus pestañas sombreando las mejillas de línea tan pura como una figura de mármol. No pudo evitar tocarla y, cuando ella alzó su mirada fulgurante, se sintió enternecido y debilitado, y estuvo a punto de callar. Ella volvió todo su cuerpo hacia él, en un gesto de entrega tan evidente que, sin darse cuenta y sin quererlo, se excitó.

Para volver a su ser, dio dos golpes en la mesa y se sentó. El Guille, que se había callado y estaba atento a los dos, preguntó:

—¿Molesto? Me abro.

Rafael, ya dueño de sí mismo, negó secamente. La tía Josefa se acercó con una mano en los riñones, renqueando, gruñendo «Ay, qué ruina», cogió una silla y se sentó también suspirando de cansancio. Desde la barra, el Andrés echaba un último cigarro con el Rober y los dos hermanos mecánicos, que se habían quitado el mono y lucían vaqueros y camisas estampadas, ayudaban a Pepe a descolgar las banderas que estaban más altas.

Silvia preguntó sorprendida, porque notaba que todos estaban pendientes de ella:

—¿Qué pasa?

Rafael se miró las manos, manos de trabajador del campo, anchas, llenas de durezas, con el pulgar deformado. Y habló:

—Silvia, quería contarte que... —A pesar de su seguridad en sí mismo, se notaba que no sabía cómo continuar—: Ya te he hablado muchas veces de la necesidad que tenemos de dinero...

Ella asintió:

—Sí, te he dado la moto, los esquíes, el reloj, las joyas esas, las perlas son buenas, y todo lo que quieras.

Él le cogió la mano, se acercó más.

—Lo sé y te lo agradezco.

Ella se encogió de hombros e intentó bromear:

—No tienes por qué, lo mío es tuyo y lo tuyo es mío.

—Sí, y tu pueblo será mi pueblo y tu Dios será mi Dios. Yo también he leído el Evangelio.

El Guille lo señaló con el pulgar y le dijo a su madre admirativamente:

—*Cucha* el Rafaé, qué grande es.

La tía Josefa cruzó el índice sobre los labios para que se callase.

Rafael no le hizo caso y aún se acercó más a Silvia.

—¿Y no te preguntas para qué queremos ese dinero?

—No..., sí, para vivir, supongo.

Él movió la cabeza, negó con impaciencia.

—Para vivir o para no morir, Silvia, como quieras. —Miró alrededor y fijó la vista en la barra, donde su vecino de puerta comía parsimoniosamente altramuces—. Mira, ¿tú sabes el Andrés?

El Andrés levantó el pulgar y siguió comiendo.

—El Andrés tiene un hijo que está preso. —Silvia iba a preguntar, pero Rafael la interrumpió—: Está en la Modelo esperando juicio desde hace dos años. Y no tiene abogado..., bueno, sí, tiene uno de oficio, pero este abogado de oficio tiene a otros cien presos y no puede ocuparse de todos. Le piden veinte años de cárcel, ¿y sabes por qué?

El Andrés escupió el último altramuz, cogió una silla y se sentó también a la mesa. Tomó la palabra:

—Lo acusan de arrojar un cóctel molotov en la comisaría de Vía Layetana, no es verdad porque ese día estaba trabajando conmigo, pero podría serlo. Le han puesto cincuenta mil pesetas de fianza, pero no logramos pagarla.

Silvia tartamudeó:

—Pero yo podría hablar con mi tío..., es un abogado muy importante.

Rafael desechó al tío abogado importante y prosiguió, señalando ahora a los dos mecánicos:

—¿Y ves al Ricardo y al Jose? ¿Sabes dónde está su padre, que es hermano de la tía Josefa?

Silvia respondió ingenuamente:

—Yo pensaba que estaba muerto.

Y fue la tía Josefa la que repuso amargamente:

—Como si lo estuviera, lleva siete años en el penal de Ocaña. No puede recurrir porque no tenemos dinero.

Silvia callaba, ya sin saber qué decir, cuando el Rober

se acercó a la mesa y sin sentarse reclamó su cuota de atención:

—Y lo de mi Manuel y mi Francisco.

Rafael, sin mirarlo, prosiguió:

—¿Sabes que el Rober no se llama Rober en realidad?

—No, ya, se llama Roberto.

Rafael denegó con la cabeza y el Rober se impacientó:

—Deja eso, es igual.

Pero Rafael se encaró con él y le espetó:

—O se cuenta todo o no se cuenta. —El otro se encogió de hombros—. El Rober se llama Julio Encinas Pérez y está en búsqueda y captura desde hace más de veinte años, fue guerrillero en la partida del Yatero y, en lugar de irse a Francia, se escondió en las sierras y luego vino a Barcelona caminando y con el nombre cambiado.

—Pero lo de mis chicos, hombre.

—Sí, lo del Manuel y lo de Francisco. Los hijos de Rober. Se quedaron en Granada con la madre, pero siempre fueron los hijos del bandolero... Cuando tuvieron edad se juntaron con otros, robaban en las huertas, entraban en los cortijos, cogían cuadros y joyas y luego los vendían. Incluso intentaron secuestrar al hijo del director de una sucursal de Banesto, pero eso les quedaba grande y no les salió bien. Manuel apareció muerto un día, ¿no, Rober? Atropellado, pero el coche se dio a la fuga.

El otro asintió sombríamente. Rafael prosiguió:

—Y Francisco desapareció, no se sabe dónde está.

Un velo de tristeza había caído sobre la pequeña reunión, una nube muy negra, y el Guille intentó bromear:

—Por eso el Rober tiene tan mala *follá*.

Pero el hombre no lo escuchó porque estaba diciendo:

—Mi mujer se murió de pena..., dicen que no se puede morir de pena, pero sí se puede.

Hubo un largo silencio, la casete repetía la misma canción:

El de la mula torda,
el de la mula torda,
mamita mía,
me roba el alma, me roba el alma.

Se había levantado viento y la puerta golpeaba con un sonido insistente y monótono, pero nadie fue a cerrarla. La lámpara que habían puesto a la entrada se bamboleaba de lado a lado como el faro del fin del mundo.

El Guille, exaltado, levantó la voz:

—Y todo viene de lo mismo, que ellos son los amos y nosotros los esclavos. Mira a mi hermana, pobre por los cuatro costados, más pobre no se puede ser, y ¿qué hacen?, ¡darle la patada como si fuera un perro!

Salvadora, tan silenciosa que no se la había notado llegar, se sentó también, el manto cruzado sobre el pecho como una anciana, poco quedaba de la muchacha que hacía solo unas horas bailaba en el pequeño tablao con un clavel entre los labios.

Silvia, rodeada de aquellos rostros lívidos, de aquellos gestos de rabia, no supo qué decir ni qué hacer porque se sentía ridícula con sus penas ridículas y por un instante deseó que estuviera aquí su madre para escucharlos..., no, para aprender como ella. No todo estaba en los libros.

Miró a Rafael, que prosiguió implacable:

—Mis padres ahora viven en una choza que han levantado ellos mismos. Mis hermanillos están como salvajes, solo sueñan con tirarse al monte. Diamantino García me ha dicho que los reclamará para que se vayan con él a los Corrales, pero ¿cuándo será eso? ¿Y para qué? ¿Para trabajar en el esparto? Es una pena, pero no valen para otra cosa.

Silvia se sorprendió, porque Rafael escribía muy bien y era un hombre ilustrado; él, como siempre, pareció adivinar su pensamiento.

—Mi padre quería ser maestro. No pudo porque tuvo que ponerse a trabajar a los siete años, pero lee todo lo que cae en sus manos, es muy listo, sabe de todo y a Juan y a mí nos daba clases por las noches cuando volvía del cortijo de los señores. Pero ahora no le dan trabajo porque es el rojo del pueblo, y mi madre desde que se murió Juan está...

La tía Josefa aclaró:

—*Embajonaíta.*

Rafael lo confirmó con una sonrisa amarga:

—Eso, tan *embajonaíta* que no se puede aguantar.

Silvia preguntó con timidez, temiendo meter la pata con una palabra demasiado sofisticada:

—¿Una depresión?

Rafael asintió abatido:

—Sí, eso le dijo el médico, pero la riñó porque no podía tener depresión, que eso es cosa de ricos y desocupados, que los pobres bastante tienen con sacar la familia adelante y que los hijos no pasen hambre, que se fuera a casa, que el *bajío* se le pasaría limpiando y cocinando. Pero no es verdad, porque esta tristeza tan grande que tiene la llevará a cometer una locura.

El Rober murmuró:

—Mi mujer se murió de pena.

Y la tía Josefa puntualizó con brutalidad:

—Y a ella le dio una alferecía e intentó ahorcarse.

Rafael cerró los ojos, el rostro cruzado por las sombras huidizas que provocaba la farola oscilante.

—Mi padre tiene que vigilarla día y noche, y no es vida

ni para uno ni para la otra. Ni para mis hermanos, que están tan desatendidos, ni siquiera van a la escuela.

Silvia se llevó espontáneamente la mano a la cara.

—¡Qué horror!

La tía Josefa añadió:

—Viven de lo que les envía este, que si no, yo no sé dónde estarían... Como nosotros, ¡cuántas noches el Nico ha cenado gracias a él! Y el Guille y el Jose y el Ricardo tienen trabajo porque él se lo consiguió.

Rafael hizo un gesto evasivo con la mano cuando Pepe, el del bar, gritó desde la barra:

—¿Y yo? No te olvides de mí, que yo también estoy con vosotros en el asunto.

Rafael tuvo una media sonrisa.

—Pero tú no tienes ninguna desgracia en la familia para justificar lo que vamos a hacer, ¡si hasta tu hijo va para cura! Recuérdame por qué estás con nosotros.

—Por solidaridad de clase, carajo.

Se callaron, Silvia no sabía por dónde empezar para ordenar sus ideas, pero se había quedado con ese «nosotros» que no podía explicar el hecho de ser todos andaluces. Aventuró:

—Pero ¿sois camaradas, pertenecéis al Partido Comunista?

Todos soltaron una risotada de burla y Rafael le cogió las manos.

—No, Silvia, hace mucho que dejamos eso atrás. El Rober es libertario, era de la CNT, el Juan y yo veníamos del PC internacional... Y Pepe sí ha estado en el Partido Comunista andaluz, pero ya no. ¿Cómo se llamaban esos con los que andabas, Andrés?

—Oposición Sindical Obrera.

—Somos restos de serie, saldos, desesperados de la vida, ¡somos hermanos más que camaradas! ¡Ellos son violentos y nosotros también! ¡Ellos son terroristas, pues nosotros más! A nosotros lo de la reconciliación nacional y toda esa mierda nos da ganas de vomitar, porque sabemos que así, pactando, traicionando a la clase obrera, solo ganarán los de siempre, y los pobres a jodernos.

El Guille levantó el puño.

—A jodernos.

Todos gritaron, hasta la tía Josefa:

—Sí, a jodernos.

Intercambiaban miradas porque no sabían hasta dónde quería contar Rafael, que al final explicó con sencillez:

—Mira, Silvia, lo más acuciante es lo del dinero, lo necesitamos para nuestros presos, subsidios para sus familias, que dependían de ellos para vivir, para los abogados, para sobornos, para fianzas... Tenemos a diecisiete compañeros en prisión.

Salvadora puntualizó con fiereza:

—¡Once compañeros y seis compañeras!

—Sí, eso, perdona, no puedo olvidarme de las mujeres que luchan codo con codo con nosotros, ¡todas las mujeres! Por eso quería contártelo, sería desmerecerte si te dejara al margen. —Silvia amagó una de sus sonrisas adorables y Rafael tuvo que borrársela con un gesto ligero porque no podía aguantar las ganas de besarla—. Unos están pendientes de juicio, otros cumpliendo condena... Pero todos nos necesitan porque no tienen nada, en la prisión no cuentan con el amparo de nadie, muchos ni siquiera están con los presos políticos, sino con los comunes. Las mujeres están con las mercheras y las traficantes de droga.

Resumió abriéndose de brazos con impotencia:

—Nosotros no tenemos ni la fuerza ni el dinero del Partido Comunista, somos unos pobres desgraciados.

—¿Y qué vais a hacer?

Se miraron entre ellos porque ahora venía el motivo de esta conversación, y al final Rafael dijo con una cólera inexplicable en el tono:

—¿Y qué quieres que hagamos? ¿Un tirón a una vieja? ¿Vamos a robarle el monedero a una criada en el metro? ¿Crees que somos unos vulgares chorizos?

Silvia protestó:

—¡Claro que no! ¡Yo no he dicho nada de eso!

Con expresión severa y bajando la voz, Rafael le comunicó:

—Estamos preparando algo muy gordo.

Los otros se habían acodado en la mesa y seguían la conversación con tanta concentración que se habían olvidado de beber, fumar o la hora que era. Silvia insistió:

—Pero ¿qué habéis planeado?

El hombre se la quedó mirando fijamente y al final lo soltó:

—Una expropiación. —Al advertir la mirada de extrañeza, aclaró—: Una acción revolucionaria... Un atraco.

El Guille añadió ufano:

—Un golpe a la americana.

Rafael no pudo evitar reírse.

—No veas tantas películas, chaval, que te va a reventar la cabeza.

La observaban, ella quiso decir algo, pero no se le ocurría qué. Ahora era uno de ellos, esto era como lo de intercambiar la sangre que hacían los niños, era como ser del Opus, pero al revés, era... Solo se le ocurrían disparates porque la palabra «atraco» le resultaba demasiado fuerte, como si estuviera en una marquesina con bombillas a la vista de todo el mundo. Esto no era tirar unas octavillas en la universidad, esto no era arrojar el busto del rector por la ventana, esto no era correr delante de los grises y ganarte algún porrazo, esto no eran tres días en la comisaría y que te sacara tu padre con una regañina... Esto no era Mati.

O quizás sí que era Mati. Mati también estaba aquí sentada con ellos. Gritando ¡a jodernos!

Rafael le iba hablando, Silvia había perdido el hilo, pero le apretó la mano para decirle que sí, que de acuerdo. Que ahora ella también estaba en el «asunto».

Pepe dio unas palmadas.

—Venga, va, cada mochuelo a su olivo, que la parienta me espera en casa y tengo que cerrar.

Se levantaron, Rafael se rezagó para decirle al Ricardo y al Guille:

—Mañana pasad por la casa de la Rambla de Cataluña y le tocáis un poquito la cara al portero.

Los chicos asintieron con los ojos brillantes. La noche estaba en silencio, el viento se había detenido y solo se oían sus pisadas en el adoquinado deficiente de la calle. Todos iban cabizbajos, sumidos en sus pensamientos. Rafael cantaba distraídamente *El de la mula torda, el de la mula torda, mamita mía, me roba el alma, me roba el alma...* Silvia se colgó de su brazo y le hizo inclinarse hasta ponerse a su altura.

—¿Qué?

—¿Cuándo será?

Rafael se hizo el despistado.

—¿El qué?

Ella trató de explicar nerviosa:

—La cosa esa..., el asunto..., la expropiación..., ¡el atraco!

Él rio.

—Pronto, el Rober nos dirá —explicó sin ganas—. Él nos tiene que marcar la fecha. Verás, se trata de asaltar el furgón de donde él trabaja, los almacenes Jorba. Lleva las sacas con la recaudación de varios negocios de la zona.

Silvia preguntó:

—Pero ¿está blindado?

Él se sorprendió y tiró de ironía:

—¿Es lo único que te preocupa? —Ella lo miró sin entender—. Me esperaba algo así como «Oh, no Rafael, no lo hagas, te puede pasar algo malo, es muy peligroso, cuidado...».

Se detuvo y miró la dulzura de su carita resplandeciente a la luz de la luna, la expresión confiada de sus ojos, la forma en que se cogía de su mano, y en un impulso irresistible la abrazó fuertemente sin dejarla respirar: ella, medio ahogada, protestó:

—¿Qué pasa ahora?

Y él dijo con la voz estrangulada:

—Que te quiero, joder, que te quiero.

18

Al final, la madre de Carmen se murió como había vivido, con estoicismo, sin molestar. Tuvo una temporada en que se sentía mal, pero solo se confiaba a su hija:

—No es nada concreto... Como un cansancio, pero ya pasará.

Después había tenido un infarto mientras dormía, había pasado justo una semana en cama y asistía a las visitas del médico y a los comentarios de ánimo de la hija con evidente escepticismo, pero sin llevarles la contraria. Tomaba las medicinas dócilmente, se dejaba hacer sin protestar, pero por su mirada todos comprendían que sabía que se iba a morir y que no le importaba.

Carmen reía y lloraba a la vez porque sus últimas palabras habían sido:

—Ahora me encontraré a tu padre y me pedirá caldo, como siempre.

De ahí había deducido que el matrimonio de sus padres había sido más sólido de lo que imaginaba. Nunca les había visto un gesto de cariño, en una ocasión había entrado en su cuarto sin llamar y estaban cogidos de la mano, ¡se habían soltado como si los hubiera sorprendido realizando el acto sexual! Por supuesto, nunca los había visto besarse ni decirse cosas bonitas como llamarse «querida» o «cariño», todo era banal, «Plánchame la camisa», «A qué hora vendrás a cenar», «Carmencita necesita zapatos nuevos», y el padre fingía asombro.

—Pero ¿le han vuelto a crecer los pies a mi *pequerrecha*?

La madre suspiraba por tanta tontería con la niña, pero quizás la tan cacareada felicidad era eso, y no lo que anhelaban ella y tantas mujeres: puestas de sol, declaraciones de amor apasionadas, un fuego de artificio que sube rápidamente al cielo, deslumbra y se desvanece en la noche sin dejar huella.

O su propio matrimonio, sin ir más lejos. Era solo apariencia, un cascarón vacío que no se rompía porque ella no daba el paso y su marido tampoco, quizás porque no veía la necesidad.

El hecho de que ella pasara tanto tiempo en Reus con su madre había trasformado a Tomás en un tenorio desenvuelto y negligente. Tenía una habitación para disimular en el hotel Derby, pero compartía un pequeño apartamento en Castelldefels con su amante (aunque Carmen la llamaba con sombría satisfacción «querida»), y se movía libremente por Barcelona con ella, iban al cine cogidos de la mano, tomaban el aperitivo en Sandor y la llevaba al golf y al polo. Al final había caído en lo más clásico, liarse con la secretaria, pero no con la devota Elvirita, que al final había sido despedida sin miramientos para hacer sitio a una monada con estudios universitarios e idiomas.

Carmen se había enterado por Susan, tal vez vengándose de aquel día en que le había pedido un favor y ella la había llamado puta. Se la encontró renovándose el carné de conducir en La Campana y fueron a tomar algo a Balmoral. Sorbiendo una horchata con una pajita, la irlandesa le dijo:

—Podías advertirle a tu marido que se cortara un poco,

el otro día hasta la llevó a una recepción con los príncipes de España. A mí no me importa, ya sabes que estoy más allá de eso, pero pone en una situación violenta a las personas de nuestro círculo.

Carmen fingía que ya lo sabía para que la otra continuara hablando y preguntó como si no le concerniera:

—¿Les hicieron el vacío?

Susan lanzó una risotada que sonó como un relincho y llamó la atención de las mesas vecinas.

—Mujer, tanto no, que estas cosas poco a poco van entrando en este país tan carca. —Disculpándolos a ellos, se disculpaba ella de sus propias faltas—. Pero estuvimos sentados con Remigio y Berta y, claro, se nos hacía raro verla a ella en tu lugar. Ojo, que al final hasta Berta dijo que le parecía una niña muy educada.

Carmen se tragó la rabia al imaginar a la pacata de su cuñada alternando con la amante de su marido porque veía que la otra espiaba su reacción. Simuló indiferencia mientras encendía un cigarrillo.

—Me es igual, cada uno hace su vida. —Y añadió, al descuido—: Como vosotros.

La otra encajó este dardo y contratacó:

—¿Pues sabes que yo me los encontré en la Berlitz? ¡Barcelona es un pañuelo! Ella había ido a recoger su diploma de inglés y él la acompañaba, se ve que no pueden hacer nada el uno sin el otro, ¡qué pegajosos! —Y luego se quiso hacer la moderna—. ¡Es *demasié*!

—¿Y qué pasó?

La otra demoró un poco su respuesta revolviendo el fondo del vaso con la pajita, y Carmen casi pudo ver cómo desenvainaba el estoque de descabello:

—Pues qué iba a hacer, la saludé. Somos gente educada, ¿no?

Y luego había clavado un poco más la daga en el cogote:

—Si quieres que te diga la verdad, la vi demasiado mona y joven, pero, claro, así se explica lo loco que está Tomás por ella.

Puta, reputa, cien veces puta. Puta tu madre, puta la hija y puta la manta que os cobija.

¿Le importó, no le importó? ¿Qué decir? Hombre, el pinchazo lo notó, pero después le entró como una apatía, un dejarse llevar como si el futuro ya no estuviera en sus manos. Luego, más tarde, se dijo que era la calma que precede a la tormenta.

En Reus había vuelto a ser un poco niña. Su madre la reñía si salía desabrigada, la obligaba a comer porque estaba muy delgada, le decía:

—Recógete el pelo.

Una vez, Carmen la llevó al teatro Fortuny a ver una obra de Ángel Guimerá en catalán, otro día fueron a comer al Sol Ric de Tarragona y le insistía para que fueran de compras por la calle Monterols o a la playa de Salou, pero a la madre no le gustaba que la apartaran de su rutina diaria y acabaron por dejar las excursiones y los planes. Decía:

—Con lo bien que se está en casa.

Y entretenía a la hija con sus problemas menores, que si la peluquera le ponía un tinte barato, pero se lo cobraba caro, que ella había visto la etiqueta, que si la criada subía hombres a la habitación porque ella los oía por las noches y, sin embargo, no oía lo que decían en la televisión porque había una conjura entre todos los locutores, como los llamaba ella, para hablar bajito... Que si el cura de la prioral de Sant Pere era buena persona, pero se dejaba llevar por una pandilla de beatas que lo tenían medio secuestrado. Y Carmen no sabía si lo hacía para distraerla o si realmente le preocupaba ese pequeño mundo en que había convertido el mundo.

Su tía era una sombra gris al lado de su madre. Era mayor que ella y ya hacía tiempo que le había confesado que su ilusión era ingresar en la residencia de la Madre de la Consolación y que si no lo había hecho había sido para no dejar sola a su hermana.

Bueno, ahora podría hacerlo, se dijo Carmen mientras les daba un repaso a los armarios y dejaba a un lado las cosas que valía la pena guardar.

Empezó a separar la ropa buena, pero al final pensó que era un trabajo inútil porque ella no iba a aprovechar nada, aunque al abrir un saco de tela se encontró un abrigo de visón *diamant noir* que ahora recordaba que su padre le había regalado poco antes de morir y que la madre, que despreciaba los «perendengues» según decía ella, nunca se había puesto. Ese sí lo apartó, porque alguna vez Silvia se había puesto encima de sus pantalones vaqueros deshilachados y sus botines mexicanos un chaquetón de zorro suyo y pensó que le haría gracia. Ay, Silvia, siempre Silvia en su pensamiento.

Decidió avisar a las Hermanitas de los Pobres de Tarragona para que se llevaran todo lo demás para sus protegidos. Sabía que ella era la heredera de la casa, que debía valer bastante dinero porque estaba en el centro de Reus, en la calle Llovera, y era un piso amplio con galería en una finca muy elegante, modernista, de las más apreciadas de la ciudad. Tomás ya le había dedicado varias indirectas, pero no pensaba meter un duro en el pozo sin fondo que era la fábrica. Lo de la venta del jardín de Escuelas Pías apenas había logrado pagar algunas deudas a proveedores, alejando momentáneamente el fantasma de la quiebra, pero, aunque no entendía nada del negocio, Carmen se daba cuenta de que la suspensión de pagos y la liquidación final eran inevitables.

En un cajón encontró unos camisones antiguos de hilo, seguramente de su abuela. Los que le gustaban a Silvia. ¡Silvia de nuevo! Por un instante, su hija se le apareció bailando sobre las puntas de los pies, como un hada del bosque, girando sobre sí misma, inclinándose para tirarle besos como un elfo, como la Campanilla de Peter Pan... Su Silvia, su niñita.

Hundió la cara en la tela, que olía a moho.

—Hija, niña, ¿ya no nos quieres?

Silvia se había enterado de la muerte de su abuela por la esquela en *La Vanguardia,* alguien se lo diría, y apareció sola en la iglesia, nunca supieron cómo llegó hasta Reus. La vio nerviosa, se había dejado abrazar, pero de una forma remota, se desasió con incomodidad y se acercó a la caja, que estaba cerrada, puso la mano encima y Carmen creyó que lloraría, pero no lo hizo. Aunque cuando su hermano se acercó, sí que se echó en sus brazos y se quedó largo rato mientras Queco, desconcertado, le daba golpecitos en la espalda.

La prioral estaba casi vacía, los contemporáneos de su madre ya se habían muerto y ellos no conocían a nadie en Reus. Y quién se va a desplazar a un entierro desde Barcelona en el mes de julio más caluroso en lo que iba de siglo, según decía el hombre del tiempo en la televisión. Siempre estaba la excusa de que se habían ido de viaje y no se habían enterado porque no leían los periódicos, y que, si hacían un funeral en Barcelona avisaran, por favor, que entonces sí.

Se sentaron en el primer banco Tomás y ella, la tía, Queco y un señor muy mayor con chaqué que nadie sabía quién era y que al final resultó que se había equivocado de ceremonia, que él iba a una boda. A todos, hasta a Silvia, se les escapó la risa, que disimularon con toses. Carmen se corrió para que cupiera su hija, pero ella prefirió sentarse en el banco de atrás. El cura de la prioral, que se dejaba secuestrar por las beatas según su madre, hizo un sermón en el que habló de esa mujer ejemplar y abuela cariñosa, un comodín, suponía Carmen, para todos los entierros de ancianos, pero ella no se enteraba de nada de todas formas porque estaba deseando que acabara de una vez para ir junto a su hija y preguntarle..., no, abrazarla, decirle que la quería y que hiciera lo que hiciese..., no, eso tampoco, que no dejara de llamarla, por favor.

No pudo resistirse y antes de que el cura acabara se volvió.

—Silvia, solo te pido que...

Pero advirtió con desconsuelo que su hija se había marchado silenciosamente.

Luego tuvieron que ir al cementerio a las afueras de Reus, en la carretera de Alcover, y esperaron más de una hora a que los hombres introdujeran la caja en la sepultura en la que ya estaban su padre y sus abuelos maternos. Hacía un calor tan espantoso que uno de los operarios se mareó y estuvo a punto de caerse dentro.

Carmen quiso arrojar flores sobre el ataúd mientras iba bajando, pero al final se sintió ridícula y pensó en el comentario despreciativo de su madre ante esta costumbre *made in Hollywood*:

—¿Estamos tontos o qué?

A la vuelta, en el coche, los tres permanecían en silencio. Queco les había dicho que lo dejaran en la calle Caspe, tenía guardia en Radio Barcelona, había una oleada de acciones terroristas que mantenían al país en vilo. Una precisamente había tenido lugar al lado de la emisora, un comando de ETA había atracado una sucursal del Banco Santander, en la misma calle Caspe, y en el intercambio de disparos había muerto un policía armado. Queco lo había retrasmitido casi en directo y eso le había valido que sus compañeros le empezaran a mirar con más respeto. Claro está que no había podido aclarar que eran miembros de ETA, sino unos delincuentes comunes, aunque uno de los empleados le contó que un atracador bajito, que parecía un niño, se había dirigido directamente a él antes de huir en un coche robado a punta de pistola y le había dicho: «Esto es un atraco político».

La madre se había quejado vagamente:

—Pero, Queco, a ver si nos vas a dar un disgusto.

Aunque la verdad es que no se preocupaba, no porque no quisiera al hijo, sino porque estaba acostumbrada a que no le diera preocupaciones y le parecía imposible que le pasara algo malo en la vida.

Pero nadie estaba a salvo; el FRAP había acabado con la vida del agente de policía Lucio Rodríguez, de veintitrés años. A las pocas horas habían sido detenidos los tres autores del atentado, quienes habían confesado que ese día habían salido en coche por Madrid y habían escogido a su víctima al azar. Se decía que Franco estaba muy enfermo, pero aun así no le iba a temblar el pulso a la hora de firmar sentencias de muerte, como en los años cuarenta. A pesar de eso, y de que Arias Navarro estaba preparando una durísima ley antiterrorista, la violencia era un aspa eléctrica que castigaba al país de norte a sur y de este a oeste.

Pero casi nada llegaba a las personas como Carmen y Tomás, que creían vivir en un país tranquilo. ¿No venían treinta millones de turistas cada año? ¡Pues por algo sería! Por eso, el comentario de Queco en el coche sonó como un disparo en el paraíso:

—A pesar de la represión, GRAPO, FRAP y ETA no van a doblar la rodilla, eso por supuesto.

Carmen preguntó ingenuamente:

—¿Son comunistas?

El hijo contestó con asombro:

—Pero, mamá, en qué mundo vives. El Partido Comunista está haciendo cola para entrar en el Gobierno en cuanto se muera Franco. Estas organizaciones no quieren la reforma, quieren la ruptura, la revolución, y no pararán hasta conseguirla. —Y añadió con cierta exageración, porque como buen periodista era muy melodramático—: O morirán con las botas puestas.

Carmen se puso a llorar en silencio, acometida por una premonición horrible. Tomás, sin darse cuenta, le dijo a Queco:

—No asustes a tu madre y no te metas en líos ahora, vaya carrera has escogido, ¡a ver si nos vas a salir rana, como ha salido Silvia!

Carmen se enfureció, no pudo contenerse y le dio un golpe que obligó a Tomás a dar un volantazo que estuvo a punto de mandarlos a la cuneta.

—¡Cállate, rana saldrás tú!

Cuando llegaron a casa se bajó del coche sin mirarlo. Seguían entrando por la misma puerta, intentando apartar los ojos del nuevo edificio, un cubo blanco al que habían adosado una línea de cipreses para que no se viera desde su casa, pero aún no habían crecido y el cubo se erigía ominoso sobre sus vidas como un símbolo de su pequeñez y su decadencia.

Oyó como volvía a salir el coche, suponía que Tomás iba en busca de su querida. ¿Qué falsas promesas le haría para contentarla? Pero ¿serían falsas en realidad?

Cuando Tomás se arruinara del todo, ¿la amante seguiría a su lado?, ¿lo querría de verdad?

Se tendió sobre la cama de Silvia con la cabeza hundida en la almohada. Debería abandonarlo, irse, dejar esta casa... Podía vender el piso de Reus, sus joyas, solo las perlas australianas costaban una pequeña fortuna, menos mal que Tomás no conocía su valor real; si no, haría tiempo que se las habría fundido para comprar alguna máquina inútil para la fábrica.

Pero de lo que sacara por eso no podría vivir el resto de su vida. ¿Y qué sabía hacer? ¡Nada!

Quizás la próxima vez que fuera a Santa Eulalia podría preguntar si necesitaban una dependienta. Se imaginaba cómo se trocaría la expresión obsequiosa de la encargada que pensaba colocarle un vestidito de Diane von Fürstenberg de veinte mil pesetas por una actitud de extrañeza primero, de recelo después. ¡En unos segundos lo perdería todo! Se convertiría en una paria, la gente la rehuiría, dirían «Ya está ahí esa pesada..., cuidado con los bolsos». Se revolcaba en la vergüenza, encontrando en esa humillación un bálsamo a ese dolor difuso que iba creciendo día a día.

Porque debía confesarse que lo que le daba miedo era estar sola. Vivir sola. Pero la ausencia que le pesaba no era la del marido, sino la de la hija. ¡Era viuda de su hija, aunque no estuviera muerta!

Tenía un presentimiento siniestro, cuando Queco había mencionado el GRAPO, la ETA, el FRAP, había sentido dolor físico, casi ganas de vomitar. Luego no dejaba de repetir: «¡Lo sabía!, ¡sabía lo que iba a pasar! Una madre siempre lo sabe».

Un día había ido a visitarla Emilio, le había llevado un libro de regalo y le había dicho algo que le sonó a advertencia:

—Silvia siempre ha sido una soñadora.

Cuando quiso saber más, Emilio se cerró en banda y con todo descaro le había pedido dinero para un taxi. Cuando se fue, ella miró el título del libro: *Miedo a volar*. Una tanto, otra tan poco.

19

Un rayo de luz le taladraba los párpados y, cuando Silvia abrió los ojos, por un momento no supo dónde estaba. Tenía mucho calor y el cuerpo sudado. Buscó los sonidos de su casa, el chirrido de la verja abriéndose para dejar paso al coche de papá crepitando sobre la grava, la voz de su madre dándole órdenes a Rosa, el tono malhumorado de Queco... Pero era Rafael quien estaba al lado de la ventana fumando nerviosamente un cigarrillo. Cuando la sintió despierta, se volvió.

—Va, niña.

Ella empezó a levantarse envuelta en la sábana, la larga melena enredada, los labios hinchados, pero la detuvo:

—Espera.

La empujó contra la cama y se tendió a su lado. Acercó su cara a la suya como solía hacer, frente contra frente, les pareció que sus dos mentes se unían, que los pensamientos volaban de uno a otro, y luego la abrazó y le susurró contra el pelo:

—Ahora levántate.

Se dirigió al armario, cogió un bulto envuelto en tela, con cuidado lo desenvolvió y sacó munición y una pistola Astra con el número de serie borrado que le había comprado el Guille a un gitano en La Mina. Le metió seis balas de nueve milímetros Parabellum en el cargador y lo empujó por la culata con un fuerte chasquido. Se puso la pistola detrás, entre el cinturón y los riñones. Hoy era el día.

Llevaban meses preparándolo y, aunque Silvia se había enterado tarde y para ella el plan era nuevo, se daba cuenta oscuramente de que tenía muchos agujeros. El lunes, a las once de la mañana, un furgón blindado de la empresa de seguridad Cadis iba a recoger la recaudación del fin de semana de los almacenes Jorba, entonces llamados Jorba-Preciados. Iban tres guardias de seguridad. Uno conducía y se quedaba en el furgón, mientras los otros dos entraban en las oficinas de los almacenes a buscar las sacas de dinero que metían en la parte posterior del vehículo. Se trataba de que Rafael y el Guille abordaran a los guardias en el corto trayecto desde la puerta del despacho hasta el furgón blindado, les arrebataran las sacas y salieran corriendo. En Sabadell, hacía pocos días, se había realizado un atraco similar en el Banco Hispano Americano y no habían podido detener aún a los culpables ni recuperar lo robado.

Silvia tenía que esperar con Andrés en su furgoneta, en la esquina de la Puerta del Ángel con plaza Cataluña. El Guille y Rafael debían arrojar las sacas dentro, se irían corriendo hasta el metro de las Ramblas, a esa hora atestadas de gente, y se perderían en alguno de los numerosos andenes. Mientras, Silvia y Andrés llevarían el botín al piso de Badalona de los dos hermanos mecánicos, donde lo dejarían hasta que las cosas se calmaran.

Toda la información la había facilitado el Rober, así como la cantidad que solía recaudarse:

—Trescientas mil pesetas.

Se discutían detalles nimios, aunque para lo de Sabadell no se habían usado armas, ellos habían decidido que sí llevarían porque al fin y al cabo una acción terrorista no era lo mismo si no podían esgrimir una buena pistola para dar miedo. Salvadora protestó porque ella no tenía ningún papel en el golpe y sin embargo Silvia sí, pero Rafael fue categórico:

—Tú eres la que lleva la lista de los presos y sus familias y te ocuparás de hacerles llegar el dinero, ¿te parece poco? —Y esgrimió el supremo argumento—: Y Nico, ¿qué?

No quiso decir que a Nico ya le faltaba el padre y no podía perder a su madre, pero a todo el mundo le pasó ese pensamiento por la cabeza, y Salvadora, a regañadientes, se calló.

También dedicaron muchas horas a discutir si tenían que anunciar *in situ* «Esto es una acción revolucionaria». El Guille decía que mejor era gritar «Viva la clase obrera» en recuerdo de su hermano muerto en el andamio, o «Muerte al burgués y el capital», según el Rober, pero todos coincidieron en que era una reivindicación algo trasnochada. También se consideró la opción de dejar una octavilla: «La lucha armada es nuestro único recurso frente a la violencia y el terrorismo fascistas». Al final se decidió que mejor no decir nada, aunque el Guille se juró a sí mismo que gritaría «Patria o muerte» porque por algo llevaba al Che Guevara tatuado en el brazo.

Pero Silvia se impacientaba porque le parecía que daban vueltas siempre sobre lo mismo y lo esencial no se trataba.

—¿Y si los guardias armados disparan? Mirad lo que les pasó a los de la ETA en la calle Caspe.

Era el atraco al Banco Santander que su hermano había relatado escrupulosamente en la radio, en el que había muerto un agente de policía.

Pero, cuando exponía las dificultades del proyecto, el grupo se mostraba incómodo y la miraba con recelo, como si dudaran de su implicación; el Guille se hacía el milhombres.

—Joder, pues si disparan, nosotros también, para eso llevamos las pipas.

Silvia se horrorizaba.

—Pero ¿no veis que ellos tienen las de ganar? Vosotros no sabéis de qué va esto.

El otro se ofendía.

—Oye, que yo he hecho la mili.

Silvia se volvía con impotencia a Rafael.

—Diles tú... Yo creo que no es buena idea, no habéis elegido bien el objetivo.

Fue la tía Josefa la que dio un golpe en la mesa.

—Si te has *jiñao,* mejor no participes, que te sustituya Salvadora. —Cogió a Nico en brazos y dijo—: Y de este, pase lo que pase, ya me ocuparé yo.

Rafael se encogió de hombros y Silvia calló porque quería ir con él al fin del mundo... o al infierno. Que albergara en su corazón alguna duda respecto a ella, por pequeña que fuera, le hacía más daño que nada. Más daño que morirse. Y claudicó de mala manera:

—Vais a llamar cobarde a..., a... vuestra... —Le faltaba vocabulario de perdularia, le decía siempre Rafael, y al final se le quebró la voz en un puchero involuntario—: Sois idiotas.

Rafael puso fin a la discusión:

—Aquí no se trata de hacerse el machote, sino de llevar a cabo las cosas lo mejor posible. —Y, para distender el ambiente, la cogió por el pescuezo, medio en serio, medio en broma, ella se resistía pugnando por no ponerse a llorar—. Leona, que eres una leona, ya lo sabemos.

A pesar de todo, se dirigió a sus compañeros, ahora secamente:

—Silvia está con nosotros, no porque sea mi mujer, sino por convencimiento. No me gustan esos resabios machistas que tenéis.

Ricardo levantó sus manos, sucias de la grasa de los coches que reparaba en el taller mecánico, protestando:

—¿Machistas? Pero si estamos diciendo que participe Salvadora, y ella no es un tío, me parece a mí.

Y Salvadora se levantó, ese día llevaba pantalones, y se sacó el dedo índice por la bragueta fingiendo un pene, se puso a caminar con las piernas abiertas y puso la voz grave:

—¿Y quién te ha dicho que no soy un tío? —Se arrimaba a ellos y los tocaba con el *pene*—. Eh, eh, venid aquí y os demuestro lo que es un hombre de verdad.

Todos rieron, olvidados ya de la disputa, y prosiguieron con sus planes descabellados.

La mañana que todos ellos, menos uno, iban a recordar toda la vida, la tía Josefa les había preparado tazones de leche con café y pan con aceite, como desayunaban en el pueblo. El Guille ya estaba esperándolos sin poder estarse quieto por los nervios. El Rober había salido temprano, como siempre, para ir a su trabajo, nadie debía sospechar de él y se iba a quedar tranquilamente en el despacho toda la mañana, pasara lo que pasase.

Eso de tranquilamente era un decir, porque esa noche él, que había visto caer a su lado a compañeros de la guerrilla acribillados a balazos, que había perdido de forma trágica a sus dos hijos y a su mujer, se había mordido las uñas hasta hacerse sangre.

Rafael le dio un puñetazo al Guille.

—¿Estás preparado, *pringao*?

El otro se abrió ligeramente la chaqueta y enseñó el Colt del 45 que llevaba entre el cinturón y la barriga. Salvadora dijo con determinación:

—Yo también voy a ir.

Rafael se negó con cansancio en la voz:

—Ya te he dicho muchas veces que no, cuñada, esto no es una juerga, no te necesitamos y te vas a poner en riesgo sin necesidad. Si te pasa algo...

La mujer contestó con testarudez:

—Es que si os pasa algo quiero estar ahí.

Rafael levantó la voz enfadado:

—No va a pasar nada. ¿Qué coño va a pasar? Estas acciones se dan a diario, los del MIL habían hecho treinta expropiaciones antes de disolverse; el otro día los compañeros vascos se llevaron de la taquilla del Barça limpiamente doscientas mil pesetas ¡y no pasó nada! ¿Entendéis, joder?, ¿lo entendéis o no lo entendéis?

Salvadora asintió y lo último que vio Silvia cuando dejó esa casa a la que nunca iba a volver, aunque entonces no lo supiera, fue su gesto resignado y su ceño fruncido.

Abajo esperaba el Andrés con la furgoneta. Iban a bajar los cuatro hasta Barcelona. El Guille y Rafael se sentaron detrás, bromeaban como chiquillos: «Somos Bonnie and Clyde. Tú eres Bonnie. No, que Bonnie es la tía, yo quiero ser Clyde. Clyde es el tío».

—¿Verdad, Silvia, que Bonnie es la tía y Clyde el tío?

Luego se callaron y Silvia se dio cuenta de que Rafael observaba al Guille a hurtadillas. El muchacho llevaba el pelo revuelto como siempre y miraba anhelante por la ventanilla. En los ojos de Rafael había duda, incertidumbre... ¿Se sentiría culpable de haberlos arrastrado a todos a esta aventura de incierto futuro? ¿A estos hombres mayores como el Andrés o el Rober, que ya no tenían nada que perder, a estos chiquillos con todo por delante como el Guille, el Ricardo o el Jose? ¿Y a Salvadora o a su madre? Porque si los cogían, aquí no se libraba ni Dios.

¿Se arrepintió?, ¿sintió compasión por ellos? ¡Nunca lo supo! ¡Jamás pudo preguntárselo!

En el chaflán de Gran Vía con Muntaner la furgoneta se detuvo. Era un día de verano muy caluroso, manadas de turistas con cámaras al cuello se paseaban parsimoniosamente como rebaño de corderos, contrastando con los barceloneses, que iban a su trabajo a paso ligero. Bajaron el Guille y Rafael, Andrés sacó la cabeza por la ventanilla y les dedicó en voz baja el viejo saludo confederal que les había enseñado el Rober:

—Salud y dinamita.

Rieron los dos amigos, y el Guille se apartó discretamente para que Silvia pudiera despedirse de Rafael. Pero no sabían qué decirse, ella le tocó la cara, el pómulo, con el índice le repasó el labio, le rozó el borde de sus dientes de nata; él se apartó bruscamente, le dio un golpe a su compañero y se fueron calle abajo.

Andrés conducía hábilmente por la calle Pelayo en esa hora de mucha circulación. Tenían que detenerse en la esquina de Puerta de Ángel, y ese era uno de los puntos que Silvia había visto más negros, ¿y si había otro coche aparcado ahí? Toda la operación se vendría abajo sin remedio.

Pero tuvieron suerte, el lugar estaba vacío.

Triste suerte, maldita suerte. La suerte negra.

Desde allí se veía bien la puerta lateral de Jorba y el lugar donde se pararía el furgón blindado. Los separaban apenas cincuenta metros. Pero ¿y si ese día cambiaban el horario? El Rober no había sido muy preciso con el tiempo:

—No es como en las novelas, que puedes poner en hora tu reloj cuando llegan.

Rafael rio.

—Pues será un atraco a la española, impuntual y a lo loco.

Al poco llegaron Rafael y el Guille caminando distraídamente. Fingían no ir juntos, Rafael miraba el reloj como si estuviera esperando a un amigo, el Guille comía un bocadillo, masticaba como si fueran cascotes de una obra, tanto le costaba. Ninguno de los dos miraba hacia donde estaban Silvia y Andrés.

Pasaron los minutos, Silvia recordó lo del atraco a la española que tanto le hizo reír en el piso ante unos cafés y que ahora se le antojaba una aventura insensata, una broma, una cosa de críos. La desesperación se apoderó de ella, intentó bajar del coche.

—Vamos a dejarlo estar, paremos esta locura, voy a avisarlos... Ya se nos ocurrirá otra cosa.

Andrés la agarró de la blusa para que no saliera y dijo con enfado:

—No te pongas nerviosa ahora, mierda, que me estás poniendo nervioso a mí. Todo irá bien.

Ella le preguntó con una horrible premonición de desastre:

—¿Tú crees? ¿Lo crees de verdad?

Él le dio una palmada paternal.

—Claro que sí, relájate. El Rafael no iba a dejar que te metieras tú si no fuera cosa segura. Calla, que ahí viene.

El furgón blindado se acercaba dando bandazos, esquivando a la gente. Se detuvo dando trompicones como si tuviera tos. El conductor, con gafas oscuras, fumaba tranquilamente. Dos vigilantes con uniforme salieron por la puerta trasera hablando entre ellos. El Guille arrojó el bocadillo al suelo, Rafael se movió lentamente de lado. Los guardias cruzaron la discreta puerta del almacén. El conductor se puso a leer un diario. Pasaron los segundos, los minutos, uno, dos, tres... El Guille miró interrogativamente a Rafael, que lo tranquilizó con un gesto: ya salían con las sacas al hombro.

Y Silvia vio aterrorizada como el Guille se lanzaba contra el primer guardia. Andrés gritó desde el coche llevándose las manos a la cabeza con impotencia:

—No, coño, qué haces, aún no.

Rafael tuvo un gesto de furia con el puño en alto, el Guille se había adelantado, había calculado mal, el guardia de seguridad lo empujó, le tiró la saca a la cara, lo que lo desestabilizó, y mientras se tambaleaba y trataba de guardar el equilibrio, el guardia desenfundó el arma en un gesto rápido y la amartilló.

A Silvia se le desorbitaron los ojos, vio como el vigilante de seguridad separaba las piernas como un tirador profesional, el Guille se llevó la mano a la cintura, pero se quedó congelado con miedo a moverse, se hizo el silencio como si el mundo se detuviera y todo pasó a la vez: Rafael saltó para empujar al chico y apartarlo de la línea de fuego mientras intentaba sacar su pistola, el guardia disparó una, dos, tres veces, sin querer o queriendo, eso nunca se supo, y Rafael y el Guille cayeron al suelo en una pirueta atroz, el uno encima del otro.

Sin atender a Andrés, que daba marcha atrás y le urgía «Vámonos, vámonos», sin ver los ríos de gente que se apartaban con miedo y otros ríos que corrían para ver qué pasaba, Silvia saltó de la furgoneta en marcha y andando, cayendo, arrastrándose, gritando «No, Rafael», que eso no podía ser, aullando simplemente llegó hasta los dos cuerpos mezclados en el suelo, ¡los dos en el suelo en un abrazo mortal! El guardia de seguridad, con el rostro lívido, aún seguía apuntando con el arma humeante hacia abajo, se le movía una pierna en un espasmo incontrolable. El otro estaba llamando por la radio del furgón, se oían ya las sirenas de los coches de policía.

A Silvia se le detuvo el corazón unos instantes, las manos en la boca, ¡la vida entera cupo en esos instantes! Uno estaba vivo, los dos estaban muertos, los dos vivían, qué, qué, qué, hasta que vio que el Guille se separaba del otro rodando y se levantaba brazos en alto, con el miedo y la culpa pintados en el semblante. Silvia se tiró hacia el cuerpo inmóvil de Rafael, se le habían acusado los rasgos de una manera espantosa, cubiertos de un sudor viscoso, se había llevado la mano al pecho, rojo de sangre, los cinco dedos abiertos como una estrella de mar, pero a ella le pareció que intentó levantarla en un esfuerzo agónico amagando una última caricia imposible. Se echó encima de él, pegó su frente a su frente, sus labios a los suyos, y entonces supo que ya estaba muerto.

20

Norman fue de los primeros en llamar. Carmen le confesó con una serenidad asombrosa que no podía decirle nada, salvo que Silvia estaba detenida en el cuartelillo de la Guardia Civil de la calle Navas de Tolosa, que habían tardado en saber dónde la habían llevado porque la buscaban por las comisarías, que estaba incomunicada y que no podrían verla hasta que fuera al Palacio de Justicia a declarar delante del juez. Que le habían tenido que enviar ropa porque..., porque... el vestido... La voz le flaqueó, pero se rehízo y le dio las gracias por llamar. Norman tenía el tono sinceramente apenado y, cuando Carmen le preguntó cómo lo había sabido, le respondió:

—Por un compañero periodista... Mañana saldrá en los diarios, pero hemos conseguido que solo la identifiquen con sus iniciales, no te preocupes.

Pero a Carmen eso, que se conociera su nombre, que las señalaran por la calle, que la gente comentara a su paso en voz baja o que incluso se escapara algún insulto, ahora no le importaba.

La llamada de Remigio, a última hora de la mañana, no había hecho más que confirmar los oscuros presentimientos de esos días, la desazón vital en la que se encontraba y que no la dejaba dormir.

Cuando su cuñado le dijo:

—Carmen, siento lo que voy a decirte.

Ella había contestado:

—Es Silvia, ¿verdad?

Y lo más extraño era que a la constatación inicial había seguido una cierta tranquilidad resignada, como el absceso que al fin revienta con dolor lacerante, pero también con alivio. No podía pasar nada peor. Bien. La incertidumbre, el infierno más cruel, había desaparecido. Ya fue revelador que Remigio no avisara a su hermano, sino a ella. Un relato directo y preciso, porque no había otra forma de contar la cruda realidad:

—Silvia ha participado en un atraco y han matado a uno de... la banda. Está detenida, me ha avisado un policía amigo mío, no te preocupes que la voy a encontrar y haremos todo lo que sea posible por ella, voy a llamar a un compañero muy bueno para que lleve su caso, aunque no te quiero engañar, es asunto grave.

Después se había puesto su mujer, a Carmen le asombró el acento cariñoso y, por primera vez desde que la conocía, pensó que la había juzgado mal.

—Carmen, lo siento mucho, de verdad... No te vengas abajo, porque la familia te necesita, cuenta conmigo para lo que quieras. —Y después, con la mejor buena fe del mundo, se había embarcado en una larga e innecesaria enumeración de las familias bien con ovejas negras en su seno—: Mira los Nadal, el chico en la cárcel por traficante de drogas, y la hija de los Torra-Muñoz se juntó con un grupo de esos revolucionarios y secuestraron a un contable de la fábrica de sus abuelos y le hicieron abrir la caja fuerte... ¿Y lo de Patty Hearst?

Aun viendo su inmejorable intención, Carmen no tenía ganas de escuchar las desventuras de la heredera del grupo Hearst, secuestrada por un grupo radical, que se había enamorado del líder y junto a él había realizado varios atracos empuñando una metralleta en Estados Unidos, tan lejos. Pero se despidió agradecida porque se daba cuenta de que su cuñada estaba tratando de consolarla a su manera. Berta, antes de colgar, le soltó unas palabras que le sorprendieron y al mismo tiempo le llegaron al alma:

—Eres fuerte, Carmen, la más fuerte de todos, ahora te darás cuenta... No porque seas madre, sino porque eres mujer.

Tomás, no. Tomás no era fuerte. El capitán que llevaba la fábrica con destreza ejemplar, el empresario tan típico que tenía hasta amante, el hombre pragmático que manejaba a su familia con mano de hierro se hundió sin remedio ante este golpe, para él inesperado.

Se dejó caer en una butaca, con los brazos flácidos y la barbilla hincada en el pecho, sin poder reaccionar, sin saber qué tenía que hacer, si enfadarse o entristecerse, si dar puñetazos o rezar. De repente salía de su letargo y preguntaba:

—Pero ¿nuestra Silvia? ¿No se habrán equivocado?

Su Silvia, su niña bonita, su princesa, con una... banda de atracadores. Porque eso, «banda de malhechores», apareció en la prensa al día siguiente. Mejor dicho, como habían detenido también en Badalona a la novia de uno de los primos mecánicos que era francesa, pudieron decir «banda internacional de malhechores», dándole al humilde grupo un fuste que nunca hubiera soñado tener.

«Los delincuentes, perfectamente organizados al modo de las bandas marsellesas de saqueadores profesionales, habían preparado el atraco a un furgón blindado de unos populares almacenes en un lugar céntrico de la ciudad, contando con la complicidad de un empleado infiel, que también ha sido detenido. Los gánsteres, armados hasta los dientes con pistolas de última generación, abrieron fuego contra los honrados vigilantes del furgón, que se vieron obligados a repeler el ataque, y en el intercambio de disparos murió Rafael R. D., alias el Rafaé, de veintinueve años, natural de Iznájar (Córdoba), que contaba con numerosos antecedentes criminales y era el jefe de la banda.»

El nombre de Silvia ni siquiera era mencionado, solo se hablaba de que «entre el grupo de facinerosos había algunas cómplices involuntarias, muchachas de buenas familias barcelonesas, convencidas con malas artes y engaños para participar en un hecho tan deleznable», donde se veía la influencia de Remigio o tal vez de Norman. Los reporteros de *El Caso* se enteraron de que tenía un hermano que estudiaba Periodismo y fueron a la facultad para localizarlo. Queco no estaba, pero alguien señaló a Alicia como una de las amigas de la «cómplice involuntaria». Sin saber negarse, por afinidad profesional, atendió a los compañeros que le pidieron una evocación suya y se acordó de la noche en que la vio por primera vez, cuando su puesta de largo, iluminando la tasca oscura con el resplandor inigualable de su presencia. Se emocionó y solo pudo resumir lo que sentía con un estúpido, insuficiente e impreciso:

—Era muy mona.

Le disgustó haber hablado en pasado, como si hubiera muerto, y es que aquella Silvia murió entonces, junto a Rafael. Se apagó para siempre la luz de sus ojos, aquel brillo fascinante que a todos había enamorado y esa sonrisa pintada por ángeles.

Cuando llamó a Carmen, esta le preguntó de inmediato y con severidad:

—¿Sabes algo del hombre ese?

Alicia le contó quién era, le parecía que debía saberlo para tratar de entender a Silvia, que tanto la iba a necesitar a partir de ese momento. Se emocionó pensando que aquel pedazo de tío carismático, lleno de energía y valor, ahora estaba muerto, iba a decírselo cuando Carmen la cortó repitiéndole lo que le había dicho Emilio:

—Silvia es una soñadora, ella busca amores de película, quiere vivir historias de novela... Ese desgraciado se aprovechó de su ingenuidad.

La amiga trató de decirle que Silvia ya no era una niña, sino una mujer adulta y que tenía con Rafael una relación entre iguales. Pero se calló, primero porque no estaba segura de que eso fuera verdad, y después porque su tono era frío y se dio cuenta de que Carmen quería colgar.

Porque la madre no podía entenderlo, todavía no. Considerando a Silvia una víctima del monstruo, le quitaba responsabilidad; si admitía que era una mujer libre, también era culpable, y eso ella no podía admitirlo.

Aún no.

Silvia estuvo dos días en el cuartelillo de Navas de Tolosa. Los detuvieron, a ella y al Guille, los pusieron en habitaciones separadas, a ella la dejaron sola, sin comer, sin beber, sin dormir, sentada en una silla incómoda, en una especie de trastero lleno de archivos y sin ventanas. Entumecida, ausente, no derramó ni una lágrima. De vez en cuando entraba algún guardia con la excusa de buscar un papel en el archivador y le echaba un vistazo furtivo, porque ya se había corrido la voz en el cuartelillo de que la detenida en el atraco era una mujer de bandera.

Ella ni siquiera se daba cuenta. Oía carreras por los pasillos, voces broncas, y a los policías excitados que se ufanaban de que llevaban veinticuatro horas sin dormir desarticulando una banda internacional y se daban pisto con eso de que salían en todos los periódicos, que los señalaban como héroes y que quizás hasta harían una película de su hazaña. Uno, el más joven, gritó pavoneándose:

—De esta ascendemos todos.

Cuando abrían la puerta del sitio donde estaban interrogando al Guille se oían insultos y golpes, pero, para ser sinceros, tampoco fueron demasiados porque el chico enseguida se desfondó y cantó *La traviata.* Los delató a todos. Al Andrés, que había huido con la furgoneta, y a su mujer la Mari, a los dos mecánicos, el Ricardo y el Jose, y detuvieron también a las dos chicas que estaban en su piso de Badalona, una de ellas la francesa y a la otra que acababan de conocer. Detuvieron al Rober en su lugar de trabajo, se lo llevaron esposado delante de sus compañeros y enseguida averiguaron que estaba en búsqueda y captura desde hacía más de veinte años porque había sido guerrillero, pero este dato no se hizo público ya que no querían darle al atraco un matiz político por órdenes de la superioridad. Y se llevaron hasta al Pepe del bar y a uno de sus hijos, que era un desertor del Ejército porque no había querido hacer el servicio militar.

Luego, tiempo después, Silvia supo que, si el Guille los había entregado a todos, había sido bajo la promesa de que a su hermana y a su madre no las tocarían. Y así fue, porque ni Salvadora ni la tía Josefa fueron mencionadas en el sumario del caso. Aunque eso no libró al Guille de llevarse puñetazos, patadas y lo que se conocía como «la cigüeña», caminar agachado con las manos esposadas bajo las piernas. Y, lo peor de todo, que la etiqueta de delator acompañase toda su vida carcelaria.

Con Silvia no tuvieron que esforzarse para conseguir que confesase. Cuando al cabo de dos días le tomaron declaración, ella dijo simplemente que Rafael era su marido, lo que motivó una precisión del mecanógrafo: «Marido no era, porque no estabais casados; era tu amante puesto que vivíais amancebados». Y que ella estuvo de acuerdo desde el principio con el plan, que lo había ayudado en su preparación y ejecución.

El policía que le tomaba declaración, que ya se había

percatado de que Silvia era de otra pasta, o quizás fuera que ya se dejaba sentir la sombra de tío Remigio, trataba de dirigirla.

—Pero quizás tú no sabías nada..., creías que era otra cosa, ¿verdad? —Y añadía paternal—: Lo digo por tu bien, tú no eres de la ralea de esos, a ti se te ve otra educación y otra familia... Y lo guapa que eres, te pareces a Sofía Loren. ¿Por qué te juntas con esa purria?

Y ella levantó la cabeza y se puso en pie como una pantera enfurecida.

—¿Purria? ¿Purria, dices? Mi Rafael tenía más dignidad en la uña del dedo meñique, qué digo la uña, en cualquier célula de su cuerpo que tú, este sitio y toda mi familia junta. —Señaló hacia donde estaban interrogando al resto del grupo y se golpeó el pecho—. Esos que están ahí son mi gente también, sí, yo lo sabía todo porque yo era una más, todo lo hacíamos juntos. Yo estaba en la furgoneta con el Andrés...

El policía dijo con voz meliflua:

—Ah, o sea que ese tal Andrés Cuenca Gómez...

Silvia temió que Andrés no hubiera confesado y se cerró en banda.

—Me he inventado el nombre, no me líes... —Sacudió la melena, agitó los puños de impotencia—. Déjame en paz, ¿qué más quieres? Ya te he dicho que yo estaba con Rafael codo con codo. Soy tan culpable como lo fue él, y también deberíais haberme pegado un tiro.

El policía medio se levantó del asiento para ponerle la mano en el brazo y ella le escupió. El hombre se limpió con asco y trató de disimular su enfado con un tono burlón:

—No te preocupes, que ya lo sabemos todo... Allá tú si quieres hundirte con ellos... Firma aquí, condesita.

Le tendió su declaración, que Silvia no se molestó en leer, y firmó con un trazo seguro y firme.

Era su último homenaje al compañero muerto, al amigo muerto, a su gran amor.

Rafael y muerte.

Se unían ahora estas dos palabras, y así, juntas, iban a estar hasta el final de su propia vida.

Después, delante del juez, se ratificó punto por punto en su declaración, a pesar de que su señoría le dijo sin mirarla, revolviendo unos papeles que se desparramaban encima de la mesa, que si había recibido malos tratos en comisaría esa confesión no tenía validez.

—Nadie me ha pegado, lo he dicho voluntariamente.

Luego su abogado se echó las manos a la cabeza cuando leyó su declaración, pero como era un gran penalista, vio muy clara su línea de defensa.

—Tú di que todo lo has hecho por amor.

Y Silvia se encogía de hombros porque ya nada le importaba.

Sus padres y su hermano pudieron verla de lejos en el pasillo, a la salida del despacho del juez, que no tuvo más remedio que enviarla a prisión porque los cargos eran graves. Carmen la miró con tanta intensidad que esa imagen se le quedó en la memoria de los ojos como el negativo de una fotografía, para siempre.

Silvia iba esposada; aunque al principio no iban a hacerlo, ella lo exigió, como a sus compañeros. Bajó la escalera sola, custodiada por dos policías, pero estuvo junto a los otros mientras esperaban el furgón que a ella iba a llevarla a la prisión de mujeres de la Trinidad y a los hombres a la Modelo. Las chicas de Badalona eran menores e iban a ir al correccional, y la mujer del Andrés había sido puesta en libertad provisional bajo fianza.

Los primos mecánicos se mantenían juntos, temblando como hojas; el Rober departía tranquilamente con uno de los policías, y Pepe, el del bar, estaba en silencio, rumiando su desgracia porque él no había hecho nada, y encima su hijo había ido a parar a un batallón de castigo por desertor y allí pasaría los próximos tres años.

El único que se dirigió a Silvia fue el Andrés, que le dijo con cierto resquemor:

—Bah, a ti te soltarán enseguida, ya se ocuparán tus padres... Y el chivato este —señaló con el pulgar al Guille, que se mantenía aparte, la vista clavada en el suelo— también se ha ganado su libertad. Los desgraciados como nosotros nos comeremos el marrón entero, como si lo viera. Si el Rafael...

Ella echó fuego por los ojos.

—Si Rafael ¿qué?

El Andrés meneó la cabeza apesadumbrado.

—Nada, perdona, no sé lo que digo. Era un hombre cabal. —Con rabia se secó una lágrima con el pulgar—. Me cago en Dios, sus padres tienen dos hijos muertos.

Y el Guille, repudiado por todos, con un ojo morado, una herida en la mejilla y la misma camisa que llevaba en el atraco, se abrió paso cojeando hasta ella, la miró avergonzado y solo le dijo:

—Perdóname.

Y ella lo abrazó para poder apoyar la cabeza en la última sangre de Rafael. Y allí, contra el pecho del delator, estalló por primera vez en sollozos.

21

El suceso impactó; lo llamaron, nadie sabe por qué, el «atraco de la condesita», no se hablaba de otra cosa en Barcelona y los diarios de Madrid no tardaron en hacerse eco. ¡La alta sociedad y el mundo de la delincuencia yendo de la mano, como en una película de Pasolini o de José Antonio de la Loma! ¡Fue la locura!

Emilio le comentaba a Alicia con retranca:

—Oye, no sabía que aquellos del bar Pepe fueran de la aristocracia. ¡Cómo disimulaban los cabrones!

Sí, fue una locura... durante una semana. Porque al cabo de una semana tuvieron lugar dos consejos de guerra sumarísimos en los que se condenó a muerte a tres militantes del FRAP y dos de ETA, y las sentencias se cumplieron el 27 de septiembre de 1975. ¡Franco se iba tal como llegó: con las manos tintas en sangre! Después fue el propio Franco el que se murió y pasaron mil cosas mucho más trascendentales que la condesita o la madre que los parió a todos.

La Policía, al darse cuenta de que aquel supuesto grupo de delincuentes de élite eran en realidad unos pobres infelices, echó un tupido velo sobre el asunto, y entre los vecinos de Rafael se descartó la idea inicial de una colecta para llevar su cuerpo a Iznájar, y desde aquel desdichado día reposa en la fosa común del cementerio de Montjuic, cerca del barrio en el que había dejado una huella tan insólita como efímera.

Hace poco, cuando se cumplió el aniversario de su muerte, alguien intentó vender un reportaje sobre él y le dijeron:

—Ah, sí, era un quinqui..., le llamaban el Vaquilla, ¿no?

¡Bendito seas, tiempo, que todo lo cubres con tu manto de olvido!

Silvia no llegó a enterarse de lo que había ocurrido después de su detención porque vivía en la prisión de la Trinidad tan aislada como un náufrago en medio del océano. Bueno, el día de la muerte de Franco sí lo supo porque se celebró una misa en la capilla a la que debieron acudir las reclusas obligatoriamente y en la que putas y gitanas habían llorado a gritos. Y porque las presas políticas se habían negado a ir y habían alzado tanto la voz que, a pesar de estar separadas de las comunes por muros tan gruesos como montañas, Silvia había podido oír el viejo canto de su juventud universitaria:

No, no, no nos moverán.
No, no, no nos moverán.
Igual que el pino cerca de la ribera,
no nos moverán.
Ni Franco ni Juan Carlos,
no nos moverán...

La prisión, un edificio feo y funcional en el barrio de la Trinidad, estaba regentada por unas monjas llamadas «cruzadas», y así, «¡Cruzadas!», a gritos, las llamaban las reincidentes, las presas habituales que entraban y salían de prisión con el desparpajo del que está en su propia casa. Las gitanas eran el grupo más numeroso, vivían con sus propias reglas, cada domingo los ramos de flores más grandes del altar de la Virgen eran los suyos, y, cuando se iban, hacían fabulosos regalos a las monjas, sabiendo que al cabo de poco tiempo ellas o sus familiares volverían a pisar la cárcel, hasta el fin de los tiempos. No tenían ningún contacto con el segundo grupo más nutrido, el de las prostitutas, que eran ruidosas y temibles porque te podían robar tus escasas pertenencias, pegarte una paliza o armar un motín por la más nimia de las cuestiones.

—Mi macarrón es más hombre que el tuyo.

—¿Qué? Él es más hombre, y yo más mujer que tú y tu puta madre.

Y a la que se mentaba la madre, aquello era el acabose y en el patio se lanzaban las unas contra las otras esgrimiendo pinchos, horquillas de pelo o con las manos desnudas hasta hacerse sangre.

Las encerraban en las celdas de castigo, pero trepaban por la puerta hasta asomarse a los ventanucos, y sus insultos y obscenidades enriquecían el acervo perdulario de Silvia, ese que según Rafael era demasiado pobre.

Las cruzadas, para mantener el orden y distribuir las tareas de limpieza, se servían de la ayuda de un grupo de mujeres mayores, las presas de confianza, que llevaban muchos años en prisión. Eran seres descoloridos y amorfos, la imagen viva de la sumisión, beatas que musitaban todo el día rosarios sin fin y se sentaban siempre con las manos en el regazo y los ojos bajos. Una vez que Silvia se había dirigido por pura compasión a una de ellas, una prostituta le había advertido:

—No se habla con esas... Han matado a sus hijos.

El primer día, y dada su condición social, Silvia había sido conducida delante de la directora, María Luisa de Lequerica, una vasca de muy buena familia, prima de Pilar Careaga, que fue muchos años alcaldesa de Bilbao. Una mujer que parecía surgida de un cuadro del Greco, alta, delgada, ascética, de porte altivo y con cierto aire vampírico, a lo que contribuía la capa que era el distintivo de las Cruzadas.

La había recibido en un despacho austeramente masculino y le habló con engreimiento y condescendencia:

—Hacemos lo que podemos por estas descarriadas de la vida... Ellas no han tenido las oportunidades que has tenido tú, y es una pena que te hayas torcido, pobres padres.

Silvia bajó la cabeza sin saber qué decir y la otra prosiguió con frialdad:

—Ahí, en ese sillón estuvo llorando tu tío Remigio, ¡ese gran hombre me rompió el corazón! —Y luego añadió en otro tono de voz—: Su yerno es primo de mi sobrina. De una familia muy buena de Miranda de Ebro. Tienen título.

Aunque a Silvia le parecía imposible que esta mujer tuviera corazón, ni roto ni entero, más imposible le pareció que su tío llorara por ella, pero se vio obligada a disculparse:

—Lo siento mucho.

La otra la miró con severidad.

—Bien, así me gusta, que seas educada, pero aquí eres una más, te vendrá bien la disciplina, seguro que te han mimado mucho porque, claro, en este mundo tan superficial solo se valora la apariencia y tú has nacido con ese doble don, guapa y de buena familia, pero ¡cuidado!, cuanto más bonita es la rosa, antes se marchita.

Silvia se sorprendió ante esta inesperada explosión de lirismo, la cruzada se sintió violenta y dio una palmada resolutiva y enérgica al brazo de su butaca.

—Bien, dejemos eso, te asignarán tareas de limpieza y podrás hacer flores de papel en el taller, un empresario generoso nos ha proporcionado ese contrato. Claro que si fueras universitaria se te dejaría proseguir con tus estudios.

Silvia mintió y dijo que hacía Filosofía y Letras, y la otra, aunque no la creyó, le permitió estudiar en el taller, donde las reclusas trabajaban. La miró de arriba abajo.

—Vístete con modestia, que aquí hay mujeres desviadas y no hay que tentarlas.

Mientras hablaba, se había levantado y acercado a la ventana. Le hizo una seña a Silvia para que se aproximara y le enseñó un pequeño patio de piedra con una fuentecilla en medio, un lugar idílico, de estilo muy diferente al del resto de la prisión. En ese lugar, una docena de chicas jóvenes se paseaban en grupos, algunas se sentaban en el borde de la fuente, una le pasaba los brazos por los hombros a la que parecía más joven, como si la consolara.

La mujer dijo con los dientes apretados:

—Son las presas políticas, acaban de enviarnos una remesa. Mira qué bien viven, luego dicen que las tenemos en mazmorras medievales, ¡si están como reinas!

Silvia se había quedado con la vista clavada en las muchachas y luego había mirado a la directora con horror porque los rostros de las chicas eran casi irreconocibles, ojos morados, caras hinchadas como si tuvieran flemones, narices evidentemente rotas, alguna cojeaba, otra llevaba el brazo en cabestrillo... Cuando la cruzada se dio cuenta de su expresión, cerró las contraventanas y le dijo secamente:

—Hala, vete, que tengo trabajo... A portarte bien.

No le costaba portarse bien. Portarse bien era estar siempre en un rincón sumida en sus pensamientos, pero evitando acordarse de Rafael como el que no quiere tirarse a un pozo, por mera supervivencia. Nadie le hablaba, y ella no hablaba a nadie, excepto los domingos en que iban a verla sus padres. Mejor dicho, su madre. La comunicación tenía lugar entre rejas, con un pasillo en medio por el que deambulaba una Cruzada vigilando las conversaciones. El padre el segundo día dijo:

—Carmen, lo siento, es superior a mis fuerzas. Dile a la niña que la quiero mucho, pero que no puedo ir.

Cada domingo Carmen, y a veces Queco, cargaban con comida, bragas de papel, ropa de abrigo, compresas, papel de váter, libros, cuadernos, bolígrafos, lápices, para llevárselos a Silvia. Todo se lo quitaban las prostitutas en cuanto lo recibía, excepto los cuadernos y los libros, que tan pronto leía pasaban a formar parte de la biblioteca de la prisión, en la que nunca entraba nadie, excepto algunas chicas que cumplían condenas por consumo de drogas y solían estar apenas unas semanas.

Ellas eran las únicas que se habían atrevido a preguntarle:

—¿Y tú? ¿Por qué estás?

Ella siempre contestaba lo mismo:

—Por mi mala cabeza.

Creía que su vida se había acabado, ¡qué equivocada estaba!

Más que leer, jugueteaba en el taller con los lápices y los cuadernos recordando sus días en Reus, en los que se servía de la excusa de la pintura para huir de casa de su abuela. Dibujaba retratos de las gitanas sin que ellas se dieran cuenta. Luego se los regalaba a su madre y se los enviaba a Alicia, junto a las cartas que le escribía casi todas las semanas.

En la primera bromeaba, lo que sorprendió mucho a Alicia, que creía, como todos los que no la han pisado nunca, que en la cárcel se debía estar siempre llorando. A Silvia le había hecho mucha gracia que hubiera dicho a los periodistas que «era mona» y fingía enfadarse: «¿Era?, ¿y ahora qué soy?, ¿un callo malayo?, ¿un feto?». Metía palabras carcelarias en las cartas y, cuando la amiga se quejaba de que no las entendía, ella se chanceaba: «Tía, qué quieres si alterno con *la crème de la crème*... Cuando salga quiero hacer un diccionario quinqui-pijo». Sabía que sus cartas pasaban censura y solo contaba cosas banales de su vida cotidiana y hacía dibujos divertidos en los márgenes de las cuartillas, pero una vez le confesó que la noche anterior las habían dejado acostarse tarde y había visto una luna llena muy redonda tiñendo de blanco las piedras del patio, como si fueran sepulcros.

Nunca le hablaba de Rafael. Un día intentó recrear sus rasgos. No tenía ninguna foto suya, nunca se habían hecho una foto juntos, no habían sido capaces de hacer juntos ni un hijo... Y aquí tenía que parar y pensar en otra cosa porque cualquier signo de debilidad en la cárcel se pagaba con burlas, porque los días eran muy largos y algo había que hacer para entretenerse.

¡Rafael, siempre Rafael! Cuando se acostaba, caía en un sueño de muerte y después las presas que dormían en las camas contiguas le decían que se revolvía y gritaba «Rafael, Rafael», y como durmiendo no temía llorar, siempre se despertaba con las mejillas mojadas y en la boca un regusto de sangre y rabia.

Las gitanas eran un grupo cohesionado al que hasta las cruzadas trataban con respeto. Entre ellas primaban los apellidos rumanos mezclados con los Heredia, Vargas, Montoya y Jiménez. Tenían su propia jerarquía, la matriarca era una mujer muy gruesa a la que todas mostraban obediencia y sometimiento. Solo una gitana se mantenía aparte, como si estuviera apestada. Tenía unos treinta años y su bello rostro estaba marcado por un navajazo en diagonal. Según le habían dicho a Silvia, se lo hicieron por serle infiel a su marido, y su pueblo la marginaba.

Pero era la que cantaba mejor y desde su rincón solitario de repudiada levantaba la voz mientras las demás la acompañaban con las palmas, eso sí, dándole la espalda:

Libre libre quiero ser,
quiero ser, quiero ser libre.

Era el único momento en que Silvia sentía que se calentaba su helado corazón. Cerraba los ojos y se acordaba del bar Pepe y de Salvadora bailando con un clavel entre los labios.

Se acordaba de todo eso porque acordarse de Rafael le causaba un dolor insoportable.

El día de Navidad, por la tarde, se le acercó una gitanilla con los ojos brillando como luciérnagas en su rostro oscuro. Le dijo que la matriarca quería verla. Silvia cogió sus cosas, porque ya había aprendido que una de las reglas de la prisión era llevarlo todo encima para evitar hurtos, y se dirigió al grupo. La mujer, sin mirarla, como una reina que se dirige a un súbdito, le preguntó:

—¿Podrías hacerme un retrato?

Tenía los pómulos muy acusados, ojos rasgados y el pelo muy tirante. Silvia asintió. Le pidió que se sentara cerca de la luz, sacó el álbum y el lápiz y, difuminando las sombras con el dedo, marcando el arco de las cejas, la barbilla levantada, supo trasmitir la dignidad y el empaque de la matriarca, que se sintió muy satisfecha y le dio las gracias.

Después todas dijeron «A mí, y a mí, y a mí...».

A partir de ahí se acabaron los robos, Silvia pudo disfrutar de los paquetes que le llevaba su madre tranquilamente y además recibía pequeños obsequios, desde cigarrillos, que estaban prohibidos, hasta una manta para combatir el intenso frío, puesto que no había en las amplias salas llenas de corrientes ninguna forma de calefacción. Incluso alguna vez se ofrecían a sustituirla fregando el inmenso pasillo, que era la tarea que tenía asignada, aunque a Silvia no le importara hacerlo porque había aprendido a manejar el mocho con pericia y necesitaba cansarse, ¡ojalá morir de agotamiento, ya que de dolor quedaba demostrado que era imposible!

En todo el tiempo que estuvo en prisión, un año y once meses, Silvia hizo decenas, centenares de dibujos, porque luego le enviaban fotos de los hijos y los maridos para que también los retratase. Abajo estampaba su firma, Silvia Muntaner Castro. Y Alicia y Emilio fantaseaban muchas veces calculando cuántas casas gitanas lucirían en sus paredes un Muntaner Castro con el mismo orgullo que otros tienen un Tapies o un Picasso.

22

Día del juicio. A pesar de la importancia del momento, Carmen no podía dejar de tocarse el pelo con nerviosismo. Su peluquero, Derek, la había convencido para que se hiciera el llamativo corte de Farrah Fawcett en la serie *Los Ángeles de Charlie,* con mucho volumen y un flequillo de medio lado, y se sentía incómoda porque notaba que la gente la observaba y ella no era como Silvia, acostumbrada desde niña a ser objeto de atención de todas las miradas. Tampoco era lugar ni momento para frivolidades porque estaban en el Palacio de Justicia, donde su hija iba a comparecer de un momento a otro.

La puerta que tenía que cruzar permanecía cerrada y Carmen la vigilaba tan fijamente que le dolían los ojos. En la amplia sala había ruido y actividad de abogados de pleitos anteriores, oficiales de juzgado y funcionarios, pero aun así se veía medio vacía, el suceso ya no llamaba la atención del público ni de los periodistas. El abogado se acercó a Carmen.

—Tranquila, todo irá bien.

¿Irá bien? No, nada irá bien, se decía Carmen con angustia desde aquella mil veces maldita mañana de septiembre... Desde lo de Mati, nada iba bien, desde el día de la puesta de largo nada iba bien. ¡Desde que Silvia había nacido, en fin, para qué vamos a engañarnos! O quizás desde que ella se había casado con Tomás, un Tomás al que nunca había amado, ahora se daba cuenta porque al final se había convertido en un perfecto desconocido y no le dolía, ¡solo le dolía Silvia, solo ella tenía este privilegio! Seguían compartiendo la casa, es cierto, una casa que estaba en venta, el asunto lo llevaba José María, pero Tomás protestaba porque decía que, como se había vuelto tan importante porque su negocio crecía como la espuma, no se esforzaba lo suficiente y estaba por cambiar de agencia. Él, por su cuenta, había mandado imprimir un cartel en el que ponía jovialmente «Nos vendemos», en lo que creía un rasgo de genialidad, y lo había colgado en una ventana, junto a un número de teléfono, siendo la cuchufleta de todo el barrio, como es natural. Carmen le suplicaba:

—Hombre, que parece una casa de putas, por Dios, quita eso.

Tomás acabó quitándolo mientras refunfuñaba lo atrasada que estaba la gente, que no comprendía sus golpes de ingenio ni sabía lo que era el *marketing* moderno, como cuando envió la mantilla a la viuda de Kennedy y salió en todas las revistas. Aquí, Carmen protestaba cerrando los ojos:

—Por favor, Tomás, lo de la mantilla de la Kennedy no, que llevo escuchándolo mil años.

Le tocaron el brazo y vio que era su hijo Queco, que le dio un beso en la mejilla y se sentó en el banco a su lado. Lo miró con cariño. Este Queco que nunca le había dado un disgusto, que por no apenarla ni siquiera se ponía enfermo. Había acabado su carrera y se había ido a vivir a un pisito de Gracia, ahora trabajaba en televisión, aunque Carmen no sabía en qué consistía ese trabajo. Productor, decía. Pues vale.

—¿Estás bien, mamá? —La miró con detenimiento—. Menudo cambio, ¿qué te has hecho en el pelo?

Ella se ruborizó.

—Ay, no sé, se ha empeñado el peluquero. A ver si sale Silvia de una vez.

—Te queda muy bien.

Tomás no iba a asistir. Ella estaba al tanto de que sufría por su hija, ojalá pudiera llamarlo mal padre, pero no era así, lo había sorprendido más de una vez llorando... Pero no se confiaba a ella, sino a la otra, que al final parecía que tenía más aguante de lo que pensaba, porque el pobre Tomás más arruinado ya no podía estar, la fábrica en suspensión de pagos y debiendo dinero a todo el mundo. Lo oía muchas veces hablar desde el despacho:

—Imaginármela allá... —Sollozaba—. No puedo soportarlo.

Míralo, el delicado. Ella tampoco podía, pero había que hacerlo.

La primera vez que fue a visitar a Silvia, a «comunicar», había tenido que esperar en la puerta de las presas comunes con los familiares de las gitanas, mujeres casi todas provistas de grandes fardos y charlando con la confianza de los que se encuentran a menudo. Conocían el lenguaje legal mejor que muchos abogados.

—Ahora a mi Saray le dan la condicional, pero las cautelares no se las quita nadie... Dicen que van a derogar la ley de vagos y maleantes.

—Ahora se llama «de peligrosidad social», prima.

—¡*Cucha,* la catedrática! —Reían y se daban palmadas—. ¡Se llama la Gandula!

Estuvo a punto de dar media vuelta y huir, pero al final se puso discretamente en la cola, tratando de pasar desapercibida. Aunque se había vestido con el traje más modesto de Rosa, la miraron de arriba abajo, y luego la más descarada se acercó a ella con actitud pedigüeña.

—Anda, paya, que mi hija está dentro por un error, tiene tres churumbeles en la calle, seguro que tú podrías conseguirle el indulto.

Las otras la corearon:

—Sí, si quisieras ayudarnos... Hay muchas injusticias en el maco, una dama tan encumbrada como tú debe tener dinerito y buenos abogados...

Se iban arrimando a ella, una le tentó el paquete que llevaba para Silvia, otra le palpó el abrigo, otra le tocó el pelo para ver si era peluca, se fue cerrando el círculo hasta rodearla por completo. Carmen se enfrentó a ellas con un valor que rayaba en la desesperación del que no tiene nada que perder y una voz grotescamente chillona:

—Oigan, por favor, ¿ustedes creen que, si tuviera un enchufe, estaría aquí y tendría a mi hija en prisión?

La mujer que la increpó primero se quedó muy seria, con una expresión impenetrable, hasta que se oyó una risa y después rieron todas.

—Pues es verdad, la paya tiene razón.

Carmen también se echó a reír sin querer, era la primera vez que reía desde que habían detenido a Silvia, rio tanto que le caían las lágrimas y tuvo que apoyarse en la pared, si no se iba al suelo, y ellas le aguantaron la bolsa hasta que pudo reponerse. Pero, al ver lo que pesaba el paquete, lo abrieron sin pedir permiso, como crías curiosas.

—Pero ¿qué llevas aquí? —Cuando vieron los libros soltaron la risa de nuevo—. ¿Para qué quiere todo esto la chiquilla? ¿Y no le traes comida?

Carmen se sorprendió.

—Pero les dan de comer aquí, ¿no?

Se burlaron con suficiencia ante su ignorancia de novata en estas lides carcelarias.

—Ven *p'acá*... —Abrieron sus bolsas y le dieron unas butifarras grasientas envueltas en papel y una tartera con cocido—. Mira, métele esto, y la semana que viene ya se lo traes tú.

Carmen les daba las gracias emocionada y ellas reían.

—¿Por esta *chuminá* me das las gracias? Anda, calla, *julai,* un puesto de trabajo le podrías buscar a mi Israel.

Después de aclarar que su marido estaba en bancarrota y que eran casi pobres, preguntó ingenuamente qué profesión tenía el hijo y la gitana le contestó con franqueza:

—A ver, notario no es, para entendernos.

Las monjas, al verla hablar con las gitanas, se acercaron a decirle en voz baja:

—Vigile el bolso, que con estas mujeres nunca se sabe.

Pero las gitanas reían desdentadas y felices.

—¿Quitarle a esta siesa, que no tiene *na*? Como no le dejemos algo nosotras...

Cuando iba con Queco, lo miraban de arriba abajo como si fuera un caballo en venta.

—Está muy *apañaíco* y de dientes bien servido, pena que no sea gitano porque mi Lolita es una preciosidad.

Ella, que ya las conocía por el nombre, le preguntaba, pues la mujer era muy joven:

—Pero, Rosario, ¿qué edad tiene tu Lolita?

—Doce años hará por la Virgen de Regla.

Queco se asustaba.

—¡Pero si es una niña!

—Qué *asaúra* eres, *jodío.*

Al final, y aunque parezca imposible, Carmen anhelaba que llegaran los domingos no solo para ver a su hija, sino para alternar con las gitanas, a las que sentía más próximas que su cuñada o su marido. No, no, primero su hija. Su hija, su Silvia. Llegaba a la sala de comunicar bajita e indefensa, con faldas anchas y sus piernas algo gruesas desnudas, aunque fuera invierno. Sonreía con timidez cuando veía a la madre. Se miraban intensamente a través de la doble reja, con la cruzada caminando por el pasillo intermedio, con su capa ondeando detrás como un ser de ultratumba, fingiendo que no prestaba atención... Las frases surgían banales de sus labios:

—¿Comes bien, hija?

—Sí, mamá, hacen unas lentejas muy ricas.

La monja sonreía con satisfacción y Silvia añadía con un brillo travieso en el fondo de los ojos:

—Llevan aquello que hay en el jardín de casa...

La madre adivinaba «piedras», pero decía:

—Hinojo.

—Sí, eso.

Y las dos se reían y la cruzada fruncía el ceño sospechando que allí había gato encerrado. Otras veces Silvia se quedaba con las manos abiertas contra la reja y los ojos enormes llenos de tristeza, y Carmen sabía que no era por estar en la cárcel, sino por la muerte de Rafael. Ra-fa-el..., ella aún nunca había pronunciado su nombre. Carmen querría que los hierros se volvieran blandos y poder atravesarlos para acariciar a su hija, pasar los dedos por sus tersas mejillas, dibujar la caracola de su oreja, trenzar su pelo de seda.

Algún domingo acababa la media hora sin haber podido decirse nada porque las otras presas hablaban a gritos y Silvia no tenía voz. La madre le preguntaba qué le pasaba y la hija contestaba:

—No sé, estoy afónica.

La madre se alarmaba.

—Pero ¿hace frío?

Silvia no quería hablarle de las ventanas siempre abiertas, de las duchas con agua helada, de que te tenías que secar con toallas tan delgadas como papel, de los resfriados que las cruzadas se negaban a tratar porque decían que eran cuento para escaquearse del trabajo... Decía:

—Un poco.

Pero la cruzada intervenía:

—Es una medida de higiene, si no se hiciera así, a saber cómo estaría esto de piojos y enfermedades.

De todas formas, cogían piojos frecuentemente, que se trataban con petróleo y envolviendo la cabeza en papel de periódico.

Cuando se despedían, Silvia siempre le decía:

—Mamá, gracias por venir.

Y agitaba la mano como cuando era niña.

Entró el juez y ocupó su sitio, después de dirigirle a Carmen y a Queco una mirada de curiosidad; no solían verse en esos juicios personas bien vestidas. Abrieron las puertas para que entraran los acusados, el abogado se giró hacia ella y le hizo un gesto de asentimiento. Era un buen penalista, encima llevaba el caso gratis por amistad con Remigio. ¡El pobre Remigio, preterido desde que se había muerto Franco, había perdido ya todas sus influencias y ni siquiera se había atrevido a venir para no perjudicarlas!

Carmen se había reunido con el letrado muchas veces en su despacho de la calle Ausiàs March. Como suelen hacer los abogados, le daba una de cal y otra de arena:

—Mira, Carmen, estamos en una época muy rara, el mundo judicial está muy revuelto con todas esas amnistías parciales y jueces y fiscales recusados y denunciados, eso nos favorece porque los doce años que le piden a tu hija son una barbaridad y tratarán de enmendarlo. Lo tenemos bien, no te preocupes; claro que la niña hizo esa declaración que la compromete.

Carmen, que ya conocía el sumario de memoria, arguyó:

—Pero los vigilantes han dicho que ella no estuvo en el atraco propiamente dicho.

—Ya, pero estar en la misma causa que esos... compañeros tampoco la favorece, vamos a ver. Ni que haya armas. Ella me ha prometido que va a obedecerme y decir lo que yo le he pedido. Llévale para el juicio ropa elegante, pero no llamativa ni de última moda.

Y Carmen juntaba las manos como si el abogado fuera Dios.

—Pero, dime, Federico, ¿tú crees que la tendré pronto en casa?

Y el hombre respondía bondadosamente, ya que no quería disgustar a esa madre tan vapuleada:

—Yo creo que sí, ya puedes ir preparando su habitación. Claro que cada juez es un mundo, al fin y al cabo son personas humanas, y recemos para que este no quiera hacer un escarmiento tomando como pretexto a tu hija.

Nunca le preguntó por qué el marido no iba nunca a su despacho; Remigio lo disculpaba:

—Mi hermano, el pobre, tiene problemas con el negocio. —Y añadió con cierta admiración en el tono y sacudiendo una mano—: Pero mi cuñada ha sacado un carácter que...

Al final, los primos mecánicos tenían otras causas pendientes y los juzgaron aparte; a Rober lo trasladaron a Granada, donde había tenido lugar su actividad como guerrillero, y estaba esperando juicio; Pepe, el del bar, fue exonerado, y solo convocaron a la vista al Andrés y a Silvia por complicidad y preparación en el atraco, y al Guille con una acusación añadida: tenencia de armas.

Cuando apareció Silvia entre los dos guardias, con un traje pantalón granate que le había tenido que comprar en la sección cadete del Corte Inglés, Carmen se levantó para correr a abrazarla, pero su hijo la sujetó del brazo.

—Mamá, no se puede.

Después entró el Andrés, iba vestido con una americana muy usada y parecía lo que era, un simple trabajador; saludó con un gesto sobrio a una mujer puesta de pie entre el escaso público y a dos chicos huraños que parecían sentirse a disgusto. Carmen supuso que sería su familia.

Silvia y Andrés se miraron y se encogieron de hombros diciendo mudamente «Aquí estamos, qué vamos a hacerle, qué ruina, pero peor el Rafael que está muerto».

Los dos clavaron la vista en la puerta, por donde debía entrar el tercer acusado, el Guille. Pero no entró. Hubo agitación, alguna carrera de los policías, conciliábulo entre los abogados en voz baja y después se dirigieron al juez, hablaron con grandes ademanes, el juez meneaba la cabeza con indignación. Carmen oyó como su abogado decía:

—Tenga en cuenta, su señoría, que estas personas llevan casi dos años en prisión.

Y el juez, al final, se abrió de brazos con expresión contrariada.

—Bien, procedamos, pero no estoy contento.

El fiscal leyó muy mal el relato de los hechos, no se había citado a los vigilantes de seguridad del furgón, sino que se leyó su declaración en la comisaría, en la que decían que ellos, en el momento del hecho delictivo, no habían visto ni a Silvia ni a Andrés. Queco se quejó en broma a su madre en voz baja:

—Jo, yo pensaba que daban golpes con un mazo y que el juez llevaba peluca... No es como en el cine.

A pesar de la tensión del escenario, a Carmen se le escapó una sonrisa, y en ese momento Silvia se volvió, vio a su madre, y ella sacó también su sonrisa a pasear y fue como si saliera el sol y amaneciera mil doscientas veces. Hasta el juez se quedó deslumbrado.

El abogado defensor la hizo subir al estrado y le preguntó:

—¿Usted sabía lo que preparaba su compañero?

—Sí.

—¿Y por qué lo ayudó?

La pregunta y respuesta estaban pactadas, como es lógico. Aun así, Silvia permaneció en silencio unos segundos que a Carmen se le hicieron eternos, y se dio cuenta de que a su hija le resultaba difícil traducir en palabras sencillas y vulgares la riqueza de sentimientos que llenaba su corazón. Y que seguramente le parecía una traición renegar en público de todo lo que la había unido a Rafael, más allá del amor.

Pero ¿había algo más allá del amor?

El juez se impacientaba, el abogado iba a repetir la pregunta, solo Andrés movía la cabeza entendiendo lo que pasaba por el alma de su compañera, cuando Silvia dijo con una voz tan baja que todos tuvieron que aguzar el oído:

—Por amor... Estaba enamorada de él.

El juez iba a decir algo, pero al final optó por volverse con sorna al Andrés y le preguntó inesperadamente:

—¿Usted también se metió en esto por amor?

Iba a contestar el abogado, un chico joven con patillas y pantalones campana, cuando el propio Andrés se adelantó:

—No, señoría, lo hice por amistad, porque Rafael y yo éramos amigos.

Nadie mencionó al Guille, y Carmen se dio cuenta de que la cosa se había acabado porque el juez se marchó bruscamente. Su hija se levantó sin saber muy bien qué hacer y miró a su madre, aunque sus ojos se desviaron de pronto a un punto que estaba a sus espaldas y su expresión se entristeció. Carmen se volvió y vio a una mujer ya no muy joven, guapa y con grandes cejas negras unidas en el centro. Silvia musitó un nombre sin sonido:

—Salvadora.

La mujer se puso la mano sobre el corazón y después se la llevó a los labios, se dio la vuelta y salió de la sala. Silvia, que iba ya entre los dos policías, se quedó mirándola hasta que la empujaron suavemente hacia la salida. Cuando Carmen quiso ir a abrazarla, los policías la apartaron.

—No se acerque, señora, no está permitido.

Por la forma en que se agitaban sus hombros cuando cruzó la puerta, la madre se dio cuenta de que estaba tosiendo. O quizás llorando.

En ese momento se acercó el abogado y le dijo en voz baja:

—Malas noticias, Carmen, y lo siento. El acusado Guillermo Gómez Cortés se ha fugado en un traslado de la cárcel al hospital. El juez nos ha dejado celebrar el juicio, pero la cosa no pinta bien.

—¿Qué quieres decir?

—Lo he estado hablando con el abogado de Andrés... Quizás podríamos pedir una reducción de pena, aceptar seis años de prisión y solo tendría que estar año y medio más.

A Carmen se le enroscó una víbora en el pecho, se levantó furiosa como una madre gitana y escupió más que dijo:

—¿Mi Silvia pudriéndose en la cárcel? ¡Sieso, *asaúra, atontolinao*! ¡De eso, nada! ¡La iré a sacar yo con mis propias manos!

23

Berta conducía muy mal, pero Carmen le estaba agradecida porque la había acompañado al abogado y, como su cuñada y él se conocían mucho, había conseguido que hablara con ella con sinceridad, no con el tono melifluo que utilizaba siempre, como si fuera una niña o una idiota:

—A ver, Carmen, ahora estamos esperando que el juez dicte sentencia. No sé cuánto tardará, no te hagas ilusiones, lástima que no pudiésemos hacerle la propuesta que te dije. —Como vio que Carmen volvía a exaltarse, levantó las palmas de las manos a la defensiva—. No, no, si te entiendo..., eres una madre coraje, ese sentimiento que tenéis las mujeres lo he admirado y respetado siempre, pero veremos lo que dictamina.

Muy avergonzada de su exabrupto en el juzgado, que todo el mundo había visto y comentado, Carmen trató de disculparse:

—Federico, es que estoy en una situación que no te puedes figurar..., tengo el corazón en vilo, imaginarme a mi hija en la cárcel, ella, que era la princesa de nuestra casa.

El otro trató de consolarla:

—Sé cómo te sientes, pero me han dicho que está muy integrada, ha hecho amistades incluso.

Carmen no pudo evitar acordarse de sus amigas en la cola de comunicar y dijo con una sonrisa torcida:

—Yo también.

Berta, luego en el coche, le pregunto qué amistades eran esas, pero a Carmen le dio vergüenza contárselo y se limitó a encogerse de hombros. La cuñada no pudo esconder su curiosidad.

—Mis hijas me preguntaban el otro día cómo estaba Silvia..., físicamente, digo, como hace tanto que no la vemos, ¿sigue siendo... la niña bonita?

Porque Gemita y Rosana cuando eran pequeñas le cantaban:

Al pasar la barca
me dijo el barquero:
Las niñas bonitas
no pagan dinero.
Yo no soy bonita
ni lo quiero ser,
las niñas bonitas
se echan a perder.

Carmen siempre había creído que esa letra la compuso una fea envidiosa y que por eso la cantaban las hijas de Berta, porque Silvia les ganaba en belleza ir y volver, ir y volver a la luna cincuenta veces. Pero luego se arrepintió de este pensamiento mezquino porque la verdad es que su cuñada se estaba portando muy bien.

—Está como siempre, más mujer, eso sí. —No quiso contar que seguía siendo muy guapa, pero que ese momento único de esplendor en el que la belleza se aúna con la juventud ya había pasado. Suspiró—. Veremos si sale pronto.

Berta trató de consolarla:

—Tú, chica, estás estupenda, no sé cómo lo haces.

Carmen, a pesar de que su pensamiento estaba puesto

en su hija, se sintió halagada y se atusó el pelo, se miró de reojo en el reflejo del cristal, parpadeó con coquetería, la verdad es que ella también se veía atractiva. Pero ¿qué importaba eso ahora? Había adelgazado y a veces se ponía ropa que Silvia había dejado en su armario; una falda larga abrochada por delante, con botas altas y un cinturón ancho le quedaban muy bien, a lo Diane Keaton. Sin darse cuenta, se enderezó en el asiento y metió barriga.

Cuando enfilaron la Vía Augusta, Berta le preguntó con delicadeza:

—¿Y cómo estáis de... dinero? Como ya no tenéis la fábrica...

Carmen volvió en sí con amargura:

—Pero si la fábrica era un pozo sin fondo, menos mal que Tomás se la ha podido quitar de encima. De dinero, ¿cómo vamos a estar? Pues fatal, tiramos de los últimos fondos que hemos vendido, lo que más me ha disgustado es tener que decirle a Rosa que se fuera, después de tantos años, llevamos muchos meses sin poder pagarle y me daba vergüenza encontrármela por casa y que continuara trabajando como criada y yo ir de señorita. Figúrate que incluso...

Bajó la voz y la cuñada se acercó.

—¿Qué?

—No sueltes el volante, por favor, Berta, que ese camionero nos está pitando con razón... Pues que le hemos tenido que pedir que nos ayudara. Vendió unas tierras en el pueblo y le dejó el dinero a Tomás, estoy por ponerme yo a hacer faenas para pagarle.

Berta meneó la cabeza, pero, aunque se le ocurrían muchos comentarios mordaces, tuvo el buen sentido de callarse, ya se despacharía luego a solas con su marido.

Habían quedado en ir a comer después de la visita al abogado, pero Berta al final no había podido porque las hijas traían a las nietas, ya tenía cinco, dos del juez y tres de don ascensores. Este último, el millonario, ya estaba dejando de serlo porque el padre, que era el que había fundado la compañía, había muerto, y los hijos, que no habían pisado una universidad en la vida porque estaban demasiado ocupados esquiando en Baqueira y conduciendo coches veloces en *rallies* de montaña, no sabían cómo llevarla. Mejor dicho, sí sabían llevarla, pero a la ruina más absoluta. El matrimonio de la jueza consorte también tenía problemas, pero ya se lo contaría a su cuñada en otra ocasión, porque bastante tenía la pobre encima... Detuvo el coche frente a la torre, a Carmen le pareció que alguien estaba al acecho en la esquina, pero cuando miró directamente, no vio a nadie. Dijo con desaliento:

—Bueno, ya hemos llegado.

Le sorprendió que Berta permaneciera callada y es que su cuñada estaba asombrada observando el aspecto abandonado de la casa: la verja de hierro forjado estaba oxidada, la enredadera colgaba descuidada por el muro y las adelfas estaban polvorientas, se notaba la ausencia de los jardineros. Había desconchones en las paredes, las contraventanas estaban descoloridas y faltaban lamas en las persianas.

Carmen se apeó del coche lentamente, como si le costara. Le daba miedo entrar en esa casa solitaria y enfrentarse a sus días largos como años.

La otra bajó el cristal de la ventanilla y le dijo:

—Carmen, y si necesitas... lo que sea, aunque ya sabes que nosotros tampoco estamos en nuestro mejor momento.

A Carmen se le llenaron los ojos de lágrimas.

—Gracias, ya nos arreglaremos, pero muchas gracias, de verdad.

Cruzó la verja, la grava crujió, se acordó de cuando

Queco era niño y daba patadas a las piedras. Contaba con llegar a media tarde, con el día ya vencido, y ahora tenía tantas horas por llenar que no sabía cómo hacerlo. Miró el reloj, un Panthère de Cartier, era una de las pocas joyas que le quedaban. El reloj y los pendientes de perlas australianas. Eran su seguro de vida, junto a la casa de Reus, pero se había encontrado con un obstáculo inesperado para venderla: su tía tenía la mitad. Pobrecita, estaba en la residencia de la Madre de la Consolación, la iba a ver a menudo y le había dicho que le haría una donación en vida cuando quisiera, que ella no necesitaba nada, pero le daba apuro pedírsela, era como intentar aprovecharse de una anciana, aunque de cabeza estaba muy bien. Pero peor era esperar a que se muriese, ¿no?, aletear como un buitre a punto de hincar el pico en su cadáver.

Se lo consultaría a..., no, a Remigio no, que al fin y al cabo era el hermano de su marido y eso quería llevarlo en secreto, debía consultárselo a José María.

Ella no se daba cuenta, pero, ante la idea de encontrarse con él, su rostro se iluminó. ¡José María! Lo veía muy poco, pero debía confesarse que sentía entre ellos unos hilos invisibles que los unían, unos hilos construidos con dos sentimientos aparentemente antagónicos: añoranza y desengaño. Porque aquella tarde en el puerto hubieran podido..., si ella se hubiera dejado... «¡No nos engañemos, Carmen, si él se hubiera atrevido, yo me habría entregado allí, en el mismo banco!»

En sus sueños eróticos siempre estaba José María con su aire negligente de hombre desocupado, cogían una habitación en el Barrio Chino, una pensión sórdida, subían las escaleras y cuando abrían la puerta... quien estaba tumbado en la cama esperándola era, cosa extraña, aquel albañil que fue a pedir que cerraran el agua una tarde remota de verano, cuando aún eran ingenuos y dichosos. Cuando se despertaba, trataba de justificar este recuerdo absurdo diciéndose que era natural que se acordase porque era el día de su cumpleaños, aunque íntimamente reconocía que era su atractivo varonil y turbador lo que la había impresionado.

Subió los cuatro escalones de la entrada, instintivamente creyó que había alguien en casa.

—¿Queco?

Quizás había ido a buscar alguna cosa que necesitaba para su pisito, cubiertos, vasos, manteles... A veces pensaba que se había ido a vivir con alguna chica, pero como no le decía nada, prefería no preguntar. Cuando Silvia saliera y su vida se normalizara ya lo averiguaría, pero ¿qué era normalizar?, ¿se puede dar marcha atrás a los relojes?, ¿no estaban ya en otro tiempo?

Nadie contestó. Tomás no sería porque le había dicho que se iba a pasar el día al golf; aunque habían dejado de ser socios, los amigos continuaban invitándolo. Por si acaso, fue al despacho.

—¿Tomás?

Estaba vacío. Aguzó el oído, le pareció que oía un gemido, una queja, un lamento... Arriba. Pero ¿quién? ¿Y si Silvia...?

Subió agarrándose al pasamanos para correr más, fue a su habitación, la abrió de golpe, pero estaba todo tal como lo había dejado, porque ahora ella dormía allí. La cama sin hacer, una toalla mojada en el suelo, ropa tirada en un sillón, la ausencia de Rosa se hacía notar, ay, aquellos tiempos en que tenían tres personas de servicio en casa sin contar el chófer.

Escuchó. Ya no oía nada, pero a pesar de todo, guiada por una mano invisible, fue a la habitación de matrimonio, donde ahora solo dormía Tomás. Abrió la puerta, la empujó lentamente...

Sí, allí estaban. Tomás y una chica. En la cama, desnudos seguramente, nunca recordó ese detalle.

No hubo gritos ni expresiones de horror, marido y mujer se miraron a los ojos unos segundos que resumieron casi treinta años de matrimonio, y Carmen retrocedió, volvió a cerrar la puerta y se apoyó en la pared. Respiró profundamente.

Así que ya estaba. El acto final había llegado.

Oyó murmullos, pasos tras la puerta cerrada. Bajó al salón, encendió un cigarrillo y se quedó esperando.

Tomás no tardó en bajar. Despeinado, poniéndose bien la camisa, Carmen, por primera vez en su vida, lo encontró atractivo. Exhibía una sonrisa turbada, de adolescente pillado en falta, y ella tuvo ganas de ponerle bien el cuello de la camisa y darle unas palmaditas como hacía con Queco.

Claro que no lo hizo, al contrario, intentó poner la expresión severa que era adecuada al caso, conocía tanto a Tomás que sabía cuáles iban a ser sus primeras palabras:

—Hombre, Carmen, ¿no ibas a comer con Berta?

—¿Y tú no ibas a jugar al golf con Paco y los otros?

Se abrochó la camisa y respondió con pesadumbre:

—Te sorprendería ver qué rápido desaparecen los amigos cuando te arruinas.

Carmen señaló con el cigarrillo al piso de arriba.

—Y tu amiguita, ¿no piensa bajar?

—A ver, Carmen, no es mi amiguita precisamente y creo que lo sabes bien, ¿no?

—Pues cómo quieres que la llame, ¿tu manceba?, ¿estás enterado de que en el Código Penal todavía se llama «manceba» a...?

Tomás puso los ojos en blanco.

—¿Puedes aparcar por un momento el tema Silvia, cárcel, juicio, abogados? Teresa, que así se llama, y supongo que sabrás que era mi secretaria, estamos juntos desde hace tiempo. —Tuvo un gesto de disculpa—. Tú y yo, en fin, hace muchos años que no...

—¿Follamos?

Él se estremeció ante lo grosero de la palabra.

—Sí, pero no solo es eso, no compartimos vivencias ni hablamos el mismo idioma.

Ella se burló:

—Tomás, vuelve en ti, pareces un muñeco de ventrílocuo, tú no hablas así.

El hombre se revolvió molesto:

—¿Ves? Eso es lo malo, que no hemos evolucionado en la misma dirección.

—¿Y por qué no evolucionáis en ese piso maravilloso que tenéis en Castelldefels en lugar de en mi casa?

Él meneó la cabeza con pesar.

—Lo tuvimos que dejar, no podía pagarlo.

Carmen se levantó y se puso a deambular por el salón. A pesar de todo y de que le hubiera gustado, no podía indignarse, se daba cuenta de que en realidad no le importaba, y Tomás también se daba cuenta y no sabía si le agradaba o le entristecía.

En ese momento bajaba una muchacha por la escalera, demorándose en cada escalón, no sabiendo qué hacer. Tomás fue a buscarla y la tomó de la mano, la escena era un poco grotesca porque parecían Sissi y el emperador en un baile de la realeza.

—Mira, Teresa... Teresa, mi mujer, quiero decir, Carmen.

¿Qué se hace cuando tu marido te presenta a su amante?, ¿dos besos?, ¿empujarla por la escalera para que se desnuque? Carmen no sentía nada; es más, justo le pasó por la cabeza el fogonazo de un comentario del abogado sobre Silvia. Que el juez tenía una hija de la misma edad.

Le había dado una esperanza sin querer, y no pudo evitar decirle a su marido mientras estrechaba distraídamente la mano de la muchacha:

—¡Tomás! Creo que lo de Silvia está mejor de lo que pensamos porque...

Tomás cerró los ojos y resopló:

—Carmen, yo quiero a mi hija como el que más, pero ¿no podríamos sentarnos y olvidarnos un momento de ella para hablar de nosotros?

—Ah, sí, perdona, dime.

Tomás casi se echó a reír.

—No, dime tú..., o yo, mejor dicho, nosotros. —Teresa permanecía con los ojos bajos, alisándose una arruga imaginaria de la falda—. Yo, a ver, había pensado, y dada nuestra situación económica, que mientras no vendamos la casa... Oye, que lo ha hecho mucha gente, hoy día estas cosas no tienen importancia...

Se notaba que le costaba seguir, ella se impacientó:

—Mientras no vendamos la casa, ¿qué?

Él miró a su alrededor como buscando inspiración y al final lo soltó:

—Podríamos vivir aquí.

Carmen se quedó estupefacta y es verdad que se olvidó de golpe de Silvia.

—¡Cómo! ¿Y yo?

Él hizo grandes ademanes.

—Tú aquí, faltaría más, sin moverte, por supuesto, esta es tu casa, pero, entiéndeme, ¿qué vamos a hacer Teresa y yo? No puedo coger una habitación de hotel ni alquilar un apartamento, esto es muy grande, no nos vamos a cruzar nunca, nadie tiene por qué saberlo. Y en cuanto la vendamos, nos repartimos el dinero y allá cada uno. ¿Qué te parece?

Carmen miró a la muchacha. Debía estar enamorada

de su marido de verdad; si no, ¿quién querría compartir la vivienda con la mujer legítima? Era joven y mona, sí, pero resultaba anodina, y se preguntaba qué habría visto Tomás en ella, ¿sería simpática, divertida, tendría conversación?, ¿era buena en la cama?

Al final, Carmen le preguntó, más que nada para oír el metal de su voz:

—En fin, Teresa, y a ti ¿qué te parece?

La chica se encogió de hombros, buscó los ojos de Tomás para que le aconsejara, iba a hablar cuando en ese instante sonó el teléfono, Carmen saltó para cogerlo y gritó:

—¡Federico!, ¿eres tú?

Tomás y Teresa se dieron cuenta de la importancia de la llamada y se pusieron en pie; él asió a su mujer por el hombro tratando de escuchar también; al otro lado del hilo telefónico se oyó la voz del abogado:

—Soy Federico, Carmen.

—Sí, sí, dime, qué pasa.

Parecía que el hombre hablaba con alguien, porque se oían voces en segundo plano. Carmen chilló:

—Pero ¿qué pasa?, ¿hay sentencia ya?

Tomás trató de arrebatarle el teléfono, pero Carmen se opuso, forcejearon y la respuesta del abogado se perdió. Carmen miró furiosa a su marido, al final Tomás desistió y se quedó esperando. Carmen gritó de nuevo:

—Dime, dime, ¿qué pasa?

—¿No me oís?

—Sí, dime, por favor, por piedad.

El abogado no podía ocultar su satisfacción y se demoraba en la respuesta para poder paladearla más tiempo:

—El juez ha dictado sentencia, solo ha apreciado complicidad y le ha impuesto una pena de tres años.

Carmen no entendía.

—Pero ¿cómo tres años?, ¿tiene que cumplir un año más?, ¿o tres años?, ¿qué mierda de sentencia es esta?

Y el abogado reía ahora.

—Cálmate, mujer, ay, este temperamento, no, le ha puesto una condena de tres años y, como ya ha cumplido las dos terceras partes, la pueden poner en libertad. Claro que será libertad condicional hasta que cumpla los tres años, pero...

Carmen solo se había quedado con la palabra «libertad».

—Pero ¿la puedo ir a buscar? —Retorció el cordón telefónico, lo enredó tanto que estuvo a punto de tirar el aparato al suelo—. Dime, Federico, ¿la puedo ir a buscar mañana?

—Sí, sí, mujer, mañana a las nueve de la mañana puedes ir a buscarla. El juez ya ha cursado la orden para que sea excarcelada.

Carmen dejó caer el auricular, Tomás lo cogió, pero el abogado ya había colgado. Miró a su mujer interrogativamente, y Carmen se lanzó hacia él, le agarró la cabeza con las dos manos y le dio un beso en la boca.

Después, dirigiéndose a él y a la atónita chica, que no sabía dónde meterse, gritó:

—Libre, Tomás, la niña está libre, Tomás, ¡mañana en casa!

Ahora se abrazaron y Carmen incorporó a Teresa al abrazo porque hoy quería a todo el mundo, aunque les dijo:

—Ahora no podéis instalaros aquí, como es natural, pero estoy muy contenta, ¿entendéis? Te quiero, Tomás, y a ti también, Teresa. ¡La niña en casa!

Se llevó las manos al corazón y se puso a dar vueltas por la sala; en su cabeza, desde que su cuñada se lo había recordado, no dejaba de sonar:

Yo no soy bonita
ni lo quiero ser,
las niñas bonitas
se echan a perder.

Y ante el asombro de Tomás y su manceba, gritó dando un corte de mangas al aire, al mundo entero:

—¡Jódete, barquero, de echar a perder nada, que mi niña bonita vuelve a casa como una reina!

24

Silvia llevaba unas semanas en casa cuando Carmen la oyó hablar misteriosamente por teléfono con mucha risita, toses y muchos aaah, mmm, y hasta la vio apuntar una dirección en un papel y después se la encontró mirando pensativamente el jardín a través de la ventana del salón. Cuando la madre se acercó, le dijo señalando a un pájaro de pico amarillo que cantaba cuatro notas:

—Mira, mamá, un mirlo, viene todos los días a la misma hora. Pudiendo volar por el mundo entero, ¿cómo vendrá siempre aquí? —Se giró hacia su madre y la observó con esos ojos grandes y oscuros como estanques negros—. ¿Tú lo entiendes?

La madre se rio y trató de arreglarle el pelo, que, como siempre, llevaba salvaje y libre. Silvia se zafó con un movimiento arisco, desde que había salido era así con ella, un poco arisca, en ocasiones parecía hastiada de su solicitud y sus cuidados. Y Carmen sentía algo de resquemor porque con su padre —que sí, la quería mucho, pero la verdad es que no había movido un dedo por ella, no por desafecto, sino por debilidad e impotencia— se dejaba mimar y era ella misma la que muchas veces le echaba los brazos al cuello y apoyaba la cabeza en su hombro y cerraba los ojos. Carmen, con una punzada de celos, callaba. Esos días callaba mucho.

Pero esa mañana fue Silvia la que se acercó, le acarició el brazo, como si adivinara su pensamiento, y le dijo:

—Era Norman... Mañana voy a comer a su casa. —Y luego preguntó infantilmente—: ¿Te parece bien?

—¿Cómo no me va a parecer bien, Silvia? Si yo lo que quiero es que vuelvas a salir con tus amigos... —Aunque se apresuró a precisar, no fuera a salir con Andrés, que había tenido la misma condena que ella y también estaba en la calle, o con esa tal Salvadora, la de las cejas—: Los de siempre, quiero decir, que te vayas reintegrando un poquito a tu vida normal y así luego decidas libremente lo que quieres hacer..., no sé, con lo bien que pintas podrías matricularte en Bellas Artes, por ejemplo.

No le habían hablado de sus problemas financieros... aún, y Silvia no sabía que difícilmente sus padres podrían costearle una carrera universitaria, claro que a Carmen siempre le quedaba el recurso de vender sus perlas australianas. ¡Y lo haría, claro que lo haría! Pero de momento no hacía falta porque Silvia descartó la pintura con un ademán.

—Mamá, no pienso volver a coger un lápiz en la vida.

—Pues no sé, seguir con Filosofía y Letras, o hacer Periodismo como tu hermano, mira qué bien le va.

Se notó que Silvia iba a hacer un gesto de rechazo también ante estas posibilidades, pero al ver la cara de su madre cambió y murmuró:

—Bueno, lo pensaré.

Esta era una nueva faceta de Silvia que antes no tenía. Ahora era reflexiva, poseía un alma escondida que no enseñaba nunca y solo mostraba lo que se esperaba de ella: cortesía, prudencia, agradecimiento..., pero la verdadera Silvia no aparecía. Carmen suponía que solo se manifestaba por las noches, cuando estaba sola, porque por las mañanas se encontraba la almohada húmeda. «Paciencia

—le decía su cuñada cuando se lo contaba—, mi Gemita estaba así después de dar a luz a su tercer hijo y luego resultó que tenía una depresión», pero a Carmen esto de la depresión le sonaba a fracaso y locura y lo negó con contundencia:

—No está triste ni nada, solo se está readaptando.

Le extrañó que quisiera salir para encontrarse con Norman, porque Queco le había pedido que la acompañase a la televisión para deslumbrar a sus compañeros y, aun queriendo tanto a su hermano, se había negado. Alicia y Emilio también la habían llamado para verla porque Emilio quería despedirse ya que se iba a vivir a Madrid. Les dijo que no le apetecía salir a la calle ni ir a los bares, y que además estaba un poco resfriada, pero que fueran a su casa, que tenía muchas ganas de estar con ellos.

Como ella y Alicia se habían escrito tanto, fue como reencontrarse después de pocos días, pero Emilio sí que le dio un abrazo apretado, y ella evocó con la voz tomada por las lágrimas:

—¿Te acuerdas de los pelillos de la Pasionaria?

Se rieron en plan tonto y toda la conversación fue así, recordando solo chorradas porque ella rehuía hablar de los últimos años, a pesar de que tanto Emilio como Alicia habían conocido a Rafael y habían estado en su ambiente. Quizás era porque la madre estaba delante: les sorprendió que tomara asiento con ellos y, aunque les parecía simpática, la conversación no llegó a ser fluida en ningún momento.

Carmen había cambiado, antes era tímida, con miedo a molestar, y ahora se había curtido. Pero también Silvia estaba distinta. Alguien que no la conociera seguiría encontrándola guapísima, pero Emilio y Alicia se dieron cuenta de que había perdido aquel encanto singular que la convertía en una pieza única.

No salió porque hacía frío y fue Carmen la que los acompañó a la verja, contó que le parecía que alguien estaba rondando la torre, pero que no le decía nada a Silvia para no asustarla.

Ir a casa de Norman, por tanto, era su primera salida. A Carmen le gustó que buscara en el armario ropa que le favoreciera, la madre le tuvo que pedir dinero a Queco, «Ya te lo devolveré», y se fue a comprarle un vestido de florecitas y una cazadora imitando ante. Cuando llegó a casa con unas feas bolsas de plástico negro, se sintió dichosa porque a su hija se le iluminaron los ojos.

—Pero, mamá, por qué te has... ¿Zara?, pero ¿qué tienda es esta?

—La han abierto en la calle Pelayo, todo es monísimo y está superbién de precio... Tu tía Berta también compra allí, pero mete la ropa en bolsas de Gonzalo Comella para disimular. Tenemos que ir un día.

Silvia rio.

—Mamá, qué típico de ti, querer llevarme lo primero de todo a una tienda de moda.

Carmen se ofendió y le dijo mordazmente:

—Sí, es verdad, lo primero debería ser el médico, que no me gusta nada esa tos que tienes, mañana llamaré al doctor Díaz.

Pero la hija ya no le hacía caso porque la ropa le había hecho ilusión y se había ido a su cuarto para probársela.

Cuando Silvia apareció en el salón con su nuevo conjunto y al hombro el bolso de cuero marroquí que hacía años que no utilizaba, Carmen la miró como si se fuera a la estratosfera, porque era la primera vez que se separaban desde que había salido. Cuando la habían quitado de su cuerpo, nada más nacer, ¿le había dolido tanto?

La abrazó y le volvió a preguntar:

—¿De verdad no quieres que te acompañe? Va, que me visto en un momento, no me cuesta nada.

La hija se negó sonriendo.

—Mamá, que tengo el taxi que te has empeñado en pedirme esperándome. —Al ver la decepción pintada en el rostro de su madre, cedió—: Bueno, ven, pero solo hasta la puerta.

Y Carmen aún metió la mano por la ventanilla para hacerle una caricia antes de que el coche arrancara; su última frase se perdió en el aire:

—Luego te pondré el termómetro, que me parece que tienes fiebre.

Norman vivía en el piso del Putxet que sus padres habían comprado para su hermana Ester, que no había vuelto de Cuba ni pensaba hacerlo porque estaba liada con un cubano y había rehecho su existencia allí. Su hijo se criaba con su madre, que al quedarse viuda se había instalado en Barcelona, en el piso donde habían vivido los hermanos cuando eran estudiantes, en la calle Balmes. Llamó al telefonillo y le abrieron sin más. A Silvia le sorprendió que en la puerta del piso estuviera colgada una corona de Adviento. Norman la esperaba sonriendo, tan nervioso y delgado como siempre, aunque una ligera barriga empezaba a marcársele por debajo del esternón. Iba con camisa blanca y un jersey negro abotonado por delante que parecía casi un batín. Se quedaron el uno frente al otro.

—Hola, Silvia.

La voz no cambia nunca, se abrazaron. Norman suspiró y le susurró al oído:

—Hueles como antes.

Silvia intentó reír.

—Y qué olor es ese.

—Olor a Silvia.

Se apartó para que entrara y entonces advirtió dos cosas: que la casa entera, desde el suelo hasta el techo, estaba cubierta de adornos de Navidad, incluido un enorme árbol provisto de espumillón, muñequitos, luces de colores, estrellas y debajo un montón de regalos envueltos en papeles brillantes, y que detrás de Norman, limpiándose las manos con un trapo de cocina, estaba Albertine. Seguía siendo aquella chica alta, fuerte, segura de sí misma, que conoció en la boda de Ester, pero ahora Silvia se dio cuenta de que aquella altivez de antaño estaba mezclada con sufrimiento. A pesar de lo joven que era, tenía una arruga en el entrecejo y, cuando no sonreía, su rostro estaba macilento y apagado.

Como ella no le decía nada, Silvia le dio un abrazo flácido.

—Hola, Albertine, qué alegría veros..., qué bonito está todo.

Norman se disculpó avergonzado:

—Ha sido ella, en México son unos exagerados, adornan todo mucho y con mucha antelación.

Silvia, que vio la expresión ofendida de Albertine, se apresuró a comentar:

—Pues me gusta.

La casa estaba llena de detalles que Silvia adivinó que eran de la chica: cojines, relojes de pared de madera, fotos en blanco y negro, un reposapiés, alfombras coloridas, tapices mexicanos en las paredes... Albertine, mientras servía unos tamales de aperitivo, le contó con su acento cantarín, bajo la mirada crispada de Norman, que parecía temer que metiera la pata:

—Los míos siguen en México, mis papás ya son más de allí que de acá y mis hermanos se han casado con chicas mexicanas.

Silvia, que recordaba el cariño absorbente con que la trataba la madre de Norman, dijo intentando ser amable:

—Pero la familia de Norman te quiere mucho, sobre todo tu ¿suegra?

Albertine miró a Norman con reproche y él tuvo que aclarar:

—Sí, sí, ¿no te lo había dicho?, nos casamos hace poco.

La chica precisó sombríamente:

—Hace dos años y medio.

—Bueno, sí, eso, todo el mundo pensaba que los comunistas estábamos por el amor libre, y para dar buena imagen, ya sabes... —Albertine se levantó con brusquedad y se fue a la cocina, y Norman dijo en voz baja—: Ahora se irá a trabajar y podremos hablar tranquilamente.

Norman formaba parte de la ejecutiva del PSUC, además de dar clases en la universidad, y estuvo contando durante la comida que en las próximas elecciones iría en la lista del Partido Comunista, en uno de los primeros puestos, y seguramente saldría elegido diputado. Albertine sirvió en silencio el guacamole, la pasta y el flan de postre, y después masculló que se tenía que ir a la editorial, era correctora de manuscritos. Silvia dijo que ella se iba también y la chica le dirigió una larga mirada en la que le fue muy difícil ocultar su aversión.

—No, quédate, por favor, seguro que Norman tiene mucho que contarte.

En la puerta se volvió para enviarle a su marido una mirada de censura que Norman fingió no ver.

Cuando se oyó el ascensor que bajaba, Norman se levantó y se sentó a su lado. Silvia simuló que no lo había visto y se fue a mirar la librería. Al reparar en la elogiosa biografía de Isaac Deutscher sobre Trotsky, comentó riendo:

—Oh, si ven esto tus compañeros... —Siguió buscando, cogió un volumen y lo esgrimió en alto, era la *Autobiografía de Federico Sánchez*, del excomunista Jorge Semprún, que ese año había ganado el Premio Planeta—. ¿Me lo dejas?

Se volvió y tropezó con Norman, que se había levantado en silencio y estaba a su lado inmóvil como una estatua de mármol, lo esquivó como pudo, metió el libro en el bolso y volvió a sentarse. Él también lo hizo, su respiración era jadeante, tenía la entrepierna abultada, se acercó y trató de pasarle el brazo por los hombros, ella se fue retirando hasta el borde del sofá, protestó:

—Por favor, Norman, ¿qué haces?

Él le dijo con la voz ronca:

—Me sigues gustando mucho... —Y añadió mirándola con ansia y deseo—: Para eso has venido, ¿no?

—¿Cómo?

—Ay, perdona, quiero decir que... vamos a pasarlo bien. —Sin poder contenerse, le puso una mano en el pecho, ella se resistió—. Déjate, no te hagas la estrecha.

Ella apartaba la cara y daba manotazos cuando llamaron al telefonillo y Norman se tuvo que levantar maldiciendo, le traían unos libros, los cogió en el recibidor y luego volvió a entrar. Silvia, intentando calmarse, se había sentado en una silla y levantó el índice, como hacen los niños para pedir permiso para hablar:

—¿Puedo?

Norman se encogió de hombros, cogió la taza de café y la apuró, tenía una mirada aviesa mientras Silvia le preguntaba con una voz distinta que parecía que no fuera suya:

—Una tontería, Norman, que te quería comentar desde hace tiempo, ¿sabes qué es lo que más me atormentaba cuando estaba en prisión?

Prisión. Salió la palabra que todos trataban de evitar.

Norman carraspeó, se sentó en el sofá, se pasó la mano por el pelo, intentó cambiar la mueca de lujuria exacerbada por un rostro apenado, algo que consiguió solo a medias.

—No quería sacar el tema de la cárcel, Silvia, pero que sepas que me dio mucha lástima y he llamado a tu madre casi cada semana, supongo que te lo habrá contado.

Ella no le hizo caso. Cogió distraídamente del árbol de Navidad un muñeco vestido de colores vivos hecho de lana y empezó a darle vueltas.

—Pues pensaba en todos nosotros... Cuando estudiábamos, ¿sabes?

Norman empezó a moverse, tenía un tic en el ojo, pero asentía con fervor.

—Sí, sí, ya entiendo...

—Sobre todo, pensaba en Mati. —Miró el muñeco, le hizo dar unos pasos sobre sus rodillas—. En Mati, ¿te acuerdas?

Él volvió a asentir.

—Pues claro, Mati. —Y se apresuró a añadir—: No sé nada de ella, desapareció durante el estado de excepción y nadie la ha vuelto a ver. Ni Alicia, ni Alberto, ni Roger Boadas...

Silvia se rio con amargura, de pronto sintió una tristeza abrumadora porque se acordó del sufrimiento de Mati en aquella noche lejana, dejó el muñeco en la silla y se puso de pie.

—Sí, desapareció un día, ¡la hicimos desaparecer por arte de magia! —Chasqueó los dedos frente a la cara estupefacta de Norman—. ¡Entre todos la matamos y ella sola se murió!

Norman se apartó de golpe, la erección desapareció, se ajustó la chaqueta y tuvo un gesto hosco.

—Pero ¿qué dices? Yo no sé nada de eso.

Silvia lo miró fijamente y le dijo:

—Tú eras el padre de su hijo.

Se instaló un largo silencio entre los dos, pesado como el plomo. Sonaron las cuatro en un reloj de cuco, Norman enrojeció, Silvia se dijo que era raro ver a un hombre ruborizarse.

Norman se levantó, fue al mueble bar y se sirvió una copa de coñac, sin ofrecerle. Se la tomó de golpe y luego se volvió hacia ella y admitió con sencillez:

—Es verdad.

La calma helada que precede a las grandes tormentas. A Silvia le tembló la voz cuando preguntó:

—Cuando la trajiste a casa esa noche, ¿sabías lo que pasaba?, ¿que había abortado?

Norman frunció la boca como un bebé, ahora caía en que tenía los tics de un niño malcriado. Se miró dubitativo las uñas y de pronto echó la cabeza hacia atrás como si hubiera tomado una determinación.

—Pues mira, sí. Cuando se quedó preñada, mi hermana le buscó una comadrona para abortar, ya sabes lo ocupado que estaba yo con el Partido. Y justo el día en que se proclama el estado de excepción, ¡pataplán!, empezó a tener hemorragias y no sabíamos qué hacer.

Con voz serena, Silvia dijo:

—Y entonces pensaste en la tonta de tu novia.

Él meneó la cabeza.

—Mujer, no seas así, no podía llevarla a un hospital, ni tampoco podía venir conmigo, yo era responsable de una célula y no de ella; al fin y al cabo, no era ni siquiera mi pareja. Y pensé que, bueno, tú y tu madre os haríais cargo, sois tan buenas personas... —Puso una cara cómica, una sonrisa exagerada como para hacerse perdonar una travesura—. *Et voilà!*, ¡tenía razón!

—Muy bien, ¡nos pasaste el marrón! Porque para ti era solo un marrón, ¿verdad?

Él la miró sin entender.

—Era una complicación, sí. Pero, oye, ella sabía de qué iba, no tomó precauciones.

Fue como si le hubieran dado un puñetazo, se levantó con el corazón queriendo salírsele del pecho.

—Sí, claro, precauciones, no acostarse con un cerdo como tú, que la dejó tirada.

Norman se asustó y levantó las manos intentando que bajara la voz.

—No grites, por favor, que estas paredes son de papel —intentó razonar—. A ver, Silvia, sí, las circunstancias objetivas..., quiero decir, que sí, reconozco que me acostaba con ella, pero yo no sabía que había dejado de tomar la píldora, mi hermana le daba recetas o cajas todos los meses.

Silvia meneó la cabeza con incredulidad.

—¡Serás cabrón! Estabas conmigo, ¿te acuerdas? Yo te quería, te amaba, ¡fuiste el primero!

Él le habló con impaciencia, como el que habla con una niña pequeña y no muy lista:

—Sí, sí, Silvia, tienes razón, hago autocrítica... Oye, que esto de ser el primero tampoco es para tanto, la virginidad está sobrevalorada, en las sociedades tribales de Borneo... —Advirtió la expresión de creciente indignación de Silvia y recurrió a otro argumento—: Estuvo mal, lo reconozco, perdóname, pero yo ya estaba con ella antes de conocerte a ti, era por costumbre, ¡era solo sexo!

—¿Y por qué no tomaste tú precauciones?

Norman se asombró.

—¿Cómo?, ¿yo? Hija mía, en qué mundo vives, si no os espabiláis las chicas, ¿qué vamos a hacer nosotros? —Soltó una risa sardónica—. Vais de feministas y luego somos nosotros los que os tenemos que sacar las castañas del fuego. Somos personas libres, carajo, ¿no era lo que queríamos todos? Mira, ahora vamos a despenalizar el adulterio y el amancebamiento, y se va a promulgar una ley que...

Silvia se levantó, se puso el bolso en el hombro.

—Déjame de leyes, que a los hombres que sois cerdos ninguna ley del mundo os va a cambiar. Y ahora peor, ¡qué mal negocio hemos hecho las mujeres! Ahora tenéis sexo gratis, y nosotras encima tenemos que estar agradecidas por vuestras leyes y vuestras dispe..., despeni..., ¡vuestras mierdas!

El otro se tocó la sien con el dedo.

—Qué loca estás, no sabes ni hablar, no tienes ni idea, ¡qué falta de cultura! Antes no eras así.

—¿Antes? Sí, antes era más boba que Albertine, desde luego, yo no me enteraba de nada, y ella sí sabe que tú le pones los cuernos siempre que puedes, ¿no? —Vio que había dado en el clavo porque el otro apartó la mirada—. ¡Qué asco me das, de verdad!

Ya iba a salir cuando un Norman descompuesto la cogió del brazo y acercó su cara a la suya.

—Pero, chist, oye, oye, tía, ¿tú de qué vas, dime?, ¿cómo te atreves a juzgar? —Silvia intentó soltarse, pero el otro la agarraba con fuerza—. Arrejuntada con ese charnego, con ese chorizo que ni a atracador llegaba, la vergüenza de tu familia... Cuando me enteré, no podía creerlo, tú, con esos aires de Miss Mundo que te dabas.

Silvia no podía caminar, sentía las piernas pesadas y los pies como bloques de cemento, él estaba pegado a su cara y podía oler su aliento.

—Y gracias a mí no saliste en los periódicos, pero todo el mundo sabía que eras tú, siempre has sido una calentorra, por eso no te quisimos en el Partido, porque fui yo, ¿entiendes? —se señaló a sí mismo jactancioso—, fui yo el que dijo que no te admitieran, que no dabas la talla. ¡Aquel par de idiotas que te daban clase babeaban por ti y habían hecho un informe que te ponía de puta madre! Y yo fui a hablar con los del Comité Central y les conté cómo eras en realidad y fui yo mismo quien escribió tu evaluación final... Menos mal que nunca te tomé en serio, ya me lo decía mi madre.

Silvia consiguió recuperar el movimiento y alejarse de aquel infierno de palabras, pero él volvió a cogerla, y ella entonces enganchó el bolso por el asa y le arreó un golpe en toda la cara que lo hizo tambalearse, abrió la puerta, logró salir, pero él fue detrás de ella con la mano en la mejilla gritándole:

—Puta, y cuidado que no te denuncie por haberme robado el Rolex, que el otro día me lo trajo la Policía, que lo encontró en el botín de unos gitanos..., ¡que estás en libertad condicional! ¡Cuidadito conmigo, que no soy un don nadie precisamente!

Silvia se precipitó escaleras abajo, llegó a la portería sin aliento, trató de recuperarse con una leve sonrisa en los labios.

El Partido la quería, se cerró una pequeña herida que tenía en su orgullo, tan pequeña que ya casi ni la recordaba. Pero ahora empezó a sentir un dolor físico y concreto entre las costillas. Se presionó el plexo solar, salió a la calle, era la primera vez que andaba sola, un pie delante de otro, un poco de lío con los semáforos, pero tampoco era tan difícil, chino chano, chino chano...

Pobre Mati.

El miedo y la culpa que había sentido durante tantos años dejaron de apretarle con su mano de hierro; si no hubiera estado tan cansada, habría querido correr hasta el mar.

Caminaba muy despacio y cuando llegó a casa era casi de noche, la verja estaba cerrada, pero ella conocía el truco para abrirla sin llave. Levantar la manilla, tirar hacia arriba...

Una mano se posó sobre la suya, dio un grito.

—Silvia, no te asustes. Soy yo.

25

Era el Guille. Silvia primero gritó, después se quedó congelada, y luego se lanzó a sus brazos y empezaron a salir todas las lágrimas no derramadas desde aquel día de otoño. Se agarraba al cuerpo escuálido del muchacho, daba golpes con la cabeza en su pecho, mezclaba los «Guille» con los «Rafael» y los «Se ha muerto, se ha muerto».

Él le acariciaba la cara y el pelo, Silvia se apartó, lo miró a los ojos y le dijo, como si lo hubiera visto el día anterior:

—¿Sabes qué es lo que más me duele? Que estará siempre muerto.

Y el Guille lo entendió, y a la escasa luz de las farolas Silvia se dio cuenta de que estaba tan delgado que la cabeza se le veía monstruosamente grande.

—Llevo días rondando para verte, *quilla,* pero no salías nunca, qué fatigas he pasado.

Silvia rio, con esa risa cascabelera de cuando vivía Rafael, una forma de reírse que también se había muerto aquella negra mañana. Lo cogió de la mano, lo hizo entrar en el jardín, que estaba en sombras, con el viento del norte moviendo las copas de los árboles, y abrió la puertecilla que daba al sótano donde pasaban las tardes cuando conspiraban para derrocar a un dictador que luego se murió en la cama. Los albañiles decían que lo habían tapiado y no se podía entrar, pero Silvia había descubierto que estaba como siempre, aunque nadie lo utilizase. Olía a cerrado. Ella le dijo:

—¿Te importa esperarme aquí un rato a oscuras? Tengo que decirles algo a mis viejos, pero ellos se van a dormir pronto.

Con la voz cascada, el Guille le preguntó:

—¿Tienes priva?

—A ver si encuentro algo, buscaré por ahí.

Cuando entró en casa, su padre no estaba, como de costumbre, y su madre se arrebujaba en un chal viendo una película antigua en la televisión, medio dormida, e intentó incorporarse.

—Tienes arroz a la cubana en la cocina, si quieres.

Carmen cocinaba con desgana y se notaba en la calidad de los platos, que eran casi siempre incomestibles. Silvia dijo que ya había cenado.

—Me voy a dormir, que me duele la cabeza.

—¿Cómo ha ido con Norman?

¿Contar? ¿Lo de Norman? ¿Volver a revivirlo? ¡Nunca!

Sacudió la cabeza como el que espanta un moscardón molesto. Pero contestó:

—Mañana te cuento.

Mientras subía la escalera, Carmen le gritó:

—Te he cogido hora con el médico.

Esperó un rato hasta que oyó que su madre iba primero al cuarto de baño y luego se metía en la habitación de Queco, que era donde dormía. Cuando pasó un tiempo prudencial, se envolvió en la manta y bajó de puntillas a la cocina sin encender ninguna luz.

Abrió armarios y encontró un par de velas y un cartón de vino que Rosa usaba para cocinar. Por la escalera interior bajó al sótano. El Guille estaba tumbado en el suelo, de medio lado, como esos cadáveres de las guerras que salen en las fotos, con el brazo sobre la cara y los pies descalzos. ¿Por qué los pies siempre son lo más muerto de todo? Encendió una vela y llamó quedamente:

—Guille... Guille.

No respondía, le tocó el brazo y el muchacho pegó un brinco y se quedó en cuclillas observando a su alrededor asustado.

—Qué..., qué...

—Guille..., soy yo, Silvia.

Él la miró como si no la reconociese, pero la verdad es que la que casi no lo conocía era Silvia. Estaba pálido, con las mejillas chupadas, los brazos escuálidos y un pantalón de chándal que le bailaba sobre los huesos puntiagudos de sus caderas. Él se dio cuenta de lo que preguntaban los ojos de Silvia y se encogió de hombros con resignada aceptación.

—Sí, tía, allí dentro me he enganchado al caballo, qué quieres... —Y luego añadió con una risa que era como un sollozo—: ¡Con el asco que le daba la droga al Rafael!

Ella asintió profundamente impresionada. Aquel chico joven y fuerte, con el pelo revuelto y un aire a lo James Dean, que quería gritar patria o muerte, el hermano de Salvadora, el tío de Nico, el hijo de la tía Josefa... ahora era una ruina humana.

—¿Y el tatuaje del Che Guevara, Guille?

Por qué se lo diría. El chico se levantó la manga y vio el brazo esquelético con las venas recorridas por una constelación de pinchazos. Le mostró un dibujo irreconocible.

—Aquí sigue.

Se sentaron el uno junto al otro, tapados con la manta porque hacía un frío del carajo. No tenían vasos y bebían del cartón a morro. Él le preguntó tímidamente:

—¿Te importa que me prepare un pico?

—No, por favor, no lo hagas, no podría soportarlo.

Él asintió y sacó mechero, un paquete de tabaco arrugado, una piedra de hachís y un librillo de papel de fumar.

—De esto sí querrás, ¡que el Rafael no nos está mirando! —Ella sonrió y el Guille rasgó un cigarrillo por la mitad—. ¿Sabes que cuando te conoció nos dijo a Salvadora y a mí que por primera vez se había enamorado?

Silvia rio con incredulidad.

—¿Dijo «enamorado»? Vamos, anda, que no me lo creo.

El otro arrimaba la piedra al mechero para que se deshiciera y la mezclaba con el tabaco hábilmente en la palma de la mano mientras reía enseñando su dentadura desbaratada.

—Que sí, que sí, con todas las letras. Estaba trabajando ahí fuera, en una obra.

—Sí, ya lo sé.

—Calla, que esto que te voy a contar no lo sabes. Y se enamoró nada más verte, por eso venía, nosotros nos cachondeábamos: «Pero, Rafael, si así solo se enamoran los ricos, eres el Onassis de los sentimientos».

—Y él qué decía.

—Hablaba de tu forma de caminar —el Guille movía sus descarnadas caderas con languidez—, así, asá...

—Ay, qué bobo eres, ¿está eso ya?

—*Cucha,* qué impaciente la niña... Y que al final un día entró para verte y le abrió tu madre. La conoció antes que a ti. El mismo día, pero antes que a ti.

Silvia se extrañó.

—¿A mi madre? No, nunca me lo ha dicho.

—Pues sí, vino a preguntar una *chuminá* y le abrió la puerta. Y que se puso nervioso porque...

Silvia lo interrumpió con el ceño fruncido:

—¿Le gustaba mi madre? No me cuentes eso.

El otro se enfadó mientras pasaba la lengua por el papel.

—Que no escuchas, tía, joder, se puso nervioso porque tú estabas, ahí, sin estar, pero en el aire. —El Guille hizo girar el índice como un molinillo—. El Rafael tenía un sexto sentido, ¿no te acuerdas de que adivinaba el pensamiento?

—Es verdad, de cosas tontas también. —Cogió el porro en forma de trompeta que le tendía Guille, se inclinó para que lo encendiera, aspiró—. ¿Tú sabes que siempre adivinaba cuando quería hacer pipí? Sin que le dijera nada, me decía: «Anda, ve, que te espero».

Le acometió un ataque de tos que su compañero escuchó con preocupación mientras le daba golpes en la espalda.

—Tía, estás fatal. —Cogió el porro y le dio un par de caladas profundas sin que sus pulmones protestaran—. A mí me daba miedo pensar delante de él, intentaba dejar la mente en blanco.

—¿En blanco? ¿Y eso cómo se consigue?

El otro se puso bizco e hizo unos gestos con las manos que Silvia acogió con risas.

—Qué payaso eres... —Intentó darle otra chupada al porro, si aspiraba lentamente conseguiría no toser—. Y lo listo que era, y lo honrado.

—Y lo muerto que está.

A Silvia, que empezaba a notarse el colocón, le entró la risa y le pegó.

—Cállate.

—Mi madre me contaba que desde que era muy niño entraba en los cortijos para robar libros y, cuando los había leído, los devolvía. Si no hubiera pasado lo del Juan, se habría quedado en Sevilla con Diamantino García, que se lo había prometido, estudiando y formándose.

Si se hubiera quedado, nada de esto habría pasado, pero ella no lo habría conocido y entonces, ¿qué habría sido de su vida?

—¿Sabes, Guille, que lo voy a amar hasta el día en que me muera y que nunca querré a nadie más?

El chico se puso serio.

—No hagas eso, Silvia, a él no le gustaría, no había cosa que odiara más que esas viudas de mi tierra enterradas en vida. Siempre le decía a la Salvadora: «Sal y diviértete, búscate un hombre. Guardar ausencias es morboso y contra natura».

—Pero es que no lo hago por él, sino por mí.

—Ya.

—A lo mejor a él no le importo y está a su bola, hablando de la lucha de clases y enseñándoles a los ángeles a leer y a ser mejores personas.

—A los ángeles, y a las ángelas sobre todo, que tenía mucho tirón con las mujeres, el *jodío*.

—Calla, idiota.

—Tontalaba.

Se acabaron el porro mientras el Guille le contaba que llevaba huido desde hacía dos meses, se había escapado del furgón que lo conducía al hospital porque se le había infectado un brazo.

—No iba esposado ni nada, se dejaron la puerta abierta y sin pensarlo salté y me fui corriendo.

Desde entonces su vida se resumía en buscar dinero para conseguir droga. Hurtando los ojos, le dijo:

—No me preguntes cómo, que te miro a ti y veo al Rafael y me muero de miedo o de vergüenza, yo qué sé.

Y ella lo riñó:

—Pero, Guille, cómo te metiste en eso.

Le contó que en la cárcel tenía la etiqueta de chivato y que se lo habían hecho pagar, y fue cuando le confesó que si había delatado a los compañeros fue a cambio de que no tocaran ni a Salvadora ni a su madre.

—Un día fui al barrio para ver al Nico de lejos. Está muy mayor, me vio y me guiñó el ojo.

A Silvia le acometió otro ataque de tos, el Guille le preguntó:

—¿Escupes sangre?

—Un poco, pero es de las encías.

—Qué encías ni qué carajo, eso que tienes es de los pulmones, se pilla en la cárcel, es tisis, lo he visto mucho.

—Gracias, doctor Guille.

—El doctor Guille dice que menuda mierda estamos hechos los dos.

Se rieron y después se callaron mirando la temblorosa luz de la vela. Él le pasó el brazo por los hombros, la besó tiernamente en la mejilla primero, luego en el cuello y después juntaron sus cuerpos frágiles y ella sintió una compasión desgarradora. Se tendieron sobre el suelo, rodaron, no llegaron a desnudarse del todo, lo justo para que él entrara en ella, luego se quedó exhausto, la cara demacrada y cerúlea, y a Silvia le pareció que lloraba.

Fue el polvo más triste del mundo.

El Guille estaba dormido con la boca abierta cuando Silvia se levantó y se fue a su habitación. Amanecía; aplastada por el cansancio, se durmió de inmediato.

Cuando fue por la mañana al sótano vio la manta tirada en el suelo, el cabo de vela y el cartón de vino, pero el Guille ya se había ido.

Murió al cabo de tres meses. Alicia, que entonces trabajaba en *Mundo Diario,* se enteró por los compañeros de sucesos de que en una pensión del Barrio Chino se había encontrado a un yonqui muerto. Lo identificaron como Guillermo Gómez Cortés, el prófugo del robo en los almacenes Jorba en el que habían matado a un atracador, y en el diario sabían que, de alguna manera, Alicia estaba involucrada en el asunto. Llamó a Silvia y se lo dijo.

Ya vivía en Viladrau. Porque el médico confirmó el diagnóstico del doctor Guille y, en efecto, tenía tuberculosis. Cuando la miró por rayos equis en su consulta, lo descubrió de inmediato.

—No hace falta realizar la prueba de la tuberculina porque es muy evidente, aunque tiene pocas lesiones y no es grave. —Con un lápiz le señaló a Carmen unos puntos indescifrables en aquella amalgama de claros y grises que eran los pulmones—. ¿Ves estas manchas blancas? Son calcificaciones de antiguas lesiones y estas de aquí son más recientes. La palabra impacta, pero te repito que no tenéis que preocuparos.

Recetó Rifampicina y un gramo diario de estreptomicina.

—Llevadla a un sitio alto, pero no demasiado, menos de mil metros. Comer, descansar, la medicación. Haremos una revisión cada tres meses, y si no responde al tratamiento, que yo estoy seguro de que sí, habría que operar.

Mientras se abrochaba la camisa sobre el pecho escuálido, Silvia preguntó en tono ligero, como si no tuviera importancia:

—¿Así que de esta no me moriré?

La madre contestó y todos se rieron:

—¡Por encima de mi cadáver!

26

Lo primero de todo fue vender las perlas australianas. La verdad es que el joyero Sanz, de la Gran Vía, que había sido uno de los clientes de su padre, se portó muy bien. Carmen llevó los pendientes con nerviosismo, dentro de una bolsita de terciopelo, y los echó sobre el mostrador como si fueran dados ante el horror del joyero, que se puso guantes blancos y los cogió con la veneración y el cuidado que se dispensa a los recién nacidos. Carmen los miró por última vez, pero no sintió dolor alguno, a pesar de que había sido el regalo de bodas de su padre y sabiendo que jamás iba a tener una joya parecida. El nácar de la perla brillaba ligeramente rosado e inmutable en el tiempo. Estaba montada en oro blanco, rodeada de brillantes.

El joyero llamó a su hermano, pasaron a un cuarto trasero y cuando volvieron a salir hubieran podido decir que tenían alguna tara, que no eran tan buenas como pensaban, cualquier cosa para rebajar su valor, teniendo en cuenta además el estado de necesidad por el que pasaba Carmen. Ella no se lo había dicho, pero si no fuera así, ¿por qué iba a venderlas?

Pero fueron honrados.

—Son naturales, muy raras, de veintiocho milímetros y un oriente finísimo, es un producto digno de Castro.

—Carmen se emocionó al escucharlos y por dentro dijo «Gracias, papá»—. Ya tenemos un cliente interesado.

Le dieron quinientas mil pesetas, la misma cantidad de su dote, por una pirueta de esas con las que se divierten los hados. Carmen llamó a José María, ya que él tenía casa en Viladrau además de ser promotor inmobiliario, y le pidió que les buscara un refugio por tiempo indeterminado. Aunque llamaba para un tema grave y urgente, no pudo evitar atusarse el pelo y erguir el pecho, a pesar de que José María no pudiera verla. Y un día, con una maleta pequeña en la que iba el libro de recetas de Simone Ortega, porque una de las condiciones de recuperación de Silvia era que comiera bien y Carmen era consciente de sus limitaciones culinarias, con otra maleta grande que habían tenido que poner en la baca como si estuvieran en una película de Paco Martínez Soria, apretujados en el coche de Queco, con Tomás rezongando en el asiento de atrás, enfilaron la carretera y al cabo de poco más de una hora llegaban a Viladrau. Ochocientos veintiún metros sobre el nivel del mar, como les había dicho el médico.

La torrecita que les había buscado José María estaba a las afueras del pueblo, al lado de la suya. Los dueños vivían en Barcelona y eran mayores, los hijos veraneaban en la Costa Brava y, antes de tenerla cerrada todo el año, preferían alquilarla a un precio simbólico porque «las casas vacías se degradan».

Como se degradaba la suya de la calle Escuelas Pías. Carmen le había dicho a Tomás que se instalara con Teresa, que a ella no le importaba, pero que tratara de reactivar la venta porque las quinientas mil pesetas tampoco le iban a durar toda la vida. José María le había dicho que en esos momentos el mercado estaba parado, dando una explicación un tanto críptica:

—Barcelona se está preparando para algo muy importante, que aún no sabemos muy bien qué puede ser, pero va a dar un pelotazo mundial, ya verás... Es como el tigre que antes de saltar se agazapa y retrocede, ¿sabes?, y así está ahora, todo paralizado, en suspenso, esperando el salto del tigre.

Y como el salto del tigre era otra cosa también, Carmen se ruborizaba y le daba rabia porque temía que él adivinara que estaba pensando en *eso*.

¿Eso? ¿Lo haría alguna vez más? ¿O ya se había acabado?

Vivir en Viladrau era barato y en lo único que gastaban era en comida y medicinas. Cuando se quedaron solas en el chalecito decorado en plan rústico, con mucha madera y paredes de gotelé, Carmen instaló a Silvia en la mejor habitación y la hizo acostarse. Mientras la hija se mostraba lánguida y necesitada de mimos, ella rebosaba energía, a pesar del frío abrió ventanas, sacudió alfombras y sábanas y se fue a comprar al pueblo, que estaba a diez minutos. Sin querer, ahora todo lo hacía sonriendo. Ella se decía que era por alegría anticipada, ya que estaba segura de que Silvia iba a curarse, pero en realidad se sentía dichosa porque de nuevo tenía una misión en la vida: ¡la más alta!, ¡salvar a una hija!

Todos los días le tomaba la temperatura, había aprendido a poner inyecciones y a interpretar su estado.

—Hoy te ha subido un poquito, para mí que cogiste frío en la cama porque cuando fui a verte por la noche estabas destapada.

Silvia a todo decía que sí y daba las gracias. Se levantaba tarde, se daba la vuelta automáticamente para que ella le pinchara en la nalga, y desayunaba fuerte, huevos fritos, fruta y leche fresca que la madre compraba en una granja. Al principio comía a la fuerza, pero luego, por el aire puro o por los suplementos de vitaminas que tomaba, le fue entrando apetito y era ella la que pedía más:

—Si en la panadería me pudieras comprar esa coca de chocolate tan rica que hacen...

Y la madre se levantaba temprano para que la niña tuviera la coca de chocolate. Cada mañana hojeaba el libro de las *1080 recetas de cocina* de Simone Ortega y suplicaba juntando las manos:

—Mamá, hoy podrías hacerme arroz con leche.

La madre se animaba porque veía que la receta era fácil, pero cuando Silvia elegía suflé de queso o *vol-au-vent* de crema de anchoa, se desfondaba:

—Hija, tú me quieres humillar pidiendo estas exquisiteces.

Se reían con los resultados, porque además no encontraban los ingredientes originales de la receta en el pueblo y tenían que poner humildes sustitutos, pero a pesar de todo se lo comían, Silvia fingía relamerse como si fuera un manjar exquisito y la madre fingía enfadarse:

—Te morirás no de tuberculosis, sino de exagerada.

A medida que aumentaban las habilidades de Carmen, crecían las ganas de comer de la hija. Empleaban largo rato en organizar menús, jamón cocido con jengibre (no había jengibre en la tienda de la plaza y pusieron canela), crema de pollo y setas... Silvia les daba puntuaciones, si estaba bueno, un diez, pero a veces meneaba la cabeza.

—Mamá, estos buñuelos de sesos es menos cuatro porque saben a caca humana.

—Pero, reina, espero que nunca hayas comido eso.

—Me la imagino así.

Como las dos habían leído *La montaña mágica* de Thomas Mann, Carmen colocó una tumbona en el jardín con mantas gruesas para que pasara la mañana y, cuando empezó a hacer bueno, caminaban hasta alguna de las doscientas fuentes de agua purísima que jalonaban el pueblo, situado en las estribaciones del Montseny, aunque al principio no llegaban ni a la de Miquel, que era la que estaba más cerca. Ya en la primera revisión, el médico pudo decirle satisfecho:

—Ya lo sabía yo..., esto va muy bien.

Pasaron los meses, se fue el invierno, llegó el verano y el invierno otra vez, el cambio de las estaciones en Viladrau se vivía intensamente, con dramatismo. Silvia las retrasmitía como si fueran partidos de fútbol, ponía voz radiofónica y el puño delante de la boca:

—Hoy ha entrado la primavera con gran aparato, señoras y señores.

¿Qué hacían? Tomás llamaba casi todos los días, a veces no podía hablar con Silvia porque estaba durmiendo y era Carmen la que cogía el teléfono. Cuando le preguntaba, no sabía qué decir en concreto, pero según ella no paraban en todo el día.

—Y, además, por la tarde tenemos que ver la televisión.

Porque Queco ahora trabajaba en un programa en el que un presentador joven y simpático daba paso a varias secciones, sucesos, un concurso, un espacio de humor, otro de cotilleos de famosos y luego una tertulia de gente sabia. Queco ya les había explicado que eso se llamaba *magazine* y que era una fórmula que se había importado por primera vez desde Estados Unidos.

Puntualizando, porque se había vuelto un poco pedantuelo y le gustaba dejar a su madre y a su hermana con la boca abierta con sus profundos conocimientos del mundo del espectáculo:

—Aunque nosotros le damos un toque nuestro, en plan moderno.

Empezaron a ver el programa por obligación, porque Queco las llamaba cuando acababa para preguntarles qué les había parecido. Después de comer, Silvia se adormecía en el sofá mientras su madre fregaba los cacharros, el ruido de los platos y el canturreo la relajaba, caía en un pozo sin sueños, pero Carmen la despertaba:

—Va, que ya empieza.

Y poco a poco empezaron a aficionarse, les fue interesando la mecánica del programa, se involucraban en los temas, tenían sus personajes favoritos y, cuando el hijo las llamaba, Carmen cogía el teléfono con impaciencia y le hablaba acaloradamente:

—Mira, Queco, ese nuevo que habéis puesto en el espacio de cotilleos no tiene ni idea, y ¿por qué habéis cambiado el orden de las secciones? —El hijo preguntaba qué opinaba Silvia—. Reina, a ti tampoco te ha gustado, ¿verdad? Tu hermana dice que no, que aquella chiquita con acento gallego del otro día sí que lo hacía bien..., llamadla de nuevo.

El hijo tomaba nota y un día les dijo que se lo contaba todo al director y que el director lo interpretaba como la voz de la calle porque, al fin y al cabo, las que veían el programa eran amas de casa como ella y...

La madre se ofendía.

—Oye, ama de casa me suena mal.

El hijo le quitaba importancia.

—Ay, mamá, calla, que esto me conviene, y lo importante es que te haga caso.

Tanto caso que Queco empezó a llamar a mitad del programa.

—Mamá, que dice mi jefe que os fijéis en el debate de ahora..., que ha introducido un cambio, a ver si lo notáis.

Silvia, desde su posición yacente, siempre advertía al instante qué había cambiado.

—El presentador está de pie y camina entre las sillas.

Pero a veces se quedaba dormida, porque siempre tenía sueño, y era Carmen la que llamaba y opinaba:

—Sí, Queco, está bien, pero todo el rato de pie no.

Y no os empeñéis en ponerle pareja, que él se vale por sí solo.

Su hijo empezó a ir los domingos a verlas, primero solo, porque, aunque el médico había sido algo vago con el tema del contagio, recomendó que los primeros meses vivieran en un relativo aislamiento. Después ya fue con sus compañeros de trabajo. El director se llamaba Javier y había sido su profesor en la carrera. Era un chico alto y calvo que a Carmen le parecía que le tiraba los tejos a Silvia, pero cuando se lo dijo se echó a reír.

—Es homosexual, mamá.

Carmen se detuvo, se dio un golpe en la frente y tuvo una idea repentina:

—Tu hermano no será de la acera de enfrente y le dará miedo decírmelo, ¿verdad? Que yo he cambiado mucho, ahora lo admito todo y me parece bien.

Nueva risa de Silvia.

—No, mamá, sale con esa chica, Gloria, es que nunca te enteras de nada.

Ella se ofendió.

—Ah, ¿sí?, ¿y por qué no me lo ha dicho, si puede saberse?

—No hace falta decirlo, se nota.

—Nunca se hablan.

—Pues por eso.

Gloria era periodista también, de *La Vanguardia,* era feúcha, pero simpática y lista; le regaló a Silvia el libro favorito del líder de los socialistas, Felipe González, *Memorias de Adriano,* de Marguerite Yourcenar.

Los domingos se convirtieron en un foro monográfico en el que solo se hablaba de la actualidad, de periódicos, revistas, radio y televisión. De los últimos chismes, de si Felipe o Adolfo, si aquí pagaban mejor o peor, si lo mejor era ser corresponsal de guerra e ir a Irak o a Irán, cámara al hombro, como años atrás se iba a Vietnam, o porque ya no había periodistas como los de antes, Camba y Larra. Javier decía levantando el dedo:

—Primero de Periodismo, solo alabar a los muertos.

Silvia se acostaba muchas veces después de comer porque tenía dolor de cabeza y se cansaba, pero a Carmen le apasionaban estas conversaciones. Al principio solo estaba de oyente, pero, como se compraba toda la prensa que llegaba al quiosco del pueblo, escuchaba por las mañanas a Luis del Olmo y veía el programa de su hijo, al final opinaba como todos y le hacía ilusión que aquellas personas tan jóvenes y preparadas le hicieran caso.

Un día Javier le dijo con su cerrado acento de Girona, porque era hijo de payeses y lo tenía a mucha honra:

—Carmen, me interesa lo que piensas porque no estás contaminada. Ahora entiendo por qué Queco lo aprende todo tan rápido, esa viveza y ese olfato los ha heredado de ti.

Y a Carmen le sorprendió que aquel hijo al que tan poca atención había prestado se pareciera a ella. Le hizo en la mejilla una caricia tierna que hasta entonces solo reservaba a Silvia y, aunque Queco se apartó como si le hubiera picado una avispa, se dio cuenta de que le había gustado.

Las palabras de Javier fueron un estímulo, Carmen florecía, se sentía joven, hacía gimnasia por las mañanas frente a la ventana abierta, empezó a copiar la forma de vestir de Gloria y trató de dejarse el pelo largo también, pero no le crecía más allá de los hombros. Discurría ideas constantemente para entretener a su hija, le compró la colección completa de novela negra de Bruguera, que eran los únicos libros que tenían en el quiosco, empezó a conocer a gente del pueblo y cuando volvía de comprar siempre tenía historias nuevas que contarle, unas exageradas y las otras inventadas en su totalidad.

La hija le pedía, tapada con una manta hasta los ojos:

—Mamá, más.

Claro que también estaba contenta porque... José María iba a verlas a menudo. Su casa, que había heredado de sus padres, era grande, señorial y estaba a cincuenta metros de la suya. Al principio iba con Susan, que, cosa rara, a Silvia le caía bien.

Cuando la madre le preguntaba con algo de mosqueo por qué le hacía gracia, le contestaba:

—Es auténtica.

José María permanecía en silencio cuando estaba su mujer, pero cuando iba solo..., ay, cuando iba solo... Miraba a Carmen de esa manera especial, como si la conociera más que nadie, cuando decía alguna cosa graciosa era el primero en reírse, pero no a carcajadas, sino con los ojos, y siempre la animaba a hablar, le preguntaba para que se luciera y le daba réplicas burlonas y amistosas. Luego, cuando Susan dejó de ir, él llevó leña y les encendía la chimenea, por las tardes jugaban al parchís y a veces se quedaba a cenar.

Carmen un día le preguntó:

—Pero ¿siempre has venido a Viladrau todos los fines de semana?

Mientras hacía montoncitos con las fichas, contestó con una sonrisa turbada que le quitó de golpe varios años de encima:

—No, antes no.

Después de estas visitas, cada vez más frecuentes, una Carmen radiante le preguntaba a Silvia:

—Qué simpático es José María, ¿verdad?

Silvia contestaba con alguna reticencia:

—No sé... —Y luego le advertía—: No te hagas ilusiones con él, mamá.

Carmen se sofocaba.

—Pero ¿qué dices? ¿Ilusiones? ¡Como si fuera una cría, por favor! —Como no se atrevía a contarle que su padre tenía una querida y que ella también tenía derecho a divertirse si le daba la gana, se sentía en falta y terminaba justificándose—: Es solo un amigo que se porta muy bien con nosotras.

Y sí, se portaba. Les traía de Barcelona todo lo que le pedían: un maquillaje, sartenes para la cocina, champú para el pelo, el *Paris Match* o libros, y cuando Carmen pretendía pagarle la cortaba:

—No seas ridícula.

Le había dado incluso trabajo a Tomás, estaban urbanizando la Cerdaña y lo enviaba allí a ocuparse de la oficina de ventas. El padre ahora se hacía cargo de parte de sus gastos y, cuando podía, se desviaba en su camino e iba a verlas. Fue él quien les dijo que José María y Susan eran una de las parejas que iban a solicitar el divorcio en cuanto lo aprobaran, que sería antes de un año. Carraspeó e iba a añadir algo, pero Carmen lo interrumpió temiendo que soltara alguna inconveniencia sobre Teresa delante de Silvia:

—¿Has visto cómo se ha puesto la niña?

Tomás asentía.

—Estoy muy contento, parece que te hayan hinchado con un inflador de bicicleta.

Porque Silvia engordó, lo primero de todo dejó de toser y después le desapareció la fiebre, tenía un aspecto lozano, ya llegaba sin esfuerzo a todas las fuentes, incluso la del Llop, que era la que estaba más lejos, pero la que más le gustaba era la de los Enamorados. Tenía la cara bronceada a trozos, la punta de la nariz despellejada. No dormía tanto, se la notaba inquieta, con ganas de escaparse de los estrechos límites del pueblo y la casa. Y de Carmen.

A veces salía sin avisar y la madre le gritaba:

—Espera, que voy a por una chaqueta y te acompaño.

Y Silvia se quejaba:

—Mamá, por favor, déjame ir sola. —Pero al ver su expresión compungida, le daba un beso—. Mira, me llevo una botella para llenar en la fuente de La Oreneta, que para mí es la que tiene mejor agua. Va, hazme algo rico para cenar, que vuelvo enseguida.

Como ir a Barcelona cada tres meses a Carmen le daba pereza, a veces José María acompañaba a Silvia y siempre volvía con buenas noticias.

—Está mejor, descartada la operación, unos meses más y a bailar sevillanas.

Para celebrarlo fueron a cenar los tres al restaurante del hostal Bofill.

—¿Qué tomarán los señores? ¿Y su hija?

A Carmen le hizo ilusión y soltó una risita sin disipar el malentendido, pero Silvia bajó furiosa los ojos al plato y ya estuvo de malhumor toda la noche.

A partir de entonces, José María se dejó ver menos por Viladrau, y una de las veces que les llevó unas recetas nuevas, porque le habían cambiado la medicación, las entregó en la puerta, sin querer entrar. Carmen se atrevió a preguntarle:

—¿Estás bien?, ¿te pasa algo?

El hombre se encogió de hombros.

—No, claro, pero Silvia está mejor, ya no me necesitáis.

Su hija estaba mejor y Carmen se alegraba, pero con cierta nostalgia, como añorando ya ese tiempo de intimidad que no volvería. En el programa de Queco habían hablado, en el espacio dedicado a los sucesos, de una madre que envenenaba lentamente a sus hijos pequeños para mantenerlos siempre a su lado. Esa patología se llamaba el «síndrome de Munchausen», y Carmen, en el fondo de su alma y aunque fuera incapaz de hacer algo así, la entendía. Hombre, a ver, envenenar no, pero dejar la ventana abierta para que entrara el frío...

Se reía de sus propias locuras y la hija le preguntaba con la risa también bailándole en los labios:

—¿Qué pasa?

Y la madre tenía que salir de la habitación para que no la viera llorar.

27

La primera vez que Alicia vio a Silvia ya convaleciente de su enfermedad le hizo daño en los ojos. ¿Dónde estaba la chica más guapa de Barcelona, la mujer fascinante que era recibida siempre, en todas partes, en un café, en una asamblea, en misa, con un minuto de silencio incrédulo, anonadado y paralizante? La habían llamado de todo, la Sofía Loren de los rojos, Miss Mundo, la niña bonita; cuando Emma Beltrán, una compañera de universidad, se fue a vivir a Madrid para hacer de artista de cine con el nombre de Emma Cohen, la quisieron contratar a ella también para coprotagonizar una película. Pero ¿actuar, Silvia?, ¿ella, que no podía contar una mentira banal sin que se lo notara hasta un niño pequeño? No quiso ni siquiera considerar esa posibilidad y todos los que la conocían se rieron a carcajadas.

Un domingo Alicia decidió ir a Viladrau porque era amiga de Gloria, la novia de Queco, se acababa de comprar un Seat 127 y además tenía ganas de ver a Silvia. Aun cuando se consideraba una persona dura, sentía un inmenso afecto mezclado con pena por su amiga. La quería y la compadecía al mismo tiempo.

Silvia llevaba ya casi tres años viviendo allí y la fue a recibir a la puerta de su casa.

—Hola, Ali, qué bien que te hayas decidido a venir.

La abrazó y menos mal, porque Alicia no podía pronunciar palabra. Silvia no estaba fea, porque tal cosa era imposible, seguía siendo más guapa que nadie, pero para los que la habían conocido en todo su esplendor... ¡Dios mío! Su belleza era el estandarte de su generación, era patrimonio de todos, Alicia se sentía como si la hubieran estafado, ¿dónde estaban, dónde, aquella boca fresca, los rasgos cautivadores que llamaban a la caricia, pero también a la contemplación respetuosa, como el que está ante una obra de arte?

Carraspeó, se le escapó sin querer:

—Qué cambiada estás... —Se puso a tartamudear, trató de arreglarlo—: Para bien, quiero decir.

Tenía un aspecto saludable..., demasiado; el rostro se le había redondeado de una manera infantil, los párpados hinchados como si hubiera dormido demasiado, tenía papada y mucho pecho, lo que dada su corta estatura le hacía parecer casi deforme, como una Venus Calipigia. Como siempre, iba descuidadamente vestida, pero antes los trapos le caían como a una modelo profesional y ahora la vulgarizaban. Ella se dio cuenta de su reacción y le dijo con tristeza:

—Me ves horrible, ¿verdad? Mi madre dice que estoy mejor, pero tengo espejos.

Carmen la llamó desde dentro:

—Entra, no vayas a enfriarte.

A Alicia le sorprendió que la tratara como a una niña pequeña, con voz mimosa, como suele hablarse a los bebés o a los perros, cuando Silvia y ella ya eran mujeres adultas, las de su edad ya estaban casadas y tenían no uno, sino varios hijos. Pero su amiga se sometía sin protesta a la dulce tiranía déspota de la madre, que estaba en todo momento pendiente de ella.

También le sorprendió la desenvoltura de Carmen al

tratar con gente mucho más joven que ella. Hacía una paella que no le quedaba mal del todo y divertía a los amigos de Queco contándoles costumbres de cuando era soltera o dando su opinión de señora normal sobre los temas que debatían. A Javier, el director del programa, lo que le hacía gracia básicamente era alternar con gente bien de Barcelona, y los otros le seguían la corriente porque trabajaban a sus órdenes y también porque apreciaban mucho a Queco. Gloria le comentaba siempre a Alicia con maledicencia:

—Carmen es como una abeja reina destronada en su Petit Trianon.

Silvia, como siempre, hablaba poco, nadie le preguntaba por su salud porque tal vez nadie sabía que había tenido tuberculosis. No solo seguía siendo una enfermedad mal vista, sino que, si se confesaba la verdad, se tenía que contar también cómo y dónde se había contagiado.

Ella lo tenía muy claro y se lo contó a Alicia cuando salieron a pasear después de comer para visitar una de las famosas fuentes de las que le había hablado mucho por teléfono:

—Cogí un resfriado muy fuerte en la cárcel, las monjas me decían que hacía comedia para quedarme durmiendo, y ya no se me pasó nunca. Luego me enteré de que mi cama la había ocupado una reclusa que era alcohólica y estaba enferma de tuberculosis.

El camino que llevaba a la fuente de la Oreneta exhalaba aroma de madera, las largas ramas de los castaños y hayas se abrazaban por encima de las cabezas, y Silvia iba azotando con suavidad los helechos que crecían a lo largo del camino, mientras masticaba una ramita de romero. Una luna agrandada por la neblina se movía como ellas, en un cielo todavía azul claro.

Luego hablaron del Guille, y Silvia le confesó lo que

había pasado la noche que estuvieron juntos y que, cuando se enteró de que se había muerto, se alegró de lo que había hecho. Y añadió con un humor triste:

—El cincuenta por ciento de los tíos con los que me he acostado la han palmado, qué estadística más negra.

No hablaron de Rafael, pero sobrevolaba todo el rato en la conversación, porque Silvia recordaba anécdotas de Salvadora, de Nico, del barrio en el que había vivido. Pero no llegaba a pronunciar su nombre. Solo cuando Alicia le contó que Norman había abandonado a Albertine y se había ido a Madrid de diputado, a vivir con la hija de una marquesa a la que había dejado embarazada, se detuvo y se quedó mirando la tierra esponjosa y las hojas húmedas y plateadas que alfombraban el suelo, como si nunca las hubiera visto.

—Me da rabia haber desperdiciado tanto sentimiento con hombres que no eran Rafael. —Y, como todos los enamorados del mundo, formuló un deseo imposible—: Ojalá hubiera tenido paciencia para esperarlo.

Cuando Alicia empezó a trabajar en la revista *Interviú* ya no tuvo tiempo para ir a Viladrau, y Silvia la llamaba y le reprochaba con cariño:

—Ya te has olvidado de mí.

Pero ella iba mejor. Tanto que al final se curó del todo.

Que estaba curada se lo dijeron por teléfono. Era por la tarde, cuando sonó lo cogió Carmen como siempre, el médico le dio los resultados de la última radiografía, de los últimos análisis de sangre. Ni rastro del mal, aunque, claro está, como todos los que han pasado la enfermedad, el bacilo seguía en el cuerpo, aunque de forma latente.

—Silvia está bien, Carmen. Ha respondido muy bien al tratamiento, como ya supuse.

Pero Carmen advertía en el doctor Díaz alguna reticencia y no podía dejar de repetir:

—Pero ¿bien bien?, ¿de verdad?

El médico callaba y luego se reiteraba:

—No hay lesiones ni sombras..., de la tuberculosis está bien. Han sido tres años duros, pero han merecido la pena, y tu hija te lo debe a ti, que tanto la has cuidado.

Ella iba a decir algo cuando el médico cortó abruptamente y Carmen se quedó mirando el auricular pensando que tenía que llamar a Tomás y a Queco. La hija permanecía a su lado sin decir nada, esperando con ojos asustados, y ella colgó con parsimonia, se volvió hacia Silvia y le dijo:

—Ya está, ha pasado, estás curada.

Se abrazaron y la hija se echó a llorar inconteniblemente, como no lo había hecho nunca en su presencia. Carmen, aturdida, le pasaba la mano por el pelo tratando de consolarla.

—Pero ¿qué te pasa, bonita? Todo está bien, por fin, no es sorpresa, yo ya me lo imaginaba. Mira, ahora volveremos a Barcelona. —La hija lloró más y la madre se apresuró a decir—: O si quieres nos quedamos, aquí estamos muy bien, ¿no?

Carmen temía la ciudad, huir del refugio amable del pueblo, de la soledad golosa, romper la intimidad con su hija. Volver a no saber qué hacer con su vida.

La hija hipaba, negaba con la cabeza, lloraba tanto que casi no oyeron el timbre de la puerta. Era un ruido de campanas exasperante y ridículo que hubieran querido cambiar, pero ahora ya no valía la pena, total...

Qué raro. ¿Quién sería tan tarde?

José María. Era alto, pero aún lo parecía más porque llevaba un grueso chaquetón de piel vuelta, a pesar de que la noche era tibia. Resultaba tan raro verlo entre semana que Carmen se asustó.

—¿Qué haces? —Aunque rectificó enseguida dándose cuenta de su grosería—: Ay, perdona, pasa, es que me acaba de llamar el médico para decirme que Silvia está bien.

—Sí, ya lo sé.

Carmen frunció el ceño, pero enseguida se dio cuenta de que a lo largo de esos años José María había conocido al doctor Díaz también, no solo porque había acompañado a Silvia varias veces, sino porque a menudo iba a buscar recetas o medicamentos a su consulta de la Travesera de Gracia.

—Ah, te lo ha dicho él.

José María asintió gravemente. Estaba serio, muy guapo con el cuello del chaquetón levantado, su rostro de hombre en el que ya azuleaba la barba... El corazón le empezó a latir desaforadamente, su imaginación se disparó hasta el delirio. ¿Querría decirle algo especial? Tomás le había contado que se iba a divorciar de Susan. Sus visitas incesantes estos años..., eso solo podía significar una cosa.

Se llevó la mano al pecho, José María avanzó unos pasos. Estaba claro que quería hablar con ella. Las cosas habían cambiado con la curación de Silvia, ya no tenía esa responsabilidad. Ella sabía que le gustaba, ¿no la miraba siempre de una manera especial?

No podía negar que estaba enamorada de él. Ahora ya se atrevía a darle nombre a la desazón: el nerviosismo, el encantamiento cuando lo veía; la añoranza cuando no lo veía. Era amor.

El pasillo estaba a oscuras, Carmen le indicó la sala, no le salían las palabras, se le ahogaba la voz, era un momento importante. Vio que Silvia estaba de pie, inmóvil, quizás la hija tendría el detalle de dejarlos solos. ¡Que se fuera, por Dios! ¿No se daba cuenta? ¡Solo necesitaba diez minutos de entre todos los años que le había dedicado! Suplicó alocadamente, sin palabras, «Vete». ¿Era mucho pedir?

Trató de comunicarle con la mirada que saliera, pero

Silvia, que normalmente era muy sensible para entender esas situaciones, se mantuvo seria e inmóvil. Sombría y lejana. Luego le pareció incluso que intercambiaba una mirada de inteligencia con José María. Carmen sonrió tranquilizada, se ablandó. Ah, vale, era esto. Estaban conchabados. José María habría acudido a la hija para que le pusiera las cosas fáciles.

Pero ninguno de los dos hablaba, vaya par de insustanciales, qué falta de energía, ¿qué decía siempre Tomás de José María? Que era un nihilista. Y Silvia no tenía su carácter y se había acostumbrado a que todo lo resolviera la madre.

Pues muy bien, allá vamos.

Carmen fue a arrancarse, iba a decir que ya se había dado cuenta, que su hija lo entendería, que ya eran mayorcitos, que... Pero no llegó a pronunciar ni una palabra, porque cuando ya abría la boca, cuando sonreía anticipadamente, cuando ya sentía el corazón henchido de gozo, se adelantó José María y le dijo:

—Mira, Carmen, verás...

Entonces perdió pie, vaciló, fue como si de pronto hubiera caído la noche sobre ella, preguntó con voz temblorosa:

—¿Qué pasa? —Miró a uno y a otra—. Decidme, por favor.

Fue Silvia. Le puso la mano en el hombro de forma amigable y le dijo, no como se habla a una madre, sino a una igual:

—Estoy esperando un hijo.

Ella abrió la boca, la cerró, se tapó la cara con la mano, miró a José María, que estaba callado y la observaba de forma extraña, como pidiéndole disculpas, se dejó caer en una silla y se levantó de inmediato, su Silvia madre, será hija y será madre a la vez... Ese cuerpo que había estado tan enfermo y se había curado había conseguido concebir una nueva vida, ¿no le había dicho el médico que había sido gracias a ella? Se emocionó, ese hijo sería un poco suyo también.

Cuando recuperó la voz, cogió a su hija de la mano, con los ojos velados por las lágrimas.

—Un hijo, Silvia. —La hija la miraba a ella, pero miraba también a José María. Carmen asintió comprensivamente—. Te has traído al tío José María porque no te atrevías a decírmelo, ¿verdad?

La hija suspiró ruidosamente, ella le dio un abrazo febril, la voz áspera:

—Qué tonta eres, creías que me iba a enfadar.

Silvia no respondía al abrazo y entonces notó que la cogían por atrás, tiraban suavemente de ella para separarla de Silvia. Se volvió extrañada, tan despacio como si se moviera a cámara lenta, así lo recordaba al menos después, y luego el hombre habló con voz suave, como una espina muy larga que se hundiera en el corazón:

—Es mío, Carmen.

28

—¡Cómo? ¿Qué?

Su cabeza se enteraba unos segundos después que sus sentimientos. Carmen sabía, pero su mente no quería entenderlo, tan atroz le parecía.

Repetía sordamente:

—¿Qué quieres decir?

Como en un ballet bien aprendido, Silvia retrocedió y avanzó José María, que trató de cogerle la mano al mismo tiempo que le dijo:

—Que yo soy el padre de ese niño, que Silvia y yo...

—No —le salió así, sin querer, negando con la cabeza, no, no, no—, no es verdad... Lo estás tapando, eres un caballero, será uno de los amigos de Queco.

José María rio incrédulamente.

—Pero ¿qué dices?, ¿cómo puedes pensar eso?

Pero ella no lo escuchaba, puso una expresión mezquina buscando algún comentario ofensivo, que doliera, que hiciera tanto daño como a ella le estaban haciendo ahora.

—O quizás el chico que nos trae la leche, o el mecánico. ¡Silvia siempre ha tenido predilección por lo más bajo de lo más bajo!

La bala llegó a su objetivo, la hija le reprochó con voz temblorosa:

—Mamá, ¿cómo puedes decirme eso? Tú no eres así.

Lo que sintió fue físico. Notó cómo el corazón le subía a la garganta y luego le bajaba al estómago, se le puso una nube roja frente a los ojos, cerró los puños y se lanzó hacia el hombre ciegamente golpeándole el pecho.

—No es verdad, no es verdad. —Y luego—: ¿Qué has hecho?

Él trató de sujetarla.

—¿Cómo que qué he hecho?

—La has violado, la has forzado, te has aprovechado de ella, a saber de qué manera, ¡está enferma!, ¡la has engañado!

La furia de la mujer despechada, la pena por la hija, el no haberse dado cuenta, a partir de ahora esos tiempos que le parecían idílicos, esos años, ya siempre estarían manchados por la traición y la sospecha. Se lo habían cargado todo. Lo dijo en alto sin que ellos entendieran:

—¡Os lo habéis cargado todo!

Asustada, la hija trató de abrazarla.

—Mamá, por favor, deja que te explique..., no tienes ni idea, no ha sido así, ¿cómo puedes pensar algo tan horrible?

Silvia no entendía muy bien la cólera de su madre, o quizás sí... Pero José María la entendía perfectamente. Vio a las dos mujeres, ahora no eran madre e hija, eran rivales, eran enemigas. Silvia estaba serena, con aplomo, sus dengues de niña, su forma infantilizada de hablar, habían desaparecido como si ese ser que llevaba adentro la hubiera empujado de una vez a la vida adulta. Incluso se vestía distinto, llevaba un chal de punto que le había tejido su abuela hacía años, y que nunca se había puesto, cruzado sobre la barriga protegiendo a su hijo en un gesto antiguo, tan viejo como el mundo. Se había recogido el pelo en una cola y su rostro brillaba limpio, terso, parecía que se hubiera untado vaselina debajo de los ojos, como las mujeres orientales. Había adoptado la expresión plácida y un poco ausente que suelen tener las embarazadas, solo atentas a los cambios de su cuerpo y a la nueva vida que las habita durante unos meses.

Movió la mano quitándole trascendencia al momento.

—Mamá, mamá, cómo te has puesto, qué exagerada eres.

Observaba a su madre con una pena superficial e impaciente. Carmen se había dejado caer en el sofá, del bolsillo había sacado unas bragas que iba a echar en la lavadora y se sonaba sin importarle que el gesto la afeara, tenía la nariz roja, la piel flácida de las mejillas, el cuello arrugado. José María miraba su cabeza inclinada y veía el nacimiento del pelo de color gris; si no se lo tiñera, ¿lo tendría blanco? Sintió ternura por ella, le hubiera gustado estar a solas con Carmen, arrodillarse y hundir la cabeza en su regazo huyendo de todo, pero eso ya no iba a ser posible nunca.

Cuando se acabaron los sollozos, se instaló el silencio. José María cogió del brazo a Silvia y la obligó a sentarse, y Carmen se dio cuenta con satisfacción, a pesar de su desvarío, de que el gesto, más que de amante, era de padre. Silvia juntó sus rodillas con las suyas, tomó las manos de su madre, que esta vez no se resistió, y le dijo en tono solícito:

—Mamá, no te pongas así, no pasa nada, ¡no es tan importante!

—¿Que no es importante? —Hipaba, se sonó de nuevo—. Pero ¿cómo ha sido? ¿Cuándo? —Silvia le dirigió a José María una mirada furtiva—. Erais como familia, tú le llamabas tío.

La hija soltó sus manos bruscamente y se reclinó en el sofá.

—Yo nunca lo he visto como un tío, eso erais vosotros..., y además que aquí cambió todo, no sé cómo pasó.

Carmen recordó las visitas continuas de José María,

que creía que eran por ella, y se ruborizó tanto que se llevó las manos a la cara para ocultar su vergüenza. Pensó «No venía por mí, sino por Silvia», ¿y los viajes de los dos a Barcelona?, ¿y los paseos solitarios por las montañas, las largas tardes jugando al parchís...?, ¿la ausencia de Susan, el divorcio repentino?, ¿cómo no se había dado cuenta? ¡Pero si había pasado delante de sus narices!

Ahora todo encajaba, incluso ese «No te hagas ilusiones con él». Tuvo que levantarse para no pegar a alguien, ese «No te hagas ilusiones» le parecía lo peor de todo. ¡Ya lo tenía en el bote!, ¡la hija, la tonta tonta ya lo había pescado!

Pero no, no, ¿qué monstruosidades estaba pensando? Era su pobre niña, su Silvia, la enfermita, él era un hombre mayor, la había seducido, eso era incuestionable, se había aprovechado. Eso, había sido eso.

La miró, de pronto esperanzada. Su hija se le antojaba distinta, ahora incluso le daba un poco de miedo. Los dos la observaban esperando que se calmara. Pero ella no quería calmarse, porque calmarse significaba aceptarlo, tragar con todo, la ruina, Teresa, la soledad, su vida de mujer amputada... Una idea empezó a germinar en su cerebro.

—Silvia, tú quieres tener ese hijo, ¿verdad?

La hija asintió vigorosamente.

—Claro, mamá, me hace mucha ilusión.

Entonces Carmen la miró con un brillo de triunfo y extravío en los ojos.

—Pues como a mí también me hace ilusión, lo cuidaremos las dos, hoy día no hace falta tener un padre, ¡seremos su padre y su madre! —Señaló despectivamente a José María—. No hace falta que él te mantenga ni se ocupe.

Como el mago que saca un conejo de la chistera, se levantó febrilmente, se fue a la cómoda.

—Mira, me han avisado los notarios de Reus de que

mi tía me ha donado en vida su parte de la casa, la podemos vender, es muy buena, modernista, en la mejor calle. —Se daba un golpe en la frente, se movía de forma agitada, como si no estuviera en sus cabales—. Pero qué digo, si tú la conoces, ¿te acuerdas de que viviste allí un año, cuando todos los jaleos de la universidad? ¿Te acuerdas, José María, de que te encontré en el puerto y te lo conté todo?

Los dos se acordaban de esa tarde en la que estuvieron a punto de besarse, esa tarde de viento y confidencias en la que hubiera podido pasar todo y que al final no fue nada.

José María movía la cabeza compasivamente, la hija la miraba sin saber qué hacer, Carmen rebuscaba en los cajones.

—Qué raro, no lo encuentro, pobre Mati, me acuerdo mucho de ella... Nos podemos comprar una casita aquí o...

El hombre iba a decir algo, pero Carmen se llevó un dedo a los labios y se lo impidió. Empezó a abrir armarios y daba vueltas por la habitación.

—Estaba aquí..., nos darán muy buen dinero, Reus está de moda. ¡Reus, París, Londres, decía mi padre! O un piso en Barcelona, como quieras, y tendrás a tu hijo, lo cuidaremos como un rey.

Silvia no pudo soportarlo más y al final se levantó y fue a buscarla.

—Mamá, cálmate, por favor, siéntate.

La obedeció, pero no dejaba de parlotear:

—Las dos, Silvia, formaremos un hogar, un nido para tu niño o niña, ¿tú que prefieres? Yo, niño, la verdad, será más fácil de manejar, mira Queco lo bien que ha salido, y sin embargo tú...

Agitaba la mano, resoplaba, hasta que la hija la interrumpió:

—Mamá, no digas más disparates, por favor. José María y yo vamos a tener este hijo juntos, vamos a vivir juntos y cuando podamos nos casaremos.

—Pero no os podéis querer, él tiene la edad de tu padre... Y eso de casarse por un hijo está anticuado, eso cuando yo era joven, que no tenías más remedio, se llamaba casarse «de penalti», pero ¿tú? ¡Tú no has nacido para esto, si eres una rebelde, siempre lo has sido, estos paripés no van contigo! ¡Eres un alma libre!

La hija ahora sí que gritó:

—Mamá, basta, cállate, por favor. —Su voz se llenó de una profunda amargura—. ¿Un alma libre? Yo tengo la sensación contraria, soy como una hoja a la que lleva el viento..., y así me ha ido. Ya estoy harta de esta vida, mamá, ¿no te das cuenta? Estoy harta de ser la rara, de que la gente se calle cuando entro en una habitación porque están hablando de mí.

Había desesperación en su voz:

—Quiero tranquilidad, quiero crear una familia, mira mi edad, ¡no tengo nada! Solo quiero lo de todas las mujeres, una casa, un marido, hijos... ¿Te crees que no me doy cuenta de cómo me miran mis primas?

—¿Tus primas? ¡Están hechas un desastre! Rosana no va bien con su marido y la pobre Gemita sin un duro, él ha entrado a trabajar con Remigio, aunque no tengan ni un cliente.

—Mamá, no lo entiendes, ellas tienen casa, hijos, marido, amigas... Yo antes las despreciaba, pero ahora las envidio porque yo no tengo a nadie.

—Los amigos de Queco, que vienen todos los domingos, te quieren mucho.

—No me hagas reír, son sus amigos, son más jóvenes que yo, no tengo nada en común, nada que compartir con ellos, nadie ha vivido lo que yo, mamá, acuérdate de todo lo que me ha pasado, ¿no te das cuenta de lo sola y distinta que me siento?

Ahora fue Silvia la que se puso a sollozar.

—Quiero tu vida, mamá, a ti también te he envidiado mucho en el fondo, ¿sabes?

La madre se sorprendió.

—¿A mí?

—Sí, tu vida sin secretos, tus rutinas, tu seguridad, tu confianza en el futuro, tu existencia sin sobresaltos...

La madre se señalaba a sí misma y protestaba:

—¿Yo? Pero yo no soy así, ¿cómo me veías así? No lo entiendo.

—Yo lo he vivido todo, he pasado por todo... He sufrido mucho, mamá. Dicen que el sufrimiento nos hace mejores y no es verdad, no lo es.

Silvia lloraba ahora inconteniblemente, José María se había apartado, se sentó en un rincón sumido en la oscuridad y fumaba en silencio, adivinando que en esta conversación entre madre e hija él sobraba.

Carmen aún lo intentó una vez más, pero en voz baja, sabiéndose ya perdedora:

—Sí, hija, lo sé, por eso no quiero que añadas más dolor y más problemas a tu vida, yo te cuidaría, te protegería como he hecho siempre.

La hija movió la cabeza con desaliento.

—No, mamá, no lo entiendes, ya no soy una niña, aunque a ti te gustaría y a mí también quizás, pero ya no lo soy.

—Pero, tú sola, sin mí, ¿qué vas a hacer? —Se aferraba aún la madre—. Me necesitas.

Y ahora sí que fue José María el que tomó la palabra, con cordialidad y firmeza:

—Carmen, entiendo que te cuesta asimilarlo, pero... —Iba a decir algo, pero al final se frenó abruptamente y aplastó el cigarrillo con saña contra el cenicero—. Las cosas son como son, te prometo que tu hija va a ser feliz.

Silvia miró el suelo, un horrible terrazo blanco y negro que siempre había odiado, y pensó: «¿Feliz?, ¿qué tiene esta palabra que todo el mundo la repite? ¡Yo nunca he sido feliz!». La risa de Rafael cuando juntaban sus frentes... Evocar eso no la hacía feliz, al contrario. Sin querer, se frotó las manos contra el vestido, como queriendo limpiárselas de la sangre del ser amado, no pensar en eso, chino chano, tampoco era tan difícil, como caminar por la calle sola, cuidado con los semáforos.

Carmen se agarró a los brazos de la butaca, su respiración se fue calmando, escuchaba y seguía la reflexión de José María, pronunciaba palabras banales:

—Pero la responsabilidad...

Él levantó la mano.

—Mira, he hecho una cosa que no sé si te gustará o no, mejor dicho, la voy a hacer, si tú me autorizas. Había pensado comprar vuestra casa para que vivamos allí, ya se lo he dicho a Tomás y está de acuerdo.

—¿Cómo? ¿Tomás lo sabía? —Se volvió a Silvia—. ¿Tu padre lo sabía?

—Mamá, se ven en el despacho a diario.

La madre se dio un golpe en el pecho.

—¿Y tú y yo qué? ¿No nos vemos todos los días? ¿No tengo derecho a saberlo como tu padre?

La hija concedió en tono cansado:

—Sí, mamá, pues ya lo sabes. —Se levantó, ahora era una mujer práctica, una desconocida, hasta su forma de hablar era distinta—. Si te parece bien lo de la casa, empezaremos las obras para reformarla, y mientras, viviremos en el apartamento que compró José María cuando se separó de...

Acabó la madre:

—Susan..., supongo que debe estar contenta.

La hija se impacientó y dio una patada al suelo.

—Mamá, deja eso, por favor.

Carmen levantó los brazos por encima de la cabeza en un movimiento exagerado.

—Vale, si lo tenéis todo tan bien calculado ya, quedaos con la casa y con todo lo que queráis, ¡total, yo lo mejor que puedo hacer es morirme de una vez, solo soy una molestia!

José María intentó razonar:

—Carmen, sé que es una grosería hablar de eso, pero os voy a pagar por encima de los precios de mercado, Tomás lo sabe muy bien, tendrás tu vida arreglada y si quieres quedarte a vivir con nosotros... —Vio un fulgor peligroso en los ojos de la mujer y rectificó—: Quiero decir, que encontrarás fácilmente un piso cerca o donde quieras, también te puedes quedar aquí, hablaré con los dueños y ellos estarán encantados.

Carmen miró ostensiblemente a su alrededor, ahora la casa le parecía fea, con un sofá de cuadros de los años cincuenta, muebles baratos, alfombras de esparto, cortinas de tela de saco sucias por los bordes... ¿Cómo había podido disfrutar, pensar que la vida era bella en un lugar tan lúgubre? ¿Y querían que se quedara allí?

José María se dio cuenta de su expresión e iba a decir algo cuando ella tomó aire y dijo:

—Bien, pero ahora vete.

La hija se levantó, tenía el rostro exhausto.

—Sí, vete, mañana puedes enviar el coche a por las cosas.

—Bien.

Lo acompañó a la salida, dudaron con los ojos de Carmen fijos en ellos, al final él le dio un beso rápido en la mejilla y cerró la puerta suavemente. Los haces de los faros del coche horadaron la oscuridad durante algunos segundos y después se cernió la noche más oscura sobre Carmen.

Silvia suspiró:

—Mamá, me voy a la cama, estoy cansada.

Se movía con torpeza, Carmen por un momento pensó: «¿Y si perdiera el hijo?, ¿si tropezara y se cayera? Siempre ha sido frágil, bastará solo con ponerle la zancadilla, luego diría que había tropezado y ella nunca sabría que... Y todo volverá a ser como antes, será la Silvia de ayer, de hace unas horas». Su niña bonita.

Al pasar la barca
me dijo el barquero...

La hija le gritó desde arriba, con la voz mordida por el remordimiento:

—¡Buenas noches, mamá!

Y aunque no quería decirlo, aunque quería contestar con un alegre y desenfadado «Buenas noches», se le escapó el rencor en una frase:

—Podrías dar las gracias, al menos.

Lo dijo tan bajo que pensó que su hija no lo oiría, pero sí lo oyó. Volvió a bajar agarrándose al pasamanos, pálida y ojerosa. Abrazó a su madre.

—Es que no te doy las gracias porque no sé cómo hacerlo, mamá, sin ti no hubiera llegado hasta aquí. —Se separó, la miró a los ojos—. Pero entiende que ahora tengo que volar sola, no sé si sabré, pero tengo que intentarlo.

La madre aún se resistió a entregarse y susurró con la voz ahogada, pero ya sin creer en lo que decía:

—No soy una criada a la que puedes despedir de un día para otro.

Silvia meneó la cabeza y dijo entre risas y lágrimas, como una madre indulgente con los extravíos de su hija:

—Qué melodramática eres, vamos a acostarnos, ya verás como mañana lo vemos de otra manera.

La madre le tocó tímidamente la barriga.

—¿De cuánto estás?

—De cuatro meses.

Le dio un empujón.

—Va, sube, que estás cansada.

Ella se quedó, como todas las noches, cerrando las persianas, corriendo el cerrojo de la puerta... Por momentos le parecía que todo lo que había pasado lo había soñado. ¿Cómo habían llegado a esto? De cuatro meses, cuatro meses engañándola. ¡No podía entenderlo!

Pero Susan se lo resumió muy bien una mañana en que se la encontró en la peluquería tiempo después.

Se acercó a ella, ambas iban con peinadores blancos como niños cantores de una escolanía y Susan levantaba las manos y agitaba los dedos fingiendo tocar castañuelas para secarse las uñas recién pintadas de rojo Dior. Observó a Carmen a través del espejo, la cabeza envuelta en papel de plata porque se acababa de hacer las mechas. ¡Dos mujeres de mediana edad tratando de paliar los efectos del tiempo! Los ojos de Susan eran burlones, tenía los capilares enrojecidos de las bebedoras habituales y le dijo con voz estertórea, que escuchó cada clienta, cada peluquero, una voz que llegó hasta el último rincón del local:

—Ya ves, Carmen, yo tenía celos de ti y al final ese cabrón nos la estaba pegando a las dos con tu propia hija.

29

Cuando nació su nieto, Carmen estaba en Reus y no se enteró porque el niño se adelantó tres semanas. Había ido a enterrar a su tía, que, como si ya hubiera cumplido con su misión en la vida cuando le donó la casa, tuvo a bien morirse. Lo hizo como había vivido, con discreción, sin molestar, mientras dormía.

—Como una santa —decían las monjas de la Madre Consolación.

Carmen no avisó a nadie de que se iba a Reus y cogió el coche, carretera adelante, parándose en bares y moteles como si tuviera todo el tiempo del mundo. Pedía una cerveza, se fumaba un cigarrillo y contemplaba ese efímero pedazo de vida de la que no conocía el pasado ni el futuro, la mujer que limpiaba la barra, el niño llorando en una sillita alta, el hombre arreglando la tragaperras... El mar otoñal era azul marino y blanco, un blanco refulgente que hacía daño a los ojos, y Carmen se ponía las gafas oscuras y conducía con el codo apoyado en la ventanilla, la melena al viento, tarareando alguna cancioncilla de la cinta con viejos éxitos que había metido en el radiocasete:

Ahí viene el negro zumbón.
Bailando alegre el bayón.

A la salida del cementerio quiso dormir en la casa que ya era suya, pero por poco tiempo porque ya había un comprador interesado y al día siguiente irían a vaciarla. No tenía teléfono, y cuando regresó a Barcelona el portero le dijo:

—Ha venido su hijo, que ha nacido su nieto. Felicidades.

Ella lo miró, primero sin entender, ¿su nieto? Era la primera vez que oía esta palabra relacionada con ella, pero se rehízo y contestó:

—Muchas gracias.

Se lo tomó con calma. De la casa de Reus se había llevado tan solo un paisaje de Meifrén y unas pastorcillas de porcelana de Sèvres, y estuvo mirando dónde podía colocarlos. El piso que había alquilado en un rascacielos recién construido en la calle Manuel Girona, casi esquina con avenida Pedralbes, era pequeño y su única gracia era la terraza, desde la que se veía el mar a pesar de lo lejos que estaba. No quería muebles, solo los imprescindibles y un simple armario para ropa. Queco le decía:

—Mamá, parece la celda de un monje.

Un monje. Así se sentía. Sola, sin futuro, sin pasiones, sin planes, libre, por tanto. Sin expectativas ni exigencias. Ser libre era esto, ¿no?

Su hija ya había salido de la clínica Dexeus y estaba en casa, en esa casa que antes era suya y ahora no. No la había visto remodelada y se dio cuenta de que el jardín apenas estaba cambiado, la verja de hierro forjado, el caminillo de grava, las adelfas... Adivinó que era lo único que había pedido Silvia, que el jardín siguiera como cuando era pequeña. Claro que el sótano había desaparecido, convertido en una vivienda para el servicio.

Le abrió un mayordomo con chaleco de rayas. Casi no pudo contestar a su saludo porque se quedó boquiabierta, ya que en el interior la reforma había sido impresionante, se la habían encargado a un decorador de Madrid, Pascua Ortega, que había convertido su viejo hogar en un palacete velazqueño. La escalera ahora se dividía en dos y el suelo de parqué en forma de espiga brillaba tenuemente a la luz tamizada por las pantallas de pergamino distribuidas por toda la casa. Olía a linimento y a dinero.

Silvia vino a su encuentro casi corriendo, aunque se notaba que le costaba porque cojeaba levemente. Estaba muy guapa, llevaba una bata vaporosa y una cinta azul en el pelo. La reñía con cariño burlón:

—Mamá, qué desastre eres, ya era hora, ¡la última en conocer al niño!

Con un ademán ampuloso, la hizo pasar al salón y le enseñó la cuna cubierta de encajes en la que se veía una cara coloradita y unos puñitos cerrados.

—He aquí tu nieto... Nieto, mira a tu abuela, es joven, ¿verdad? —Contempló a su madre admirativamente—. Es que es verdad, mamá, cada día estás mejor.

Pero Carmen no le hacía caso porque se había inclinado sobre el niño, que abrió los ojos y le dirigió una mirada misteriosa y cómplice, fue un flechazo instintivo y no supo lo que le pasaba por dentro porque de pronto se echó a llorar.

Silvia la abrazó.

—Pero ¿qué pasa? No seas tonta, está todo bien.

Le daba golpecitos en la espalda, la arrullaba como si la niña fuera ella y, poco a poco, dando grandes suspiros que le partían el pecho, Carmen se rehízo y se dejó caer en el sofá.

—Ay, perdona, hija, no sé qué me ha pasado. Lo de tu tía, ahora el niño, es que es muy fuerte.

Una voz repitió como un eco «Muy fuerte» y vio con sorpresa que a su lado estaba Teresa, la novia de Tomás, con un gran oso de peluche en brazos. Y el mismo Tomás que, puesto de pie, esperaba que le prestara atención.

Desde que habían vuelto de Viladrau, apenas había visto a su marido. Lo justo para arreglar el papeleo de la casa en el notario, ni siquiera se habían podido encontrar en la boda de Silvia porque no invitaron a nadie, ya que José María fue uno de los primeros divorciados que se casó en Barcelona y quisieron evitar que la prensa se enterara y relacionaran a su hija con algún incómodo fantasma del pasado.

Tomás le dijo algo turbado señalando al niño:

—Hola, Carmen, ya ves, tenemos un nieto.

Ella, más segura de sí misma, le dio dos besos y después otros dos a Teresa. No sentía animadversión hacia esa mujer y por Tomás tenía un sentimiento difuso, como si se tratara de un pariente lejano. Le extrañaba que un día se hubieran acostado y lo hubiera visto desnudo. Miró alrededor, no había rastro de José María. Silvia le confesó:

—Se ha ido al despacho. —Se vio obligada a llenar el silencio que se había instalado en el salón entre sus padres, y miraba a uno y a otro intentando enlazar una conversación en la que estuvieran incluidos los dos—. Tienen mucho follón, ya sabes que el Ayuntamiento ha decidido presentar la candidatura de Barcelona para los Juegos Olímpicos de 1992 y están llamando a rebato a todos los promotores inmobiliarios y constructores para que apoquinen, ¿verdad, papá?

El padre se animó.

—Sí, será una gran oportunidad..., si es que sale, claro.

Como la madre no comentaba nada, Silvia insistió:

—Papá ha dejado a José María y se ha montado una oficina por su cuenta.

Carmen se extrañó, volviéndose a su marido.

—Pero ¿tú sabes de eso?

Tomás enrojeció ofendido.

—Hombre, Carmen, algo habré aprendido en estos años trabajando en una agencia importante, que tonto no soy, creo. Además, yo tengo mis propios contactos, ya sabes que Remigio es muy amigo de Samaranch, que ahora es presidente del Comité Olímpico Internacional y algo mandará, digo yo. —Su voz se fue apagando—. Se quiere abrir Barcelona al mar, se va a construir mucho.

Silvia se levantó y abrazó a su padre por detrás dirigiendo a su madre una mirada de reproche.

—Papá tiene mucho mérito, se ha reciclado —le besó en el pelo—, pasar de ser todo un textilero...

—El artífice de la mantilla de la viuda de Kennedy, no te olvides...

A Carmen le sorprendió tanto ver a Tomás reírse de sí mismo que tardó en unirse al coro de carcajadas. Y es que estaba pensando que Silvia antes solo la alababa a ella y sintió celos. Ella no podía reciclarse porque nunca había hecho nada, ¿ir de la nada a la nada también se puede llamar «reciclarse»?

Silvia, sin darse cuenta de su desazón, dijo limpiándose las lágrimas de risa:

—Papá, que sepas que la carta de agradecimiento por la mantilla está en el desván, ¡con el diario de Queco, el *Daily Antonio*! —Luego se volvió a su madre poniéndose seria—. Hemos guardado arriba los abrigos de piel, todos los recuerdos están en baúles, las cosas que me parecían importantes, las cajas que tenías en tu habitación... Cuando quieras subir y ver lo que hay...

Le tembló la voz, se miraron y todo desapareció, la casa, los Juegos Olímpicos, Tomás, Teresa, José María, hasta el niño. Solo estaban ellas en aquel pasillo enrejado con las cruzadas por en medio, en aquellas cartas, en los dibujos, en aquellos días desesperados, pero las dos juntas. Solo ellas dos.

Carmen se estremeció.

—No, gracias, hija.

Tomás no supo lo que estaba pasando, pero intuyó que algo había que decir para aligerar el ambiente y, como no podía contar con Teresa, que siempre permanecía muda, le preguntó a su mujer:

—Y a ti, ¿cómo te va?

—Bien.

Sí, le iba bien..., creía. Habló de las chicas de servicio, había cogido a Rosa de nuevo, después de devolverle el dinero que le había dejado, aunque reconocía que la deuda moral nunca podría pagársela.

—Pero solo viene por las mañanas, menos mal, porque no sé dónde dormiría.

—En la terraza.

—O en el armario, de pie, claro.

Silvia bromeaba con el piso de su madre, no lo había visitado, pero sabía que era muy pequeño. Carmen aceptaba las burlas con despego, todo le resbalaba. ¿Qué hacía? Caminaba mucho, iba hasta Colón por las Ramblas y luego subía por la Vía Layetana, se sentaba en una terraza frente a la catedral. Daba grandes rodeos para evitar Puerta del Ángel y los almacenes Jorba, donde la niña...

No había que acordarse de eso.

En una de sus caminatas se había encontrado a Ester, la hermana de Norman. La había reconocido ella, se le había acercado, muy morena y delgada, con un vestido pasado de moda, con dos niños, un adolescente y otro de unos siete años. El pequeño era negro. Se los había presentado:

—Son mis dos hijos —se echó a reír—, café con leche.

Le contó que había vuelto a Barcelona después de casi diez años en Cuba, que empezaba a trabajar en urgencias del hospital Clínico y que su marido era músico y estaba a la espera de un contrato con un grupo. Le habló mucho de lo que hacían en La Habana con recursos muy escasos, y el tema le interesó tanto que cuando Queco le comentó que estaban buscando a alguna persona que conociera la sanidad del tercer mundo para que lo contara en el programa, ella pudo darle su teléfono.

—La han entrevistado varias veces, tu hermano dice que da muy bien en cámara.

La hija bostezó.

—Sí, sí, ya me ha contado Queco. Ha venido esta mañana, me ha dicho que ibais a cenar juntos, ¿no?

—Los quiero invitar a Finisterre, a ellos y a Javier, que se portaron tan bien cuando...

Ambas se callaron porque Viladrau era otra palabra que no se podía pronunciar en voz alta. Tomás dijo, bromeando de nuevo:

—Finisterre, vaya lujo.

Solo se rio Carmen.

—Mi padre siempre decía «Casa rica, raya».

Teresa emitió un ligero ronquido y se dieron cuenta con asombro de que se había quedado dormida con la cabeza apoyada en el oso de peluche. Tomás la disculpó algo cortado mientras la zarandeaba con delicadeza:

—Trabaja mucho la pobre, se ha hecho cargo ella sola de la oficina.

El niño abrió su bocota desdentada maullando como un gato y empezó a retorcerse en la cuna. De la nada apareció una niñera que lo cogió solícita.

—Señora, tiene hambre.

Silvia contestó cáustica y resignada:

—Ya lo había supuesto.

Y acogió al niño en su regazo. Tomás y una Teresa medio adormilada aún se apresuraron a levantarse.

—Nos tenemos que ir.

Silvia, con el bebé en brazos, le tendió la mano a su padre.

—Papá, me ha hecho mucha ilusión que vinieras, y tú también, Teresa —señaló con la barbilla al enorme oso—, y gracias por el regalo.

Carmen se levantó a su vez.

—Yo también me voy.

La hija suspiró blandamente:

—Pero, mamá, no te he enseñado la casa, te tengo que hacer el *tour* turístico. José María, los dos, quiero decir, bueno los tres contando al decorador, la hemos dejado muy bonita, ya verás los cuartos de arriba..., tienes tu habitación para cuando quieras dejar esa cochiquera.

La madre se echó a reír.

—Madre mía, ¿dónde aprenderás esas palabras? ¡Cochiquera! Le tengo que decir dos cositas a José María, que te está educando muy mal. —Se inclinó para darle un beso al niño, que agitaba las manitas con desesperación mientras la madre se buscaba un pecho—. Adiós, nietito.

Salieron acompañados por el mayordomo uniformado. Tomás le dijo frente a su coche:

—Sube, te acompañamos.

Teresa la dejó sentarse delante porque tenía que bajarse en la calle Calvet, donde habían montado el despacho. Informó de forma seca:

—Aún tengo que atender llamadas y recoger el correo. —Y añadió con malevolencia—: Algunas trabajamos.

Carmen fingió que no la había oído y fueron en silencio. Miraba de reojo a su marido, había dejado de teñirse el pelo y lo llevaba entreverado de gris, estaba interesante. Mucho más que cuando estaban casados. O quizás lo que lo hacía interesante era que ya no estuvieran casados. Se dio cuenta de que Tomás le miraba las rodillas, hoy se había puesto una falda corta de Andrés Andreu. Cruzó las piernas y la falda todavía se encogió más. «Disfruta», pensó. Quizás también disfrutaba porque ya no estaban casados; que ella supiera, esas rodillas siempre habían estado ahí. Una en cada pierna. Sonrió. Él también. Aunque no se miraron en ningún momento, sonreían por lo mismo.

Quizás Teresa se dio cuenta porque se bajó bruscamente, sin apenas despedirse, y salió dando un portazo.

Tomás detuvo el coche en la esquina de Villarroel con Diagonal. Se quedaron un momento mirándose. Carmen se vio obligada a decir:

—Es una persona muy discreta y se nota que te quiere mucho. —Él se encogió de hombros y sacó dos cigarrillos del paquete, le ofreció uno y los encendió—. Cuando quieras divorciarte, dímelo.

Se lo dijo con sinceridad, pero un poco también por coquetería, para probarlo. ¿Con qué intención? «Enredar —le hubiera dicho su madre—. Tú dices las cosas para enredar», le reprochaba siempre aquella mujer austera incapaz de hacer las cosas con doblez o segundas intenciones.

Él dio una chupada lenta al cigarrillo y luego miró la punta.

—Primero nos tendríamos que separar, ya sabes que el divorcio solo se concede después de dos años de separación legal.

—Ya, es lo que hizo José María.

La contestación de Tomás fue tan inesperada como un balazo, porque además fue dicha en tono suave y casual:

—O sea que llevaba dos años preparando el golpe ese gran hijo de puta.

Carmen se sorprendió primero, y luego se echó a reír sin alegría.

—Hombre, el golpe... Dicho así, es como si la hubiera asaltado.

—¿Y no ha sido así, Carmen? —Alzó un poco la voz,

era la primera vez que hablaban del tema—. Se aprovechó de la niña, estaba disminuida por todo lo que sabemos y que había pasado, él...

Ella miró a través de la ventanilla, la gente empezaba a entrar en el restaurante, mujeres bien vestidas, hombres encorbatados, la noche era tibia e invitaba a la sonrisa y el gozo. Meneó la cabeza.

—¡Él nada! Pues como ella, la misma culpa uno que otra. No tienes ni idea si piensas que ella es una princesita inocente de cuento de hadas.

Tomás no le llevó la contraria, pero tardó en contestar y, cuando lo hizo, su voz estaba impregnada de amargura:

—Cuando me lo dijo ese cabrón..., encima en mi situación, trabajando con él.

Ella asintió, entendiendo ahora.

—Claro, por eso lo dejaste y te estableciste por tu cuenta, ¡tu famoso reciclaje!

—Sí, no podía continuar viéndole la jeta todos los días, no me lo podía creer, es un viejo.

—Tantas cosas de Silvia no me podía creer. ¿Viejo? Pues como nosotros, como tú.

Por delicadeza, no quiso señalar que Teresa era poco mayor que Silvia, pero Tomás se volvió de pronto hacia ella.

—¿Sabes que yo creía que tú y él estabais liados?

Ella ocultó una sonrisa e intentó mostrarse despectiva:

—Menuda tontería, ¿de dónde has sacado eso?

—Me lo dijo Susan... Vino un día a la fábrica a decírmelo, que teníais algo, y luego yo me fijaba y veía que él siempre estaba pendiente de ti, aunque tú no te dieras cuenta.

Carmen se puso alerta, pero fingió burlarse:

—Qué imaginación tienes. —Como sin querer, preguntó—: ¿Me miraba?, ¿sí?

Él apartó la vista y fumó de nuevo en silencio. Carmen ya iba a decir algo cuando él le confesó en voz baja:

—Estaba muy celoso. Incluso fui a hablar con él, le dije que si no te dejaba en paz...

Carmen abrió los ojos con incredulidad.

—¿Le dijiste qué? No me lo puedo creer, Tomás Muntaner, comportándote como un adolescente, ¡como un matón de colegio!

El marido rio avergonzado.

—Sí, fui muy ridículo. Yo, que no me he pegado con nadie en la vida, no sé qué habría hecho si él hubiera querido pelea... Pero me dijo que nada era verdad, que Susan siempre le montaba pollos con mujeres por el mismo motivo, ya sabes, se cree el ladrón que todos son de su condición.

Se miraron, ahora Tomás era el chico joven que había conocido a los diecisiete años. ¿Por qué siempre decía que no había habido amor en su matrimonio? Se querían. Se habían querido, al menos. ¿Por qué se empeñaba en negarlo? Cuando se quedó embarazada de Silvia, se alegraron porque así ya podrían estar toda la vida juntos, pero ella lo olvidó luego. Inesperadamente preguntó:

—Pero tú te casaste por mi dote, ¿no, Tomás? Necesitabas dinero para la fábrica.

Él soltó una carcajada cargada de amargura.

—¿Eso creías? El dinero nos vino muy bien, porque en mi familia la fábrica era lo primero, pero yo te quería, Carmen, aunque no te lo dijera porque yo no sé cómo se dicen estas cosas, ¡joder, si trataba a mis padres de usted y les besaba la mano!

La voz se le quebró:

—Te he querido mucho. —Y luego añadió tan bajo que los dos fingieron que no lo había dicho—: Creo que te quiero todavía.

Carmen se echó atrás en el asiento y cerró los ojos. Golpearon el cristal y apareció una cara iluminada con una gran sonrisa. Era Queco.

Tomás bajó la ventanilla.

—Papá, ¿también vienes? ¡Fantástico!

El padre movió la cabeza con pesar.

—No, hijo, tengo que ir aún al despacho, a ordenar unas cosas, y estoy cansado.

Carmen cogió el bolso del asiento de atrás, aturdida por la conversación, ella sí que se sentía agotada, como si hubiera corrido una maratón a ninguna parte.

El hijo la observó con curiosidad.

—Hola, mamá, ¿estás bien?

El padre contestó con brusquedad:

—Claro que está bien, venimos de ver al niño de tu hermana —rio—, nuestro nieto, vaya.

Carmen abrió la puerta, sacó el pie cuando se acordó de algo muy importante, y se volvió a su marido.

—Tomás, una cosa.

El hombre la miró expectante, el hijo también. Gloria, que se había reunido con ellos, lo mismo. Y preguntó, ahogada por un incontrolado ataque de risa:

—¡El niño!

—¿Qué le pasa al niño?

—¡Que cómo se va a llamar! ¿Cómo se llama?

Y todos se echaron a reír y contestaron al unísono:

—¡Pablo! ¡Se llama Pablo!

30

Silvia emergía del sueño como el que está a punto de ahogarse y logra salir a la superficie. Aturdida, con ojos extraviados, jadeante, no se iba calmando hasta que no veía los visillos de gasa tamizando la luz, la tela azul gris que cubría las paredes, los arañazos de lluvia en los cristales y la espalda de su marido, que se giraba al sentirla despierta. Se inclinaba sobre ella y le acariciaba cariñosamente la cara.

—¿Otra vez esas pesadillas?

Ella contestaba con un murmullo, nunca le había contado qué pesadillas eran esas, que ella tampoco recordaba. Pasaba los dedos por el embozo bordado de la sábana de hilo, sobre las iniciales entrelazadas, «JM y S»; hasta eso, como todos los detalles de la casa, lo había escogido el decorador. El niño ya había dejado de dormir con ellos y la habitación, sin el cuco, ahora se veía amplia, sosegada, íntima como una cuna para adultos. Silvia se hundía en el colchón como en una nube, le parecía que flotaba, José María había protestado cuando lo habían elegido porque decía que tan blando era malo para su espalda. Pero había cedido, prefería que por las noches viniera un fisioterapeuta a darle masaje que contrariar a Silvia. No podía quejarse, su marido siempre cedía...

Marido... Esta palabra le iba grande, como si no le perteneciera, la decía muy pocas veces.

Cada uno tenía su cuarto de baño y su vestidor, habían unido la habitación de Silvia, la de Queco y la de sus padres en una *suite*, como decía la chica de servicio, pero José María se quejaba:

—Por favor, Silvia, que diga el «cuarto», que eso de *suite* es una cursilada, y además no es un hotel.

Ahora se anudaba la corbata, no necesitaba hacerlo frente al espejo, decía que prefería mirarla a ella.

—Acuérdate de que esta noche vienen los alemanes a tomar una copa. Bueno, ya aviso abajo.

—Sí, vale.

El hombre sabía que Silvia no se acordaría del compromiso y a última hora se arreglaría corriendo y bajaría atolondradamente por las escaleras cuando el grupo de inversores alemanes ya fuera por su segundo whisky. Menos mal que el personal de servicio valía su peso en oro. Y se lo cobraba.

Silvia se incorporó y se sentó en la cama, un tirante del camisón se le resbaló por el hombro y dejó un pecho muy blanco al descubierto, pero José María apartó la vista, se puso la americana, estiró los puños y cogió el billetero para metérselo en el bolsillo interior de la chaqueta.

Qué diferente del principio, a Silvia le había sorprendido que un hombre flemático e irónico como José María fuera tan apasionado. Había empezado coqueteando con él como un juego, se daba cuenta de que le gustaba a su madre y eso despertó su interés, empezó a verlo como hombre y no como un señor mayor que podía ser su tío. La primera vez fue a la salida del médico. La había llevado a comer a Vía Veneto, ella bebió vino y se le subió enseguida a la cabeza. Se había reído como una chiquilla al ver cómo el camarero pelaba una naranja con un cuchillo largo manteniéndola a distancia, y porque vio salir de un comedor privado al rey con una señora cogida de la mano que no era Sofía.

—¿Has visto, has visto?

Silvia los señalaba incrédulamente, y José María, que conocía a la dama en cuestión, se llevó el dedo a los labios porque sus carcajadas eran escandalosas, pero se la veía tan llena de vida, tan eufórica, que los otros comensales la miraban con simpatía y reían también.

Al salir se sentía ligera y desenfadada, sin acordarse de que estaba enferma. Se arrimó a él mientras iban a coger el coche, José María le rodeó los hombros con el brazo, sacó las llaves para abrir la puerta sin soltarla, y ella se puso de puntillas, cerró los ojos y le ofreció sus labios jóvenes y jugosos, sabiéndose irresistible. Se besaron apasionadamente, se metieron en el coche y volvieron a besarse, estuvieron besándose los setenta kilómetros de carretera hasta que la dejó en su casa de Viladrau. Y desde entonces aprovecharon todas las ocasiones para besarse, acariciarse o simplemente tocarse, en el jardín, cuando Carmen se iba a la cocina a preparar la comida, cuando jugaban al parchís sus pies se enredaban por debajo de la mesa... Luego empezó a ir a su habitación y hacían el amor en la camita de adolescente. No podían entender cómo la madre nunca los había descubierto.

Dicen que la enfermedad aguza el oído, «Tienes oído de tuberculosa» le decía Carmen en broma, pero también los deseos sexuales: ¡disfrutaba mucho! A veces le daba pena su madre porque creía que José María iba a su casa por ella..., aunque ahora pensaba que quizás era verdad también. Porque José María tenía una mirada especial solo para Carmen: una mirada satisfecha, que revelaba ganas de conversación y complicidad cuando con ella, su mujer, no hablaba nunca aparte de los consabidos «Hoy vienen los alemanes a tomar una copa».

Claro que el matrimonio era esto.

Cuando Silvia le contó que estaba embarazada y le preguntó: «¿Ahora qué vas a hacer?», José María engoló la voz en broma, aunque se le notaba contento, y contestó:

—Pues lo que diría mi padre, portarme como un hombre.

Ella le dijo mordaz, para pincharlo:

—Mis padres cuentan que dejaste embarazada a una criada y que no te portaste como un hombre precisamente.

Él la había estrechado entre sus brazos y la mantenía así, contra su cuerpo. Pero la soltó de golpe, enfadado.

—Qué hombre ni qué hombre, ¡si tenía quince años! Y mis padres hicieron abortar a aquella pobre chica y eso no lo he podido olvidar nunca.

Ella pensó: «Pues como yo con Mati, que tampoco la he olvidado», pero no se lo dijo. En todo el tiempo que estuvieron juntos, nunca llegó a abrir su corazón a José María, aunque sabía que él todo iba a perdonárselo.

Desde ese día, y después, cuando se fueron a vivir a un piso en Sarriá, y más tarde a la torre de Escuelas Pías, y cuando se casaron, ya nada volvió a ser lo mismo. Fue como si el deseo ardiente se alimentase de la clandestinidad, de lo prohibido, y un hijo santificase ese territorio salvaje que es ni más ni menos la pasión desatada. Se querían algo más, pero se deseaban mucho menos.

—Tengo trabajo, Silvia —decía él tratando de justificarse, aunque ella no le hacía reproches porque nada añoraba—, la cabeza en mil sitios con esa maldita remodelación urbanística de Barcelona y ese abrirse al mar, como si fuera tan fácil.

Estaba metido en proyectos importantes que no le contaba para no aburrirla, viajaba, y si estaba en Barcelona solo aparecía en casa para dormir. A veces iban a actos sociales en el Círculo del Liceo, en el Ecuestre, en el Ritz, llegaba cada uno por su lado, pero a Silvia no le gustaba alternar, le costaba mucho relacionarse con la gente, no tenía habilidad para seguir una conversación, los amigos de José María tenían la edad de sus padres y se notaba que no sabían muy bien cómo tratarla.

—Tu madre me llamó ayer.

Silvia, que estaba chupándose un mechón de pelo, medio dormida de nuevo, se sobresaltó.

—Ah, ¿sí? Qué raro, vino a ver al niño y no me dijo nada.

Pero no aclaró que si no le había dicho nada era porque ella no estaba en casa y no se habían visto.

Él calló mientras se cambiaba los gemelos, los que había escogido no le gustaban, y luego le preguntó:

—¿Sabes que ahora trabaja con tu hermano en ese programa de las tardes?

Silvia movió la cabeza con exasperación. Sí, su madre ya se lo había contado. Cuando fueron a cenar a Finisterre, en la mesa de al lado estaba Bibís, la mujer del presidente del Comité Olímpico, Juan Antonio Samaranch, que eran amigos de sus tíos. Se saludaron y, cuando lo vio Javier, le suplicó a su madre que la convenciera para acudir al programa. Bibís aceptó, Carmen fue a buscarla, la acompañó a los estudios y después de la entrevista un emocionado Javier le propuso que trabajara con ellos.

Su madre había especificado:

—Antes de aceptar, le pregunté a tu hermano si le importaba, figúrate, yo ahí, con lo mayor que soy, trabajando con unos críos, igual le daba vergüenza... Pero me dijo que estaba encantado, que ya sabía que tarde o temprano me lo pedirían. —Juntó las manos sin darse cuenta de la expresión de malhumor de su hija, la princesa destronada—. ¡Es tan bueno Queco!

El marido puntualizó:

—Y tu madre trabaja de verdad, con contrato y nómina.

Silvia comentó displicente:

—Sí, no creo que dure mucho, no está acostumbrada.

José María se pasó las palmas abiertas por el pelo en un gesto maquinal, iba ya a salir. Aunque Silvia quería fingir indiferencia, como vio que se iba sin aclarárselo, no tuvo más remedio que preguntar:

—¿Y qué quería?

—Que la pusiera en contacto con Leopoldo Rodés, que llevará todo el tema de la Olimpiada.

Ella protestó, sin tener en cuenta que su marido era uno de los cien empresarios que financiaban la candidatura y se estaba dejando en la operación muchos millones de pesetas:

—Qué pesadez lo de la Olimpiada, estáis hablando todo el día de lo mismo y ni siquiera sabéis si os la darán o no... —Se miró las uñas—. O sea que ese es el trabajo de mamá, tirar de influencias.

José María, con la mano en el picaporte, la miró y le dijo:

—Pues se le da muy bien.

Silvia lanzó la almohada contra la puerta cerrada y después se avergonzó de sí misma, pero no podía dejar de envidiar a su madre, el patito feo convirtiéndose en cisne.

Se levantó y se fue a mirar al espejo de cuerpo entero. Antes, cuando estaba segura de su belleza, nunca se miraba y ahora estaba todo el día escrutándose, de cara, de perfil... Metió barriga, se relajó, enderezó la espalda, sacó pecho... Era una pena que el tipo se le hubiera estropeado tanto con el embarazo. De cutis bien, ¿no? Usaba las cremas más caras, unas suizas que solo vendían en Regia, tan solicitadas que tenían lista de espera. Se chupó las mejillas, levantó la barbilla... ¿Y los dientes? Ojalá pudiera llevar el pelo largo, pero se le había caído mucho después de la lactancia y ahora lucía melenita. ¡Tardaba tanto en crecerle! De pronto la asaltaba el desaliento, se dejaba caer en la cama y se decía: «Bueno, ¿y qué más da?».

Llamó al timbre y al cabo de unos minutos apareció la chica con la bandeja del desayuno.

—Gracias, Dulce.

Era la única persona del servicio que no la intimidaba; el mayordomo había servido en casa de los Andreu, los de las pastillas, la cocinera había hecho cursos en Suiza y la niñera era una puericultora que había criado a los hijos de los marqueses de Tamarit. Tenían una gran conciencia de su importancia, sabían organizar la casa mejor que ella, no necesitaban sus consejos y la observaban con ojos burlones y fríos. Pero Dulce era una filipina joven e inexperta, hablaba muy mal el español y le temblaba un poco la bandeja, siempre ponía una flor en la servilleta y la miraba con simpatía, como si fuera una chica como ella.

—La han llamado de la modista, que hoy ya le tendrán listo el traje de noche.

—Ve a buscarlo y lo cuelgas en el armario.

Miraba por la ventana, las nubes plomizas se desflecaban lentamente sobre el jardín, llovía con cansancio, de forma monótona.

Dulce le preguntó:

—¿Va a salir?

Dudó... Al final dijo sin mirarla, con voz átona:

—Sí, pero pídeme tú un taxi y que me espere en la esquina, como siempre. —Luego exhibió con timidez una sonrisa culpable—. Y no se lo digas a nadie, por favor.

La muchacha se sintió contenta de compartir un secreto con su señora. Casi todos los días le pedía un taxi y estaba varias horas fuera, ella no sabía dónde iba, pero viendo lo distante que vivía de su marido y la diferencia de edad, no era difícil imaginarlo.

Salió y cerró discretamente.

Cuando, con el abrigo y el bolso en la mano, Silvia fue a ver a su hijo a su cuarto, estaba sobre el cambiador y la niñera se peleaba para vestirlo. Ella lo cogió así, desnudo, lo apretó contra su pecho, olía a leche y a colonia Nenuco, bailó con él por la habitación agarrando su manita.

—Na na nara naaa, me vas a querer mucho, ¿verdad?, ¿verdad que vas a querer mucho a tu mami?

El niño se dejaba hacer, tenía los ojos rasgados de José María y su expresión pensativa, pero todo se trasformó cuando lo dejó de nuevo en el cambiador y empezó a hacerle cosquillas en la barriga, se retorcía como un gusano, pataleaba, daba chillidos y en las encías de arriba brillaban unos diminutos granos de arroz.

—Uy, ven que te como esos dientecitos, ven, ven...

Sabía que su marido entraba todas las mañanas antes de irse a trabajar para verlo, se lo había dicho la niñera. Por mucha prisa que tuviera.

—¿Y qué hace?

—Me dice que siga vistiéndolo y él se sienta ahí y mira. Si le estoy dando el biberón, a veces quiere dárselo también. —Y la chica exponía con suficiencia—: Pero los hombres, perdón, el señor quiero decir, no sabe hacerlo bien, no es lo suyo.

Silvia frotaba su nariz con la de Pablo.

—Mi príncipe, todo el mundo te quiere.

Su madre iba casi todas las mañanas a verlo, lo sacaba a pasear por el barrio, aunque ahora fallaba a veces porque estaba muy ocupada con su trabajo. Ella procuraba no coincidir, se sentía ridícula; su madre, que era mayor, trabajando en un sitio joven y moderno como la televisión, y ella, que era joven, llevando la vida de una señora, hablando de criadas y de cremas antiarrugas.

Pero ya se había divertido bastante, ¿no? Esto era lo que quería, tranquilidad, un hogar, un marido... ¡Pues ya lo tenía!

¿Dónde está la ventanilla de reclamaciones?

Bajó y le dijo al severo mayordomo que parecía fiscalizar todos sus actos desde su estatura imponente:

—Si viene mi madre, dígale que he ido a comer con unas amigas y que ya no volveré hasta la tarde.

¿Amigas? Ella no tenía amigas.

El taxista la miró interrogativamente y Silvia le indicó:

—Vaya a la Zona Franca y ya le diré.

Se recostó en el asiento. Tranquilidad, ¿no?, era lo que quería. ¿Por qué tenía entonces esta desazón, este mordisco en la barriga que la devoraba por dentro? Si no hubiera conocido nada más, sería feliz porque lo tenía todo, pero como ya lo había tenido todo, comprendía que esto no era nada.

Su pasado había manchado su biografía, pero sobre todo su alma, de forma indeleble, aunque pocos lo recordaran y, si lo hacían, el prestigio y el dinero de José María cerraban todas las bocas. Sus propias primas, que tanto la habían criticado, ahora presumían de su parentesco.

Al pasar la barca
me dijo el barquero:
Las niñas bonitas...

Aunque ella sabía muy bien que, por desgracia, las niñas bonitas también pagan un precio. Muy alto.

—Ya estamos en la Zona Franca.

—Gire a la izquierda.

El taxista la miró por el espejo retrovisor.

—¿Está segura? Que este barrio...

Ella contestó con dureza:

—Haga lo que le digo.

Su corazón se aceleraba cuando veía la mole oscura de la montaña de Montjuic. El barrio se desparramaba por una de sus laderas. Decían que todo esto, con los Juegos Olímpicos, iba a desaparecer porque aquí se construirían las instalaciones deportivas. Todo iba a cambiar. Todo, menos sus recuerdos.

—Pare ahí, detrás de esos coches... Nos quedaremos un rato.

—Usted manda, jefa.

El hombre encendió un cigarrillo y abrió un periódico. Silvia limpió el vaho del cristal con el puño. La sangre le latía en los oídos. ¡Ahí estaba, el portal, las escaleras que llevaban al cielo, cuando vivir era sublime! Lo que daría por volver a subirlas, por oír el ruido de cacharros de la tía Josefa en la cocina, por escuchar a Salvadora, que bailaba con un clavel entre los dientes. ¿Y Nico?

Una vez había creído verlo, iba en una bicicleta que dejó tirada en la acera, ¿sería él? Le parecía que el viejo que estaba sentado en la puerta era el mismo, y los mismos los niños que jugaban al avión saltando a la pata coja. Una mujer sacudía una alfombra por la ventana, ¿sería la mujer del Andrés? Un perro viejo y mojado entró al trote en el portal.

¿Y esas noches de verano siempre jóvenes? ¡El fuego de sus besos!

Si pudiera subir otra vez esa escalera..., una sola vez, cogida de su mano.

El nombre no podía ni pensarlo, si pensaba ese nombre, ¿cómo podría regresar a su vida cotidiana? Todo lo daría por verlo solo una vez y decirle, por ejemplo: «El

Guille ya me contó que me buscabas». ¿Cómo era el poema que le recitó la primera noche?

Boca rota de amor y alma dormida,
el tiempo nos encuentre destrozados.

Un dolor angustioso se apoderó de su corazón. Si estiraba mucho el cuello, alcanzaba a ver una esquina del bar Pepe. Y al propio Pepe apoyado en el quicio hablando con alguien y mirando hacia donde ella estaba. Se echó instintivamente atrás, creyó que la había visto, aunque él continuó hablando con tranquilidad. Incluso reía. Pero fumaba de forma artificiosa, como el que se sabe observado.

Estuvo ahí, trémula, media hora, una hora, sintiendo el rumor del aguacero sobre el techo del coche. Nunca sabía cuánto rato se quedaba, perdía la noción del tiempo. ¡Este era su hogar!

El pasado la envolvía con sus tentáculos de hierro, la abrazaba borrándolo todo, ¡todo lo daría por volver a subir esa escalera!

Arreció la lluvia y al final con un suspiro le dijo al taxista:

—Dé media vuelta..., al mismo sitio donde me recogió.

31

Alicia se encontró a Carmen en la entrada de la discoteca Up and Down, donde fue, agotada, pero excitadísima, a tomar la última copa de la noche. Era viernes, 17 de octubre de 1986, el día en que Samaranch había anunciado desde Lausana que Barcelona, seis años después, en 1992, sería la sede de los Juegos Olímpicos. Cientos de miles de personas se habían lanzado a la calle para celebrarlo, los periodistas fueron a recibir al alcalde Pasqual Maragall al aeropuerto y luego lo acompañaron a Montjuic, a que lo vieran los barceloneses en carne mortal mientras un espectáculo de pirotecnia teñía los cielos con los colores de la bandera olímpica y las bocinas de los coches y las sirenas de los barcos atronaban la noche con un ruido infernal mezclado con los gritos delirantes de la multitud.

Precisamente Alicia acababa de acordarse de Silvia porque iba en el séquito de Maragall y habían circulado por la Zona Franca, atravesando el barrio donde había vivido. Y uno de los hombres que iba con el alcalde se pasó la mano por el cuello imitando una navaja.

—Todos estos bloques y esta mugre fuera, bum.

La llamó desde lejos:

—¡Carmen!

Estaba en la calle, un poco ebria, como todos, con una copa en la mano. El portero ya había desistido de recordar que no se podían sacar los vasos fuera y había optado por apoyarse tristemente en la pared, incapaz de contener a las decenas de personas, periodistas, estudiantes, artistas, políticos, camareros de los otros establecimientos de la zona, que entraban desenvueltamente en el local, por lo habitual muy estricto con la clientela, porque el dueño, Ignacio Ribó, había decretado barra libre.

En medio de aquel paisaje femenino de enormes hombreras y faldas mini, Carmen llevaba pantalones vaqueros con botines, una cazadora ligera y el pelo muy corto, lo que le daba, de lejos, el aspecto de un muchacho, y, como siempre, un gran bolsón de cuero al hombro. Luego, de cerca, se veía la fina retícula de arrugas en su rostro sin maquillaje y sus ojeras, seguía sin ser guapa, pero tenía una gran expresividad e impresionaba el brillo de sus pupilas.

Le dio a Alicia un abrazo rápido y le preguntó:

—¿Has ido a lo de Rodés?

Leopoldo Rodés daba una cena en su doble piso de los Tilos a todos los miembros del COI, pero Alicia le dijo que le sorprendía que no estuviera en casa de su yerno, que también ofrecía una fiesta a las delegaciones extranjeras que se había traído desde Suiza por la tarde en un avión privado, y Carmen contestó que sí, que iba enseguida. Que no tenía más remedio, aunque estaba exhausta.

Javier, su jefe, iba con su novio, un arquitecto que trabajaba en el despacho que iba a remodelar la Barceloneta. Estaba eufórico, pero no solo por eso: les habían adjudicado la exclusiva del seguimiento televisivo de todas las actividades relacionadas con los Juegos Olímpicos. Se quitaban la palabra de la boca para contarlo:

—Tendremos acceso privilegiado a las informaciones, podremos visitar las obras, hablar con los promotores, saber cómo va a ser la fiesta de inauguración..., quiénes vendrán.

Alicia protestaba:

—Joder, no pretenderéis que me alegre, que soy de la competencia, hijos de puta.

Se reían.

—Y haremos el programa especial durante los Juegos propiamente dichos, bueno, los informativos se ocuparán de la parte deportiva, pero todo lo social lo haremos nosotros.

Brindaban, borrachos y dichosos, y Alicia sabía que brindaban no solo por los Juegos, sino porque tenían por delante asegurados seis años de trabajo.

Javier echó su brazo sobre los hombros de Carmen, se la veía muy pequeña y frágil a su lado, la sacudió como si fuera un sonajero y dijo:

—Esta joyita que tenemos aquí nos consiguió una entrevista con la mujer de Samaranch y algo tendrá que ver con todo esto, porque se quedó muy contenta.

Carmen lo negaba con modestia, pero se la veía orgullosa no solo de ella misma, sino de sus compañeros. Evidentemente era la mayor de todos, ella misma bromeaba con eso:

—Figuraos si soy mayor que esto para mí es una *boîte* y no una discoteca.

Pero a nadie le llamaba la atención porque se movía con energía y entusiasmo, y Alicia se dio cuenta de lo que valía cuando explicó que el área donde trabajaba ella, producción, iba a contratar a dos personas más:

—Javier quería que cogiéramos media docena. Pero hasta que no sepamos realmente el volumen de trabajo que tenemos, mejor no meter mucho personal que luego no sabes cómo despedir.

Pero era imposible mantener una conversación normal, la gente entraba y salía continuamente, se saludaban y se abrazaban como si estuvieran viviendo un gran acontecimiento familiar. Se acercó Queco arrastrando a Gloria, hablaban a trompicones rememorando el momento en el que, a la una y media del mediodía, Samaranch había anunciado la decisión del Comité:

—Joder, qué cabronazo cuando se ha parado en medio de la frase, hasta que ha dicho «*À la ville de*... Barcelona» tenía el corazón a cien.

Gloria dijo con suficiencia:

—Maragall ya lo sabía, lo habían avisado tres minutos antes y tuvo que hacer el paripé.

Javier se había retirado un momento para hablar con el periodista Andrés Mercé Varela y volvió eufórico.

—Mañana nos vamos a Madrid, que nos recibe el rey en la Zarzuela. Cuando se enteren mis padres, joder, joder, joder. —Se llevó las manos a la cabeza, no podía creérselo—. ¡Yo con el rey!

—¿A quiénes os recibe?

—Coño, a los jefes. Yo y mi... subdirector.

Señaló a Queco, que se quedó un instante mudo para decir después con una risa trémula:

—Yo, ¿subdirector?

Y después se abrazó no a Gloria, sino a su madre, con el rostro resplandeciente de lágrimas felices.

Mientras su hijo hacía payasadas y fingía reverencias como el crío que en el fondo seguía siendo, Carmen miró su relojito, era la una. Aún le daba tiempo a pasarse por la casa de su hija, a la fiesta de José María.

Decía inconscientemente «la fiesta de José María» porque se daba cuenta de que a Silvia el mundo de su marido no le interesaba en absoluto. Si el hombre intentaba contarle sus planes, la mirada de Silvia se vidriaba y se notaba que hacía esfuerzos feroces, con la mandíbula contraída, para no bostezar. Nada despertaba su atención. Cuando nació Pablo, su marido le regaló un anillo con un brillante enorme que se dejó un día en el lavabo de un restaurante y nunca recuperó porque no se dio cuenta hasta semanas después.

La madre le reñía:

—Parece que nada te haga ilusión.

La hija se burlaba:

—Sí, ahora la nihilista soy yo.

Si tenían invitados, Silvia, fabulosamente vestida, con unas joyas dignas de una emperatriz, tenía toda la noche pintada en el rostro una sonrisa inmóvil.

La casa de Escuelas Pías resplandecía, era un ascua de luz en medio de una calle habitualmente oscura. La verja estaba abierta de par en par; en el jardín, tibiamente perfumado por los limoneros y jazmines, los invitados tomaban *champagne* francés y exquisiteces servidas por camareros que pasaban bandeja en alto, y del interior de la casa llegaban las notas sublimes de *La primavera* de Vivaldi, interpretada por un cuarteto de cuerda. Sobre la fachada se proyectaban los cinco aros olímpicos.

Se oía hablar en varios idiomas, a cada invitado se le había entregado al llegar una litografía de Tàpies firmada a mano.

Vio a José María charlando relajadamente con un invitado. Carmen había descubierto, después de tantos años, que debajo de su aspecto indolente se escondía un hombre perspicaz al que nada se le escapaba.

Ni siquiera esa suegra que procuraba pasar desapercibida. Le hizo un pequeño gesto con la cabeza y ella se encogió de hombros.

Carmen procuraba no encontrarse demasiado con él, a pesar de que era el marido de su hija se sentía turbada por su masculinidad, entre los dos seguía existiendo una atracción impalpable que su situación convertía en una tortura exquisita. Claro que ella no sabía si él sentía lo mismo..., prefería no averiguarlo.

Se deslizó discretamente hacia el piso de arriba porque primero quería ir a ver a su nieto. Abrió despacio temiendo que durmiera, pero el niño estaba junto a la ventana observando a los invitados y el castillo de fuegos de algún jardín vecino.

Cuando vio a su abuela, se le iluminó la cara y fue corriendo a abrazarla.

—Abuela, en el colegio hoy nos han dejado venir a casa antes. —Iba a una pequeña escuela del barrio, aunque el propósito de José María era llevarlo a los jesuitas, donde había estudiado él—. Y papá me ha traído esto.

Era un banderín olímpico que agitaba frenéticamente.

—Y me ha dicho que, como ya seré mayor cuando empiecen los Juegos, podré ir con mis amigos del colegio a verlos.

Pablo hablaba de los amigos con la entrega de todos los hijos únicos. La abuela lo miraba embelesada, aguantándose las ganas de estrujarlo entre sus brazos.

—¿Y qué veras tú, cielo mío?

—No sé, tenis y cosas así... —Luego concedió magnánimamente—: Abuela, si no te has muerto todavía, también puedes venir, y si mis amigos se meten contigo, les pegaré porque ya seré mayor.

La abuela se lo comía a besos, pero aún le preguntaba:

—Gracias, corderito, pero ¿qué podrían decir los niños?

El niño se la quedó mirando pensativamente y al final se decidió dándose importancia:

—Oh, qué vieja tan rara, por ejemplo.

De pronto se abrió la puerta y apareció su hija jadeante, despeinada, con aspecto trágico y sobrenatural. La madre se asustó.

—¿Qué te pasa?

Silvia se llevó la mano al pecho y tardó unos segundos en contestar:

—Nada, tengo mucho calor y he subido corriendo, ya me suponía que estabas aquí. Podías haberme dicho algo.

Carmen se señaló a sí misma y le dijo:

—Con esta facha no me atrevía...

La hija la riñó:

—Te podías haber cambiado antes de venir.

—He estado trabajando todo el día.

Ella se abanicaba con la mano, sofocada.

—Sí, ya me ha dicho Queco que os han dado la exclusiva de los Juegos y que lo han hecho subdirector. —Añadió con un mohín—: Todo el mundo trabaja, menos yo. Me ha llamado tía Berta y me ha dicho que se ha hecho corredora y vende acciones del Tibidabo, dice que el empresario ha reclutado a todas sus amigas del colegio y que se venden unas a otras y a sus amistades y cobran una comisión. Está ganando mucho dinero, más que el tío Remigio.

Se movía incesantemente mientras parloteaba, llevaba un vestido rojo de Valentino que dejaba al aire los brazos y el escote, de un blanco fosforescente. En el cuello, una gargantilla de rubíes. La madre se acercó.

—¿Y esto?

Carmen lo palpó.

—Me lo ha traído José María de Suiza, me lo he tenido que poner por obligación conyugal, pero me aprieta mucho. —La miró con ojos suplicantes—. ¿Me lo puedes quitar?

La madre manipuló hábilmente el cierre, lo desabrochó y lo metió en un cajón; la hija movió la cabeza a un lado y otro frotándose la nuca como si le doliera.

El niño se acercó y le tocó el vestido.

—Mamá, pareces un hada.

Ella dio varias vueltas por la habitación cogiéndose el borde de la falda, la madre la miró inquisitivamente y le comentó:

—Estás muy guapa, distinta.

La hija se apretó la cintura con las dos manos.

—Sí, es que al final he adelgazado, he perdido los kilos que me sobraban.

—Pero ¿cómo has adelgazado?

—Eso es lo mejor de todo, sola..., no he hecho nada.

Ayudó a su hijo a meterse en la cama. Silvia tenía dos rosetones en las mejillas, ahora los ojos se le habían hundido en el rostro, la madre le tomó maquinalmente el pulso como hacía en Viladrau, lo notó normal, pero pese a todo le preguntó:

—Te veo alterada, hija, ¿te encuentras bien?

Silvia se inclinó sobre Pablo, que se estaba quedando dormido, ocultó la cara en su pecho y dijo con la voz ahogada:

—Ya, mamá, déjame en paz, claro que me encuentro bien. Es que hace calor y estas fiestas con tanta gente...

La madre la miró con una mezcla de ternura y piedad, pero prosiguió implacable:

—¿Toses?

—No, sí, un poco..., como todo el mundo.

—¿Esputas? ¿Sangras?

Negó con la cabeza, pero no la creyó.

La cogió por los hombros, apretó.

—Silvia, por favor, tómatelo en serio, seguramente no será nada, pero podrías recaer, ya lo sabes. Ve al médico, por favor. Voy a hablar con José María.

A la hija se le nublaron los ojos.

—A José María no le importo.

La madre protestó:

—Pero ¿cómo dices eso?, ¿qué os pasa?

—Ay, mamá, no me desatiende, no me falta nada... Es igual, es cosa mía.

La madre meneó la cabeza.

—Cuántos pájaros tienes en la cabeza, no pienses tanto, hija. —Y la señaló con el dedo—. Pero ve al médico.

Pasó el tiempo, meses que Carmen recordaría siempre con nostalgia porque iban a ser los últimos venturosos y despreocupados.

Luego siempre pensaba:

—Mecachis, ¿por qué no los disfruté más?

Habían montado un despacho en el centro de Barcelona, en la plaza Gala Placidia, ocupaba toda una planta, se hacían subir la comida del bar de abajo, no tenían horarios. Carmen solo iba a su casa para ducharse y dormir unas cuantas horas, en las que se le ocurrían planes descabellados que proponía luego en las reuniones, porque en esos años todo parecía posible. Porque todo tenía el aire loco de un mundo nuevo en construcción.

Vio a Silvia en la inauguración del negocio de Tomás, una pequeña promotora inmobiliaria que pretendía también sacar tajada de la situación, como tantas. Su hija fue con su marido. Cuando Tomás, en su breve discurso, se refirió a él como uno de sus modelos, José María se quitó mérito como siempre.

—Si yo no he hecho nada..., las cosas han venido así.

Un importante constructor que estaba al lado de Carmen e ignoraba que era su suegra masculló:

—Sí, Llorens no ha hecho nada... Y ahora no lo ahorcas por menos de mil millones de pesetas.

Silvia le había contado a su madre que José María le había enviado varios clientes a su padre y así consiguió poner el negocio en marcha. Y luego añadió con crudeza:

—Quiere hacerse perdonar el hecho de haber dejado preñada a su princesita.

La madre puso los ojos en blanco y prefirió no hacer comentarios.

Silvia estaba bien, con aspecto saludable, Carmen se tranquilizó y le dio un abrazo rápido porque tenía que irse a la productora. La hija se burló:

—Sí, mamá, márchate, que no vayan a hacer la Olimpiada sin ti.

El despacho la reclamaba siempre, ¿cuántas hora se pasaba allí?

¡Incontables! Y no solo ella, sino todo el equipo.

Se reían porque alguien había llevado un día un pequeño árbol de Navidad, pero nunca habían tenido tiempo de colocarlo y se había quedado al lado de la puerta, esperando que se acordaran de él, aunque la Navidad ya había pasado, ¡quizás otro año tendría más suerte! Las chaquetas estaban tiradas sobre las sillas, las papeleras llenas, el ambiente cargado de humo de tabaco, los teléfonos sonaban perennemente. La mesa de Carmen era un batiburrillo de blocs, papeles, recortes de diarios... Había intentado poner fotos de su nieto, pero al final las había tenido que meter en un cajón por falta de sitio.

A Javier se le había ocurrido hacer una serie de reportajes especiales sobre las últimas sedes olímpicas, y ella estaba a cargo de la logística. En ese momento llamaba a Montreal, esperaba hablar con un responsable del Ayuntamiento echando mano de los conocimientos del francés que había aprendido en el colegio, cuando desde la mesa de al lado le tendieron otro teléfono.

—Carmen, tu hija.

Dejó a Montreal sobre la mesa. Nunca hablaría con esa persona.

Suspiró exageradamente y su compañera soltó una carcajada. Cogió el auricular aún con la risa bailándole en la voz:

—Dime rápido, reina, que estoy hasta arriba.

Largo silencio, creyó que se había cortado, aprovechó para pedir a gritos:

—Montse, ve pidiendo los billetes para el lunes.

Iba a colgar con cierta impaciencia cuando oyó la voz medrosa de su hija, agonizó la sonrisa en sus labios y sintió una oleada de sangre en el pecho.

—Mamá, ¿puedes venir a casa?

32

Lo más curioso es que cuando le contaron a Carmen lo que tenía Silvia, primero se tranquilizó porque no era tuberculosis. Con una semisonrisa de alivio dijo:

—Ah, bueno.

Prestó una atención distraída a Queco mientras se quitaba dificultosamente el grueso abrigo, pensando que luego preguntaría qué hacían todos allí, con esa cara de enterradores. Había llegado sin aliento desde el despacho y no le había abierto el servicio, sino José María. No veía a Silvia por ningún lado, ni al niño. Queco y Tomás estaban en el salón, con expresión grave.

—Verás, mamá, lo que le pasa a Silvia es que... —Carraspeó, ayudando a su madre con manos temblorosas, miró a José María, que lo animó discretamente—. Tiene una deficiencia inmunológica, es decir, algo impide que sus células luchen contra las infecciones.

Carmen escuchó a su hijo sin entender. Tomás tenía una copa de whisky en la mano y observaba la bebida con ojos vidriosos, luego Carmen se acordaría de que había pensado: «Qué raro, ¿alcohol a estas horas?». Se le quedaron grabados todos los detalles de ese momento, un sol templado y alegre entraba por las ventanas y tuvo una penetrante sensación de nostalgia recordando cuando era ella la que vivía en esta casa. Se pasó la mano maquinalmente por el pelo, tan corto como el de un chico, y su frente se llenó de arrugas tratando de recordar qué era eso de la deficiencia inmunológica, lo tenía en la punta de la lengua, era..., era... José María se acercó a ella, la cogió por el hombro y le dijo serenamente, aunque en sus oídos sonó como un cañonazo, como la sirena de mil barcos a la vez, mil bombas atómicas:

—Llevamos varios días de médicos, pero no te queríamos decir nada hasta no saber algo definitivo. Tu hija es portadora del VIH. Nos lo han dicho esta mañana en el hospital del Valle de Hebrón.

¿Cómo? ¿El VIH? Se quedó congelada, el mundo se detuvo también, y preguntó sin atreverse ni a mover una pestaña, como un animal acosado por alimañas:

—Eso es...

Fue Tomás el que gimió con un sollozo:

—El sida, Carmen, coño, nuestra hija tiene el sida.

¿Sida? ¿El cáncer de los gais? ¿La peste rosa?

No, no, que se paren los relojes, vamos a girar con el dedo las manecillas. Ssssssh, aquí no ha pasado nada. Desandemos el camino hasta llegar de nuevo a la oficina, ¡llamemos a Montreal!, *monsieur le ministre!*

Ella había visto esas fotos de cuerpos escuálidos como judíos saliendo de un campo de concentración. Fotos en blanco y negro de seres famélicos tendidos en camillas en los pasillos de los hospitales, y el actor Rock Hudson, ¿qué? Se decía que había cientos, miles de contagiados, y todos morían. ¡Todos morían!

¡Su Silvia no, su Silvia no!

Sus ojos se desorbitaron, todo su cuerpo se sacudió como si la traspasara una corriente eléctrica y luego se dobló en dos; Queco le dirigió una mirada furiosa a su padre y la acompañó al sofá mientras José María le tendió un vaso de agua que bebió hasta el fondo. Su hijo trató de explicar para darle tiempo a reponerse:

—Mamá, no tiene el sida, es solo portadora del virus. El médico le encargó primero un análisis simple porque le extrañaban esos resfriados constantes y vio que tenía un tipo de neumonía que se asocia con la deficiencia inmunológica, y que le faltaban...

Chasqueó los dedos buscando la palabra, José María apuntó:

—Linfocitos.

—Sí, eso... Y de ahí que ya le hicieran la prueba del... —Evitaba la palabra maldita, pero daba igual porque la madre tenía la mirada clavada en el suelo y parecía no escucharlo—. Podría ser que no se desarrollase nunca, mira, lo debe tener desde hace tiempo. Hay mucho sensacionalismo con el tema, ya sabes cómo somos los periodistas, aún no se conoce muy bien cómo funciona, pero no todo el mundo se...

¿Muere? ¿Iba a decir «muere»?

José María lo interrumpió:

—Mucha gente seguro que es portadora y no lo sabe, hay más infectados de los que nos imaginamos y hacen vida normal. Silvia puede llevar su vida de siempre, cuidándose, eso sí.

No escuchaba, no le llegaban las palabras al cerebro, era como si tuviera la cabeza rellena de algodón, pero de pronto levantó la mirada y preguntó:

—¿Y el niño?

Hubo un largo silencio y fue Queco el que contestó:

—Hace media hora le han hecho el análisis a él... y a José María también, estamos a la espera de los resultados.

Carmen cerró los ojos, la desdicha la fue invadiendo como la marea que sube.

José María le dijo:

—Está en las mejores manos, Carmen, de verdad, se ha avanzado con el tratamiento, el AZT hace milagros, solo tiene que tomar una pastilla diaria para aumentar la resistencia a las enfermedades.

—Y llevar buena vida, como en Viladrau, ¿te acuerdas, mamá? —El hijo le cogió la mano emocionado—. Parecía imposible que se curara y mira...

No pudo continuar porque tenía una piedra muy grande en la garganta, y fue el padre el que dijo sombríamente, con la desesperación pintada en el rostro:

—Es mortal e incurable. Todos mueren, ella también.

Carmen lo miró, se desasió del hijo y fue a juntar su pena con la suya, se abrazaron, se sostuvieron el uno al otro y lloraron idénticas lágrimas de sangre.

Queco y José María siguieron parloteando: que mejor ser discretos, la gente no hacía falta que se enterase, sobre todo por Pablo en el colegio, que ya se sabe que los niños son muy crueles... No era necesario tomar precauciones exageradas, no había peligro de contagio porque solo se trasmitía por los fluidos, no por el aire ni por el contacto. Y en el embarazo y al dar a luz, claro, por eso el marido y el hijo eran población de riesgo.

Ya hablaban como los médicos.

—Mamá. Es innecesario, pero todos deberíamos hacernos la prueba, es un análisis normal, tardan una semana en darte el resultado.

¡Como si a ella le importara tenerlo o no tenerlo! ¿Se contagiaba de sangre a sangre? ¡Aquí estaban sus venas!

Subió a la habitación de su hija.

Abrió sin llamar y se la encontró sentada delante del espejo del tocador, debía llevar horas porque aún tenía el abrigo puesto.

Hurtó los ojos avergonzada, y le dijo con timidez, pequeña de nuevo, frágil de nuevo:

—Ya ves, mamá. Al final lo que tengo es el sida. No es extraño, ¿no? No todo podía salirme bien.

La madre se dejó caer en la cama, estuvieron mirándose así, a través del espejo largo rato, y Silvia terminó por volverse y le dijo, con la cara extrañamente iluminada y los ojos febriles:

—Me lo contagió el Guille, mamá, ¿sabes quién era el Guille?

La madre negó mudamente y la hija se volvió y se puso a juguetear con los peines y los cepillos con mango de plata que estaban en la mesa.

—Es igual.

—¿Es el chico que se fugó de la prisión? —Ella asintió con la cabeza—. Pero ¿cuándo os visteis?

—Antes de irnos a Viladrau. Figúrate que yo tenía miedo de haberle contagiado la tuberculosis, y fue él el que me contagió esto. —Se señaló a sí misma, como si el sida fuera un vestido que llevara puesto—. Se murió, ¿sabes?

—No lo sabía.

—Como Rafael.

Fue la primera vez que Silvia pronunció su nombre delante de su madre.

Carmen abatió los párpados, vencida por un cansancio cósmico. Se estiró en la cama, la hija fue a tumbarse a su lado. La abrazó. El cuarto se fue cubriendo de sombras y una pena negra, honda y ancha como un río les fue anegando el alma.

33

Cuando Silvia empezó a encontrarse mal, le pidió a su madre:

—Prométeme que no vas a dejar de trabajar, ni ahora ni cuando...

Carmen intentó protestar:

—Pero, hija, que tampoco me concentro. Y además me apetece estar contigo.

Ella, que se había bajado la mascarilla de oxígeno para hablarle, puso morritos de niña traviesa.

—Mamá, con lo que te ha costado convertirte en una alta ejecutiva, no vas a dejarlo por una muertecita de nada. —Y añadió tozuda—: Si no me lo prometes, no me vuelvo a poner la mascarilla.

La madre, llorando por dentro, fingió asustarse con ademanes exagerados.

—No, no, eso no..., te lo prometo, va. —Y luego simulaba refunfuñar—: Y eso de «alta ejecutiva» vamos a dejarlo, que tampoco estoy dirigiendo el Banco de Sabadell, que digamos.

Tardó tanto en encontrarse mal que a veces Carmen creía que se habían equivocado al diagnosticarle la enfermedad. O que era un caso único en el mundo y se había curado.

Se atrevía a decirle a José María con timidez:

—¿Y no será un error? Mira que a veces mezclan los resultados, se confunden... Bien salisteis tú y Pablo negativos, y todos nosotros, eso quiere decir que no lo tenía muy fuerte.

José María meneaba la cabeza.

—Esto no va así, Carmen, qué más quisiera yo. En el último análisis sus linfocitos y plaquetas seguían bajando.

La madre lo miraba con odio y protestaba absurdamente:

—Sí, hala, solo te fijas en lo malo.

Incluso la veía mejor que nunca. Salía, entraba, tenía interés por la vida... Se compraba ropa, mucha, de Calvin Klein, Versace, Roser Marcé, trajes pantalón de Toni Miró, pero también de Zara, todo le caía bien porque estaba muy delgada.

Ay, sí, cada vez estaba más delgada.

Iban al cine, vieron *Thelma y Louise,* y luego, en los momentos duros, se cogían de las manos como hacían al final de la película.

Carmen no dejó de trabajar, pero se trasladó a vivir a casa de José María y Silvia, la casa que había sido suya. Desayunaba con su nieto antes de que su hija se levantara, y luego Silvia pasaba por la productora a buscarla y se iban a comer juntas. Algunos días se les unía Queco, entonces bajaban hasta la calle Pelayo para recoger a Gloria en *La Vanguardia* y terminaban en el Canari de la Garriga porque hacían unos buñuelos de bacalao muy melosos que a Silvia le gustaban mucho. Aunque no podía beber alcohol, con tantas risas y anécdotas de lo que pasaba en Barcelona, en esos días de efervescencia en los que se abrían carreteras de circunvalación, se levantaban edificios de un día para otro y se cambiaba el perfil de la ciudad y el carácter de sus habitantes, parecía que las burbujas del agua de Vichy se le subían a la cabeza y se sentía aturdida e incluso se tambaleaba un poco al caminar. Se sofocaba y agitaba las manos para abanicarse.

Una vez fue la tía Berta y les contó que el gran negocio del Tibidabo al final había sido un fiasco con resultados fatales para ellos:

—El negocio era que, como nos vendíamos acciones entre nosotros, lo que cobrábamos por un lado lo pagábamos a otros. Se llama «estafa piramidal». José María ya nos había dicho que no nos metiéramos.

Solo le dio pena a Silvia, que dijo que hablaría con su marido para que los ayudara.

Luego cruzaban la calle para tomar café en el Ritz. El dueño, Antonio Parés, que era gallego y había sido amigo del padre de Carmen, los recibía siempre con la misma frase:

—¡Barcelona arde en fiestas! —Y bromeaba con Silvia—: Yo podría ser tu padre porque le tiraba los tejos a tu madre, pero no me hacía caso.

Pero, pasara lo que pasase, a las cinco Silvia iba a buscar a su hijo al colegio, seguía en la pequeña escuela del barrio porque estaba al lado de casa y no querían separarlo de sus amigos. Después de clase lo había matriculado en guitarra en una academia de Sarriá; en lugar de dejarlo e ir luego a buscarlo, prefería esperar y así podía escucharlo a través de la puerta entreabierta.

Tenía hambre del tiempo que pasaba con él, le gustaría dilatarlo, que las horas tuvieran mil minutos y los días cuarenta horas para disfrutarlas juntos. Volvían caminando a casa cogidos de la mano, Pablo con la guitarra que le doblaba en tamaño a la espalda, parecía una tortuga puesta en pie. Silvia a veces llevaba una cámara de fotos y lo hacía posar al lado de las torres a punto de ser demolidas, que exhibían grandes carteles de «Aquí habrá cinco chalés» o «Pisos de lujo».

—Mira, así, cuando seas mayor y el barrio esté cambiado, podrás enseñarles a tus hijos cómo era.

Ella nunca conocería a esos niños. No iba a estar en el futuro de su hijo. Nunca lo iba a ver convertido en un adulto. Lo abrazaba, le daba todo lo que quería. Juguetes, libros, caramelos. Tiempo, besos. La abuela protestaba porque lo mimaba demasiado y Silvia contestaba misteriosamente:

—Estoy cuidando sus recuerdos.

El niño acariciaba a su madre espontáneamente, notaba que necesitaba atención y la trataba como un hombrecito juicioso, le decía:

—Mamá, qué guapa estás con esa blusa, pero abrígate. —Y copiando a su abuela, le ponía la mano en la frente—: No tienes fiebre.

A Carmen se le escapaba:

—¡Cómo te quiere este niño!

Y la hija le contestaba con una punta de melancolía culpable:

—Pero igual no lo estoy haciendo bien... Tendría que resultarle odiosa para que luego no me echara a faltar.

La madre agitaba la mano yéndose al despacho, luego, luego... ¡A ella que la dejaran de luegos y luegas!

Tenía mucho trabajo, producían un programa tras otro, que incluso se vendían en el extranjero, pero, como solía pasar en todos los equipos grandes, la mayor parte del tiempo se iba en discusiones y conflictos entre los compañeros. Las simpatías y lealtades iban por oleadas inexplicables, y ahora envidiaban a Queco y conspiraban para echarlo de su puesto de subdirector. La madre decía:

—Si lo quitan, yo también me voy,

Se lo contaba a Silvia, sobre todo para entretenerla, en las largas horas que pasaban juntas, y la hija tomaba apasionadamente partido por su hermano, pero regañaba a la madre:

—Pase lo que pase, te quedas. Javier te ha contratado por tus propios méritos, Queco lo entenderá porque es mejor que nosotras.

Ese «nosotras» le resultaba a Carmen abrumadoramente triste, era un «nosotras» con punto final.

Algún mediodía se presentaba Tomás para comer con ellas, la hija le había contado a su madre que había roto con Teresa porque ella quería tener hijos y casarse y él no. Carmen comentó con una sonrisita de complacencia:

—A mí esa chica siempre me ha parecido muy cortita.

Y la hija, para hacerla rabiar, le contestaba:

—A mí me cae bien.

Tomás simulaba que pasaba a verlas por casualidad, arrastraba los pies, se le notaba descentrado, ausente, si le preguntaban qué tal le iba el negocio, se encogía de hombros.

—Bien. Teresa es muy lista.

Porque continuaban trabajando juntos.

Esos días iban a una cafetería situada en los bajos del edificio donde tenían el despacho, y la hija, como siempre, a las cinco se levantaba para ir a buscar a Pablo. Mientras, los padres se quedaban para pagar la cuenta. Y Carmen notó cómo Tomás le agarraba la muñeca con una mano de hierro y le preguntó con la voz rota y los ojos llenos de miedo:

—Cuando pase lo de Silvia, ¿cómo nos vamos a sentir, Carmen? ¡Nos quedaremos muy solos!

Ella se soltó con violencia.

—La niña está bien, ¿qué dices?

Él meneó la cabeza e intentó hacerle una caricia en la mejilla, pero Carmen se levantó violentamente tirando la silla. Mientras cogía el ascensor, mascullaba con odio y saña, sin importarle que la miraran como si estuviera loca:

—Pero qué se cree, qué dice, ¡la niña está bien, el tratamiento funciona! Imbécil, pobre hombre.

Pero poco a poco, como el humo que se cuela lentamente por debajo de las rendijas de las puertas mejor cerradas, la noticia se fue filtrando...

Tardaron en darse cuenta. Silvia se quejó un día:

—Qué raro, en la peluquería no me dan hora..., dicen que lo tienen todo lleno.

Después, en la academia de música del niño le dijeron que no estaba permitido que las madres esperaran dentro, que mejor que cuando fuera a recogerlo se quedara en la calle.

Luego desfilaron los criados, cada uno con una excusa diferente, pero en la misma semana. La madre ocultó su consternación diciendo con displicencia:

—Es igual, a mí nunca me gustaron, me hacían sentir incómoda.

La última fue Dulce, iba llorando. Pero también terminó por marcharse. Carmen le pidió a Rosa que volviera a trabajar en casa, aunque se vio obligada a contarle:

—Verás, Silvia está enferma, pero no es contagioso, al contrario de lo que dice la gente ignorante. Si no quieres venir, lo entenderemos.

Rosa se presentó a la mañana siguiente, porque decía que ella era familia y la familia nunca falla. Sacó su delantal rosa y blanco como si lo hubiera llevado hasta el día anterior y se dispuso a realizar sus tareas cotidianas, aunque Carmen, en un aparte y sin que la hija lo oyera, le dijo:

—La habitación de Silvia ya la haré yo, tú ocúpate sobre todo del señor y del niño.

José María se había arreglado un cuartito al lado del despacho.

Silvia iba muchas veces a la productora, llevaba lionesas para todos, se sentaba en el borde de una mesa y conversaba con unos y otros mientras su madre acababa con su tarea. Hasta que un día pegaron una nota en el tablón de anuncios: de parte de la dirección se prohibía la entrada a cualquier persona ajena al personal. Cuando se lo dijo a la hija quitándole importancia, como si fuera una medida normal, Silvia bajó la cabeza entendiéndolo todo, pero no dijo nada.

Una tarde, cuando Carmen llegó a casa y estaba abriendo la verja, le salió al paso José María. Estaba cansada, había empezado a llevar zapatillas de deporte en lugar de tacones para volver caminando desde el trabajo y así hacer algo de ejercicio. Entendió que la había estado esperando porque la llevó a un cenador que quedaba oculto a la vista de las ventanas y le preguntó:

—¿Cómo estás, Carmen?

Se veían todos los días, pero apenas hablaban. A él también Silvia le había pedido que no dejara de trabajar, pero Carmen se dio cuenta de que aquellos aires de magnate de las finanzas habían desaparecido y presentía que llevaba su empresa de forma rutinaria y sin ilusiones. Cuando le preguntaba por el negocio, algo que su hija no hacía nunca, se encogía de hombros, como Tomás.

—Sigue su curso, solo hay que repartirse el pastel, pero es tan grande que hay para todos.

Había envejecido, se le marcaban las arrugas de la cara, y los ojos, sobre todo, eran espantosamente tristes. Ante su pregunta, Carmen se alarmó. Ninguna noticia podía ser buena.

—Yo estoy bien, ¿qué pasa, José María?

Él la cogió del brazo, ella a su contacto se irguió porque José María era su yerno, pero seguía siendo un hombre y le avergonzó que la emoción íntima que la acometió en esos momentos no se debiera a su hija. Él se dio cuenta, o quizás le pasó lo mismo, y la soltó de inmediato. Pero las palabras eran inexorables:

—Me han llamado del colegio del niño. He quedado

mañana en ir a hablar con la directora y me gustaría que me acompañaras.

Aunque Carmen lo esperaba desde hacía tiempo, sintió un dolor agudo en el corazón.

—José María, ¿tú crees que...?

El hombre movió la cabeza.

—Creo que los dos nos podemos imaginar lo que quieren. No te preocupes, lo arreglaré, pero me gustaría que estuvieras conmigo para afrontarlo juntos.

Juntos..., la palabra se quedó ahí flotando delante de ellos en el aire, juntos, juntos... Se miraron a los ojos, Carmen le iba a dar un abrazo fraternal y el hombre la apartó con delicadeza.

—Lo siento, no. Soy como una criatura a la que no se puede consolar.

Carmen sintió miedo de sus sentimientos al desnudo y se dio la vuelta para ir corriendo a casa.

La escuela estaba en una torre particular, muy parecida a la suya, una calle más arriba, y olía como todos los colegios, a goma de borrar, a merienda, a tiza. Los recibió la directora en un pequeño despacho atiborrado de libros, los hizo sentarse alrededor de una mesa baja. Era una mujer de aspecto eficiente, muy delgada, que llevaba las gafas colgadas de una cadena al cuello. Estaba acompañada por dos profesores, uno mayor y el otro muy joven. Se la notaba nerviosa y no sabía cómo empezar, se frotaba las manos, consultaba unas notas, intercambiaba miradas con sus dos acompañantes.

Al final, sin decir palabra, José María sacó un sobre del bolsillo y lo deslizó sobre la mesa hasta dejárselo delante. La mujer lo abrió. Era el informe del análisis de Pablo con los resultados negativos en la prueba del VIH.

La mujer, muy afectada, hundió la cabeza y luego levantó la mirada.

—Muchas gracias, señor Llorens, estoy avergonzada, ya sabe que no tengo ningún derecho a pedirle esto y se lo agradezco, supongo lo duro que debe estar siendo para usted. —Luego miró a Carmen—. Y para usted también, por supuesto. Me avergüenza la falta de humanidad de los padres que han protestado por la presencia de su hijo en el colegio, pero también los entiendo, ¡hay tanto desconocimiento al respecto!

Se enjugó una lágrima con un pañuelo que le tendió José María.

—Se lo agradezco, de verdad, es una situación horrible que no pensé que iba a tener que afrontar nunca.

Carmen la miraba sin compasión, su pena grande le impedía apiadarse de las penas menores, y dijo mientras se incorporaba para irse:

—Bien, pues ya está arreglado, ¿no?

La mujer consultó con los otros profesores:

—No es tan sencillo... Como le digo, hay mucha ignorancia sobre esta enfermedad y, como hay ignorancia, hay miedo. Siempre son unos padres los que arrastran al resto, hay buenas personas, ¡todos lo son! Y se compadecen de ustedes, yo la primera. Pero si hay una protesta colectiva, no podemos hacer nada, no estamos en condiciones de perder alumnos y me molesta mucho tener que decir esto.

Carmen preguntó secamente:

—Pero ¿qué quiere decir?

La mujer, en vez de contestar directamente, señaló en la pared la foto de una mujer joven con una banda cruzándole el pecho.

—¿Ve usted? Era mi madre, una profesora de la Institución Libre de Enseñanza durante la República. Este colegio es el resultado de su sueño, quiso hacer una escuela moderna siguiendo el método Montessori, durante el franquismo fue el único colegio en que se aplicaba, y éramos tan pequeños, tan insignificantes que no llamábamos la atención y ni siquiera se molestaron en prohibirnos. Hace treinta y cinco años que impartimos clases, figúrese usted la cantidad de niños que hemos podido educar.

En las paredes, multitud de fotografías de hombres y mujeres en la edad adulta con diversas dedicatorias daban fe de lo que decía.

El profesor mayor dijo con voz temblorosa:

—Yo soy partidario de enfrentarme a ellos y no dejar que se salgan con la suya, pero también comprendo que eso sería un suicidio, no lo hago por mí, yo al fin y al cabo me voy a jubilar pronto, sino por los demás profesores y los alumnos, sobre todo por los alumnos.

De repente, José María tomó la palabra. Era la voz del hombre de negocios, calmada, una voz tan persuasiva que todos callaron:

—Me he enterado de que la situación económica de la escuela —todos miraron al suelo— es desastrosa, necesitan una inyección de capital, un socio, ¿no?

Carmen levantó la cabeza, así que era esto cuando le dijo que todo se arreglaría, ¡sonrió por dentro! Claro, con dinero todo se arregla. Todo, menos la muerte.

La directora asintió con tristeza.

—Evidentemente, pero ¿quién va a querer invertir en un negocio ruinoso como este? Yo sería la primera en desaconsejarlo. Aquí he metido todo mi patrimonio y el de mi familia. No tenemos más.

José María se levantó resolutivo, y apoyó los dos puños en la mesa.

—Pues ya tienen un socio, yo me hago cargo de su deuda y cubriré a cada alumno que se vaya con la misma cantidad que pagaba al mes. Si usted acepta, mañana mismo la llaman mis abogados y lo resuelven todo.

La directora lo miró dubitativamente, no terminaba de verlo claro, y ahora intervino el profesor más joven, que había mantenido un silencio escéptico hasta ese momento. Su voz era animosa e ilusionada:

—Yo podría hacer que viniera un médico especialista del hospital de San Pablo a darles una charla a los alumnos y sus padres sobre el... —bajó la voz—, el sida, la forma de trasmisión, sin ninguna mención a su hijo, por supuesto.

El hombre mayor se dirigió directamente a la directora:

—Mira, Matilde, en realidad los que protestan son dos, los padres de Elisabeth y Olegario son los que lo han movido todo. Lo mejor que podría pasar es que se fueran, siempre están poniendo palos en las ruedas, nunca se han adaptado a la filosofía de nuestro colegio... El resto se quedarían porque aprecian nuestra forma de enseñar, les estamos ofreciendo lo que ellos han elegido, clases de pocos alumnos, atención especializada. Muchos son hijos de exalumnos.

La directora añadió lo que parecía una broma habitual:

—Y, sobre todo, que estamos al lado de sus casas.

El instinto, que nunca le fallaba a José María en estos temas, le decía que el asunto estaba resuelto, pero aun así remachó:

—Su nuevo socio no va a intervenir nunca en sus decisiones, ni en la marcha del colegio ni quiere reparto de beneficios. —Dio la vuelta a la mesa y se dirigió directamente a la directora, que se levantó emocionada—: Solo le pido, le suplico que no expulse a mi hijo, por favor.

Se veía a la directora conmovida, consultó con la mirada a los dos profesores, que asintieron. José María los miró uno a uno.

—Voy a ser su socio sin voz ni voto, no les pido nada..., o, mejor dicho, les pido mucho, lo más importante para mí: que Pablo siga en el colegio.

Cuando salieron, Carmen le preguntó a José María:

—¿Lo han hecho por generosidad o por interés? Quizás solo con el certificado médico y pidiéndoselo bien —bromeó—, con esos ojos lánguidos que pones, hubiera bastado.

Creyó que él no la había oído porque no respondía, pero cuando la dejó en casa, le dijo:

—Quizás, pero no he querido arriesgarme.

Y con un resto de su antiguo humor, le cogió la mano y le señaló la cara.

—Y tú de ojos tampoco estás mal.

¿Por qué, como una tonta, cuando nadie la veía se dio un beso en la mano que él le había tocado?

No supo nada más, tampoco Silvia se enteró. O quizás sí, porque le dijo a Rosa que a partir de entonces llevara ella a Pablo al colegio y a la clase de música. Se acabaron los paseos por el barrio, la última foto fue la del estudio del escultor Clarà en la calle Calatrava, que poco después se demolió para construir una biblioteca pública.

Dejaron de salir a comer fuera. Carmen iba a casa al mediodía, y fue mientras comían precisamente, mejor dicho, mientras Silvia distribuía con precisión obsesiva la comida por el plato, cuando la madre le vio una mancha en la frente, muy cerca de la sien. Estuvo mirándosela todo el rato, no estaba segura porque a veces se la tapaba con el pelo.

Se sentaron en el sofá, muy cerca la una de la otra. Y la madre tendió el dedo, apartó el flequillo y acarició la mancha escarlata, casi morada, del tamaño de una moneda.

Le preguntó escuetamente:

—¿Tienes más?

La hija se volvió y se bajó el jersey. Desde la nuca, cruzando la espalda en diagonal, tenía varias de color granate, ovaladas, como las pisadas de un animal pequeño.

Ambas sabían, porque llevaban años estudiándolas minuciosamente, lo que eran y significaban.

Oyeron a Pablo entrar sin hacer ruido, ya tenía edad suficiente para darse cuenta de que su madre estaba enferma y debía moverse con cuidado.

Carmen comentó:

—Mira, ya ha llegado tu hijo.

Y la hija la miró con ojos tiernos llenos de lágrimas.

—Y el tuyo.

34

—Mamá, ¿sabes que lo conociste?

—¿A quién, corderita mía?

La hija le contestó con impaciencia:

—A Rafael, mamá, ¿a quién va a ser? ¡A Rafael!

Desde la cama, Silvia la seguía con los ojos por toda la habitación. Cuando limpiaba el tocador, cuando fregaba el suelo con lejía, cuando ordenaba los camisones, cuando recontaba los pañales y las toallas... Cuando cambiaba el gotero.

—Deja eso, mamá, que para algo están las enfermeras.

José María había convertido el piso de arriba de la casa familiar en un pequeño hospital con cama articulada y bombonas de oxígeno, donde se turnaban enfermeras día y noche y las visitas estaban reguladas. Solo el padre y Queco podían ir a verla, pero Silvia reclamaba tiránicamente a su madre con órdenes contradictorias.

—No te vayas, mamá. No me dejes con las enfermeras, que no saben.

Y después:

—Ve a la productora, mamá, ¿qué haces aún aquí?, ¿no ves que están las enfermeras, que saben más que tú? Además, ha venido papá a hacerme compañía. —Cogía zalamera la mano de Tomás, que la miraba con ojos de perro agonizante—. Vete, que así luego me cuentas cosas, que ya ves que vivo secuestrada.

Cuando llegaba de trabajar, Silvia la esperaba agarrando el embozo, intranquila y curiosa.

—Entonces el programa... Dime, va.

Y Carmen volcaba en sus oídos su cargamento de noticias, se volvía algo artista porque exageraba lo que le podía resultar cómico, hacía imitaciones, inventaba historias, les atribuía a sus compañeros comportamientos heroicos.

—Se han presentado en Sant Joan Despí y se han enfrentado a la dirección de TV3 porque nosotros también tenemos derecho a hacer nuestro propio programa sobre la Olimpiada, y a la misma hora que ellos, llevamos muchos años preparándonos. Javier ya les ha dicho que...

Silvia asentía nerviosamente, pero quería sentirse orgullosa de su hermano, al que adjudicaba el papel de líder.

—Seguro que fue Queco el que llevaba la voz cantante.

Y Carmen improvisaba:

—¿Cómo te lo diría? Gritó tanto que lo oíamos desde el bar, pero, oye, se le cuadraron y cedieron en todo.

Le tenía que mentir con mucho arte y cuidado porque se daba cuenta de cada fallo.

—Pero ¿no decíais que habíais ido a sus instalaciones?

—Sí, claro, quiero decir desde el bar de TV3.

Silvia estaba al tanto de todo, como si ella también trabajara en la productora.

—Pero, entonces, ¿ya están confirmadas las tres horas del directo?

—Sí, desde las once de la noche a las dos de la madrugada del 25 de julio al 9 de agosto estaremos en directo en todos los hogares españoles —recitaba Carmen como si fuera un anuncio, todavía con la chaqueta puesta porque la impaciencia de la hija la requería y quería complacerla en todo antes de que...

No, eso no.

Llegaba el hijo del colegio. Ya no le llamaba la atención que su madre estuviera inmóvil en la cama, atada a un gotero y una mascarilla de oxígeno. Y él también le contaba, para distraerla, las historias que había estudiado en los libros y lo que le decían sus profesores.

—Mira, mamá, así se hacen las raíces cuadradas. —Y en un cuaderno le había trazado el problema matemático y luego le dijo—: Ahora tú.

Silvia, con la aguja metida en la vena y pegada con esparadrapo al dorso de la mano, escribió torpemente los números.

Pablo nunca hablaba de los otros niños del colegio, pero a Silvia no le extrañaba, tampoco se daba cuenta de que no iba a ninguna excursión ni lo invitaban a ningún cumpleaños... Al contrario, le comentaba a Carmen con expresión radiante:

—Qué bien lo está llevando Pablo, ¿verdad?

—Te quiere mucho.

Y la hija hablaba con una sonrisa llena de sabiduría:

—Te tiene que querer mucho a ti. Mamá, siempre ha sido más tuyo que mío, y lo será para siempre. José María también, él ya lo sabe, ya se lo he dicho.

La madre reía ruborizada, sin querer entender.

—Pero José María, ¿qué?, ¿qué tonterías se te ocurren, hija? Ahora sí que desvarías. —Le ponía jocosamente la mano en la frente—. Ahora sí que debes tener fiebre, enfermera, enfermera...

La hija la miraba taimadamente y la señalaba con el dedo.

La tía Berta le envió un sacerdote. Era un chico joven y estaba tan asustado por la responsabilidad de la situación que fue Silvia la que tuvo que hablarle y tranquilizarle. Cuando se marchó, el chico le dijo a Carmen secándose los ojos:

—Muchas gracias, me he quedado muy reconfortado. Su hija me ha ayudado mucho.

Carmen se lo contó a su hija riendo conmovida y la hija rio también. Y le dio las gracias mentalmente al curita por esas risas.

Pero al día siguiente Silvia, que a todo le daba mil vueltas, le comentó:

—¿Sabes qué me dijo el cura de la tía Berta? Que cuando ha llegado tu hora, el arcángel Azrael te toca y permite que el alma abandone tu cuerpo. Yo creo que esta mañana Azrael ha venido a ver qué tal estaba la cosa.

La madre reía entre lágrimas.

—Pero ¿por qué dices eso?

La hija contestó vagamente:

—Lo he oído. Estaba en el jardín.

La madre se burló con cariño:

—Qué Azrael ni qué Azrael... Esos eran los mirlos, ya sabes que vienen todas las mañanas a saludarte.

El rostro de su hija se iluminó.

—Es verdad, vienen todas las mañanas.

Pero no hablaba de sus sentimientos. Por eso, cuando le dijo lo de Rafael creyó que deliraba. En ocasiones lo hacía. Una vez le contó: «Cuando sueño, camino siempre con dos fantasmas, uno a cada lado».

—¿Que vi a Rafael? ¿Qué quieres decir?

Silvia frunció el ceño.

—Mamá, no me mires así, como si estuviera loca —porque tenía arrebatos de malhumor con su madre, le gritaba, le arrojaba cosas, pero solo a la madre—, fue el día de tu cumpleaños.

—El día de mi cumpleaños. ¿Cuál? No te entiendo, Silvia.

—Pues muy fácil, mamá, cuando cumpliste cuarenta años y él estaba reparando una avería en la calle, ahí enfrente. Vinieron a casa la tía Berta y el tío Remigio, y el tío José María...

Pero Silvia se detuvo y dudó, ahora le parecía que se equivocaba, ¿el tío José María y su marido eran la misma persona? ¿Y si era verdad que se lo estaba imaginando todo?

Sacudió la cabeza, no, no, se lo había contado el Guille. Y ella se había casado con el tío José María porque..., porque...

¡Ahora no se acordaba de por qué lo había hecho, pero lo de Rafael era verdad!

—Llamó a la puerta y tú le abriste. Ya ves, ¡lo conociste antes que yo!

Carmen estaba arreglando distraídamente los frascos de medicinas, escuchando apenas, creyendo que eran imaginaciones de su hija, cuando una luz se encendió en su cerebro. Una lucecita muy tenue. Era verdad. Habían llamado a la puerta y era un hombre con camiseta y...

Preguntó, con los frascos en la mano:

—¿Tenía un pelo muy negro y tenía un aire... así y...? —No se atrevía a hablar de que la había mirado con descaro ni de que luego había pensado mucho en él, sobre todo por la noche—. ¿Era ese?

La hija asintió, pero se le habían velado los ojos y a sus labios afloró una burbuja de sangre. La madre fue a limpiarla. Así que ese hombre era Rafael...

¿Lo odiaba? Si no lo hubiera conocido, su hija no estaría enferma, viviría aún muchos años. Más que ella. Sería Silvia la que cerraría sus ojos y no al revés.

—Mamá.

—Dime, corazón.

—No he querido a nadie como a él.

Carmen paseó los ojos por la habitación, temerosa de que alguien la escuchara.

—Calla, hijita, eso no lo digas.

—Es que es verdad. Yo me morí el día en que lo mataron. Se lo he dicho al cura, que no hacía falta que rezara por mí, porque yo estoy contenta de irme, se me han hecho muy largos todos estos años..., que rece por vosotros en todo caso.

Se quedaba largas horas mirando el techo, a veces con una sonrisa. Murmuraba algo y la madre acercaba el oído. Estaba canturreando.

Quién te manda ser tan bonita
que hasta a mí me comprometes.

José María apenas salía de casa, pero estaba casi siempre en el piso de abajo. Empezó con Pablo un rompecabezas gigante, de nueve mil piezas, que reproducía un mapamundi antiguo, y lo pusieron sobre la mesa del comedor que ahora no usaban nunca porque comían en la cocina. Luego, cuando Silvia perdió la visión de un ojo, subía a leerle. Les gustaban los libros de Dumas, con *El conde de Montecristo* el hijo se sentaba en el suelo escuchando con la cabeza apoyada en la cama.

José María se daba cuenta de que Silvia lo confundía con Tomás, porque le decía:

—Gracias, papá.

Empezó a confundir también a Pablo con Queco. Pero a veces tenía momentos de una claridad asombrosa. Parecía que no estaba, pero de pronto le decía a la madre:

—Pero ¿hoy no empezaban los Juegos? ¿Y qué haces aquí? Que no me estoy muriendo, caray... Va, ve y me lo cuentas.

Carmen acababa de trabajar a las dos de la mañana. En la habitación de su hija se veía una claridad parpadeante, Queco le había puesto una televisión pequeña y ella la esperaba con la cabeza levantada, un ojo vivo y el otro muerto.

—¿Qué habéis hecho? Lo estaba viendo, pero no sé qué ha pasado que se ha estropeado la televisión.

Se había quedado dormida y no quería admitirlo. La madre le contaba que hoy había ido al programa Schwarzenegger. La hija daba un golpecito a la cama para que se sentara.

—¿Y qué ha dicho? ¿Inka habla inglés? Cuéntame.

Pero se quedaba dormida de inmediato a causa de la morfina que le administraban para los dolores. Y la madre espiaba el pecho, si iba arriba y abajo sabía que seguía luchando por respirar, aunque un día perdería esa batalla... Cuando se levantaba para irse, de puntillas, intentando no hacer ruido, la hija mascullaba:

—Dile a papá que lo quiero mucho.

Y no sabía si se refería a Tomás o a José María.

Ahora, algunas mañanas la sorprendía con una mirada entre astuta y satisfecha y le preguntaba:

—¿Qué te pasa, Silvia?

Ella simulaba que se resistía a decirlo, pero, aunque la madre no volvía a preguntarle, al final lo soltaba como sin querer:

—Ha venido Rafael.

—¿Y qué te ha dicho?

Ella hacía el gesto infantil de cerrarse la boca con una cremallera imaginaria.

Carmen no dejó ni un día de ir a trabajar, cumplía con la eficacia de siempre, y luego, más tarde, cuando reflexionaba sobre esos días, se horrorizaba: «¿Cómo pude seguir? ¿Cómo no lo envié todo a la mierda?».

Si se hubiera ido, si hubiera abandonado su puesto, todos lo habrían entendido, ¡tampoco era imprescindible! Queco se lo pedía continuamente, Tomás también... Solo José María la empujaba a salir y trabajar.

—Ve a darlo todo, a Silvia le gusta verte así, y a mí también, siendo útil. ¡Te admira!

¿Lo hizo por ella? ¿O por egoísmo?

¿Sería una aberración que admitiera que le gustaba su trabajo y que cuando trabajaba se olvidaba de todo? ¿Hasta de su hija? ¿Que por eso no murió ella también?

Dicen que de dolor no se muere, pero ella se hubiera muerto.

O no, y lo hacía porque el trabajo ya formaba parte de su vida... y le gustaba.

Cada día iba a la productora, llamaba por teléfono a las decenas de personas que se necesitaban para el programa, convocaba a los invitados, repasaba con ellos los guiones, se reunía con Javier para estudiar las audiencias del día anterior y se enfadaba si Julia Otero los había superado. ¡Se enfadaba! ¿Cómo podía enfadarse por esas nimiedades cuando su hija estaba muriéndose? Pues lo hacía. ¿Era un monstruo acaso?

La madrugada del 2 de agosto cruzó el jardín bajo un cielo cuajado de estrellas, aunque ella nunca las miraba. Por la mañana le habían hecho a Silvia una trasfusión y Carmen había llamado por la tarde y ella misma le había dicho por teléfono que estaba bien y que suerte con el programa. Carmen le había preguntado utilizando sus propios códigos, que únicamente entendían ellas:

—Pero ¿estás bien bien, o bien en plan psé?

La hija dudando había dicho:

—Bien bien.

Era solo para tranquilizarla.

Fue directamente como siempre a la habitación de la enferma. En el cuartito que usaba José María se veía luz, Carmen adivinaba que apenas dormía, pero por la noche no acostumbraba a subir porque sabía que Silvia prefería estar con su madre.

Se cruzó en el pasillo con una enfermera que le dijo en tono profesional, viendo su aspecto agotado:

—Se acaba de dormir, le he cambiado el gotero. Yo creo que puede ir a descansar.

Dudó, con la mano en el picaporte. Pero, a pesar de todo, decidió entrar. La hija estaba durmiendo, era cierto, pero se le había caído la mascarilla de oxígeno. Intentó ponérsela, pero emitió una queja animal, con una voz que no parecía suya, y la dejó en la mesilla de noche.

—Tranquila, hijita.

Pero Silvia estaba alterada, intentaba quitarse las sábanas con movimientos espasmódicos, como si le molestasen. Carmen sabía lo que era eso, se lo había visto hacer a su madre.

Se sentó a la cabecera. Sentía un dolor constante, como si tuviera una herida en el alma, que ahora se agudizó. Le dio un beso en la frente, recubierta de un sudor que se evaporaba con rapidez. El rostro tenía una inmovilidad pavorosa, lleno de huecos debajo de las mejillas y en las sienes. Los ojos se hundían en las cuencas, la nariz se había afilado y mantenía la boca abierta, no se veían los dientes, solo un agujero negro.

Le tocó los pies, los tenía muy fríos. Se los besó, intentó calentárselos con el aliento, pero lo único que conseguía era mojárselos con sus lágrimas.

De pronto, la hija abrió los ojos, de nuevo vivos, ojos vivos de persona joven, intentó incorporarse, pero no pudo y se dejó caer sobre la almohada. Entonces dijo mirando al aire, con una sonrisa sobrenatural:

—Rafael.

Se llenaron los huecos de su cara, que adoptó la tersura de la juventud, cuando era Miss Mundo. Se iluminó su rostro como el de un ángel.

Se apagó dulcemente como la llama de una vela, emitió su último suspiro, muy largo. Solo quedó una rendija de brillo fijo en los ojos, que Carmen cerró con los dedos, acariciando de paso la piel de las mejillas, fría ya. Besó las manos inertes y pálidas.

Por última vez la llamó, su boca muy cerca de su boca:

—Hija. Hijita.

Cantaron los mirlos para ella como cada mañana, pero Silvia ya se había muerto.

35

Carmen arrastró una vieja hamaca de madera de cuando los niños eran pequeños y se tumbó con un suspiro de alivio. La brisa nocturna movía las hojas de los árboles con rumor de cascabeles y el oscuro ramaje se dibujaba nítidamente con sus delicados contornos contra un cielo azul marino en el que titilaban las estrellas.

Le hubiera gustado tener un amigo que le enseñara sus nombres, ella conocía la Osa Mayor y sabía que la rojiza era Marte, ¿la más brillante era Júpiter o Venus? Cuando llevas largo rato observando, distingues hasta las más pequeñas.

Esas de ahí. Dos. Juntas, inocentes y un poco apartadas..., esas dos. No se llevarían los aplausos de nadie, pero seguían brillando con modesta persistencia, sin saber que ni siquiera tenían nombre. Dos estrellitas palpitantes como corazones, yo os bautizo: Silvia y Rafael. Los nombró a los dos, el uno al lado del otro, por primera vez.

En el entierro de Silvia estaba esa mujer, Salvadora. Carmen la conocía del día del juicio. Y su hijo Nico. Estaban Pepe, el del bar, y el Andrés, el de la furgoneta, y Rober, el guerrillero. Y los hermanos mecánicos, el Ricardo y el Jose. ¿Dónde vivirían ahora? Porque su barrio había desaparecido. Iban vestidos con sus mejores ropas y se sentaron en los últimos bancos. Y cuando el féretro de Silvia pasó, tan peligrosamente desnivelado por el lado de Carmen, que se empeñó en llevarlo ella también a hombros, como Tomás, como José María, como Queco, se pusieron de pie e inclinaron la cabeza como homenaje a la hermana del alma que se había ido a ese lugar ignoto junto al Guille y Rafael.

Pero ahora ella ya sabía dónde estaban esas dos estrellitas y no podía apartar los ojos del cielo.

Queco se había cuidado de todo, el ataúd, el entierro, la tumba de los abuelos en Montjuic, la esquela, Silvia Muntaner Castro ha fallecido a los cuarenta y dos años... Pero cuando quiso intervenir en el funeral, oficiado por el curita que les había caído bien, se rompió, incapaz de pronunciar palabra.

También lloraba desconsoladamente Norman. Y Alicia, con profundas ojeras. Iba con Emilio, muy delgado y sereno. Carmen reconoció la enfermedad de Silvia en su rostro y se acordó de cuando le regalaba libros que había robado, en esos años en que los dos tenían miedo a volar.

En los bancos de delante estaban sus compañeros del programa, todos, desde la presentadora hasta el peluquero, a pesar de que el funeral había sido a las ocho de la mañana y ellos se habían acostado de madrugada porque los Juegos Olímpicos, ajenos a su desgracia como es natural, continuaban desarrollándose. En su memoria ese acontecimiento jubiloso siempre sería un recordatorio de la muerte cada vez que los nombraran en el futuro, ¡los Juegos Olímpicos de Barcelona!, innumerables veces, porque fue un hito para la ciudad; ella evocaría la muerte de Silvia y sentiría esa llaga siempre abierta en el pecho.

Claro que no necesitaría que nadie se la recordase. Se lo dijo a su cuñada cuando le recomendó paciencia con toda la buena intención del mundo, que el tiempo terminaría por amortiguar su sufrimiento. Carmen meneó la cabeza con resignación.

—Es una pena que durará mientras yo dure.

Tomás, en el tanatorio, estaba tan hundido que muchos ni siquiera lo vieron. José María se mantuvo tranquilo y saludó uno por uno a los pocos asistentes, morirse en agosto tiene esto, la escasez de público, como diría la propia Silvia, que había heredado la sorna gallega de su abuelo materno.

Silvia y Rafael. Ella lo sabía, que estaban allí arriba. Lo susurró tocándose los labios con los dedos.

—¡Abuela!

El nieto había abierto la ventana de su cuarto y la llamaba:

—Abuela, ¿hablas sola?

Sonrió sin volverse. A los dos minutos Pablo estaba a su lado, esbelto, con la boca adorada de Silvia y sus mismos mohínes. Olía como ella, cuando era la niña bonita a la que hablaban los barqueros.

—Ven, échate ahí en el césped. Hoy es el día de San Lorenzo y veremos las perseidas.

El niño, obediente, se estiró en el suelo con el brazo haciéndole de almohada y se sintió sobrecogido por la inmensidad de la bóveda celeste, y también un poco inquieto por esa selva de sueños que son siempre los jardines de noche para los niños. Preguntó:

—¿Qué son las perseidas?

—Son estrellas fugaces..., hoy es el día en que las estrellas pequeñas se escapan de sus padres y se hacen adultas. Las ves corriendo por el cielo solo unos segundos.

Pablo no acababa de creérselo, pero de todas formas preguntó por si acaso:

—¿Llevan música?

La abuela le riñó cariñosamente:

—Esto no es el cine, Pablo.

El niño se burló:

—Abuela, esa es una de tus bolas, ¡que yo no soy mi madre, que se lo creía todo!

—Impertinente.

Pero a pesar de su escepticismo, el niño se mantenía a la expectativa. Se quedaron largo rato en silencio, en un dulce y apacible sosiego. De repente un chispazo, un trazo efímero y brillante cruzó el cielo de norte a sur y Pablo se puso a gritar:

—¡Abuela! ¿Has visto eso?, ¿lo has visto?

Se oyeron unos pasos sobre la gravilla, el niño se volvió.

—Papá, he visto una estrella fugaz. La abuela dice que son estrellas que se escapan de casa.

José María cogió una silla y se sentó junto a ellos, con un cigarrillo entre los dedos. Miró a Carmen sonriendo con los ojos fatigados del que lleva mucho sin dormir.

—¿Así que son estrellas infantiles? Es una buena teoría, muy científica, sobre todo.

El niño se mosqueó.

—¿No es verdad, papá? Mamá siempre decía que la abuela contaba mentiras para divertirnos.

A Carmen le chispearon los ojos, ¿así que Silvia se daba cuenta de que inventaba para entretenerla? José María la miró de soslayo.

—¿Mientes mucho? No lo sabía.

Se quedaron unos minutos más así, Pablo imitó la voz de su tío, que había empezado a retransmitir partidos de fútbol por la radio los domingos:

—De momento, no se registra actividad en el cielo, el míster procede a un cambio en la alineación...

Dio un inmenso bostezo. Carmen protestó:

—Pablo, ve a acostarte, por favor, mira qué tarde es. —Dudó—. ¿Quieres que te arrope?

El niño contestó con arrogancia:

—Abuela, por favor, tengo once años, no soy un niño pequeño. —Aunque, como en el fondo lo era todavía, preguntó temeroso—: Mañana estarás, ¿verdad?

Fue el padre el que contestó:

—Claro que estará.

Se fue a su habitación a regañadientes, pero al cabo de cinco minutos estaba durmiendo.

Carmen y José María sonrieron a la vez. Él le dio una calada al cigarrillo, la brasa se encendió por un instante.

Ella no podía apartar la vista del dúo misterioso de estrellas en su eterna noche de amor. Silvia y Rafael. Aunque no las veamos cuando sea de día, seguirán ahí, los zarpazos de la muerte no los alcanzarán porque son inmortales.

Apoyó la mano en el reposabrazos de la hamaca. Otra mano se posó sobre ella, él la nombró con una extraña alegría y una suave añoranza anegó su corazón.

—Carmen.

Se inclinó, buscó sus labios con los suyos y la besó, primero con ternura y después con pasión.

Carmen sintió un desfallecimiento, una languidez divina, con gran esfuerzo hizo amago de levantarse, y él le pidió con voz enronquecida:

—Quédate.

Carmen lo miró con una sonrisa indecisa e inquieta, y él tiró el cigarrillo que aún conservaba en la mano trazando un arco de chispas en el aire y solo dijo:

—Para siempre.

Otros títulos de la autora en Booket:

En una Barcelona de vencedores y vencidos, ella le ofrecía lo único que él no podía tener: el amor.

Una novela apasionante sobre la tortuosa relación de amor entre Alfonso XIII y la actriz Carmen Ruiz Moragas, una mujer única, libre y valiente.